MARCHIALY

Un dieu à soi

Titre original : *Un dios portátil*
Éditeur original : Planeta

Éditions Marchialy,
Une maison créée et dirigée par
Clémence Billault et Cyril Gay
8, rue Léon-Jouhaux 75010 Paris
www.editions-marchialy.fr

MARCHIALY

JUAN
PABLO
MENESES

Un dieu à soi

TRADUIT DE
L'ESPAGNOL
(CHILI) PAR
GUILLAUME
CONTRÉ

*COMMENT J'AI ACHETÉ UN DIEU
POUR FONDER MA RELIGION
(ET DEVENIR RICHE)*

DU MÊME AUTEUR
AUX ÉDITIONS MARCHIALY

La Vie d'une vache, 2022
Le Prodige, 2022

Désireux de raconter de nouvelles histoires dans un monde accéléré, connecté, monétisé, Juan Pablo Meneses a créé une nouvelle forme d'enquête qu'il appelle le journalisme cash. Seul, il investit (peu) et brandit son titre de propriété comme passe-droit pour entrer où il veut. Avant d'avoir acheté ici un être divin, il a fait l'acquisition d'un être animal (*La Vie d'une vache*) et d'un être humain (*Le Prodige*). *Un dieu à soi* vient clôturer cette démarche.

Pour Ignacia

« Et avant que j'oublie,
C'est à Dieu lui-même qu'il faut donner un
nouveau nom.
Que chacun l'appelle comme il le souhaite :
C'est son affaire. »

Nicanor Parra

Genèse

Il voit tout d'en haut.

Il est debout sur un petit promontoire d'un mètre de haut, au centre de Times Square. C'est le Black Friday, il voit passer touristes et New-Yorkais en pleine frénésie consommatrice : il y a ceux qui se précipitent vers les portes automatiques des magasins pour acheter à tout va, ceux qui quittent les magasins chargés d'énormes sacs, et les autres, la majorité, ceux qui déambulent sans but, âmes esseulées, dépitées par leur manque d'argent en ce jour de soldes monstres. Ces derniers, véritables impies en un jour si saint, finissent par consommer les consommateurs. Ils les consomment tandis qu'ils se prennent en photo avec leurs achats, se serrent dans les bras devant une super-promotion ou répondent aux questions d'une équipe de télévision qui retransmet en direct au journal du soir.

Il voit tout ça d'en haut.

Il observe tout ce monde sans s'arrêter sur personne en particulier, en regardant la foule comme s'il regardait une bête à mille têtes. Il attend que quelqu'un l'écoute. Il est là, seul, juché sur un petit promontoire au centre de Manhattan, pour parler à ces consommateurs de son propre achat : un dieu.

Oui, un dieu. Il s'est acheté un dieu quelques années plus tôt, lors d'un voyage en Inde. Il ne s'agissait pas d'une de ces statuettes religieuses « souvenirs », ni d'une réplique pour touristes d'une des milliers de divinités que l'Inde exporte. Il ne s'est pas non plus payé quelqu'un qui prétendait être une divinité, une lumière, qui disait être l'Élu. C'est un vrai dieu qu'il s'est acheté.

Nous sommes le 24 novembre 2017. Il est 19 heures à New York. Et tout est prêt pour le lancement mondial de l'Église de la religion itinérante.

Entre les mains, il a un livre blanc qui, pour le moment, n'a pas d'autre titre que celui-ci : le « Livre blanc ». Mais à la fin de cette histoire, il sera pourvu d'une couverture, d'un titre, d'un code-barres, du logo d'une maison d'édition et il sera vendu en librairie. Dans ce Livre blanc, il prend des notes utiles à cette histoire.

Une des personnes qui regardent vers le promontoire a probablement lu l'information publiée dans le journal. La veille du lancement, un quotidien appartenant à un groupe de presse international a annoncé qu'aujourd'hui, sur cette place de New York, une nouvelle religion allait voir le jour.

Il ouvre le Livre blanc et, avant de se mettre à lire, il regarde pour la dernière fois cette foule qui circule dans Manhattan comme prise dans un lent pogo. Le vent qui balaie l'île est très froid et rend les joues caoutchouteuses. De la vapeur sort des bouches d'égout, des cheminées et de la bouche des consommateurs en ce jour de Black Friday. Tout est illuminé par les écrans géants et leurs publicités : ici, tous les êtres sont couverts de lumière, mais de celle, artificielle, des réclames gigantesques qui vantent leurs produits.

Il inspire profondément, vérifie que la caméra est dirigée vers lui et lit en anglais :

« Naît ici, officiellement, la religion itinérante. Une religion consacrée à un dieu itinérant. Une religion qui se répandra grâce à l'Église de la religion itinérante. Un nouveau credo, qui s'adresse aux voyageurs, aux transhumants, aux nomades, aux pèlerins, à ceux pour qui rien n'est fixe, aux free-lances de ce monde. »

Une religion pour unir tous les Itinérants de la planète. Les Itinérants : ceux qui adhèrent à la religion itinérante.

Tandis qu'il lit des passages du Livre blanc, éclairé par la lumière des écrans géants, il voit une femme s'approcher, d'une soixantaine d'années environ, qui porte un manteau gris et un cache-oreilles en peluche. Elle l'interrompt et lui crie que Dieu est un, qu'Il est unique, puis s'en va en récitant un psaume. Un de ceux qui l'accompagnent lève l'annulaire pour lui faire comprendre qu'il a bien filmé le moment où elle s'est approchée pour l'interpeller.

Ce petit incident reste isolé. Tandis qu'il lit le Livre blanc, la plupart des passants avancent comme encapsulés dans leur propre Black Friday, ce jour où les soldes sont si énormes que les gens se ruent en masse dans les magasins aux États-Unis et que les gérants n'ont qu'une seule crainte : que quelqu'un finisse écrasé par la foule. Cette foule qui entre comme une brute aveugle pour se précipiter sur la meilleure promotion éclair. Cette foule qui dévalise tout, mais avec une carte de crédit.

Lorsqu'il s'est acheté son dieu, il n'a pas eu à attendre l'arrivée des soldes ni à faire une longue queue avant d'arriver à la caisse. Il a perdu plus de temps à négocier le prix et à chercher un emballage pour sa divinité. Le jour où il l'a achetée, il faisait plus de 35 °C et il était en chemise et pantalon court. Maintenant, pour la cérémonie de lancement à New York, il porte des chaussures noires, un pantalon noir, une chemise noire et un manteau noir. Il avait envisagé d'acheter un petit mégaphone, qui coûtait 77 dollars dans un magasin de Chinatown, mais il n'a pas voulu s'attirer de problèmes avec la police. Or la place est pleine de policiers et d'agents de sécurité.

C'est très différent de l'endroit où il a acheté son dieu.

Deux personnes le prennent en photo tandis qu'il lit ; il pense qu'il pourrait s'agir de deux agents de sécurité ou de deux touristes égarés, ignorant qu'ils assistent au lancement d'un nouveau dogme.

Presque à la fin de la présentation, il dit que le dieu qu'il a acheté en Inde se trouve à 50 blocks de Times Square, dans une valise verte, au septième étage d'un immeuble de la 94e Rue, dans l'Upper West Side de Manhattan.

Il ne peut pas en dire beaucoup plus, en attendant que le Livre blanc devienne la version finale de cette histoire. Il ne peut pas encore annoncer le nom du dieu, ni combien il l'a acheté, ni parler des détails de la négociation, ni expliquer comment il lui a conçu une Église, ni évoquer le cheminement final vers l'instauration d'une religion. Il se contente de mentionner en passant qu'il l'a payé en roupies et que l'acte de vente a été conclu dans un hôtel de Bénarès.

La cérémonie s'achève par une déclaration officielle fondant la religion itinérante : « Chacun portera l'Église en soi, ainsi qu'un dieu itinérant qui l'accompagnera où qu'il aille. »

Au bout de quelques minutes, on lui confirme, de l'autre bout du continent, que le site portablereligion.org est en ligne. Et qu'il y a déjà des premiers adhérents.

À partir de ce moment, il se sent en possession de l'une des près de 5 000 religions que compte le monde. En termes légaux, le chemin sera plus long et passera par des avocats, des comptables, des assesseurs, et toute cette armée de bureaucrates ayant converti la religion en une industrie qui, dans ce pays, génère plus d'argent que Google et Facebook réunis. Il faudra aussi s'entretenir avec d'autres credo, d'autres religions, d'autres dieux. Il salue quelques personnes, embrasse sa fiancée qui le prend en photo, s'adresse à la caméra qui a suivi tout le processus. Ensuite, il donne l'accolade à l'écrivain péruvien Juan Manuel Robles qui est venu, attiré par une publicité sur les réseaux sociaux annonçant l'événement.

Le jour où il a fondé son credo, il s'est couché tard et très fatigué : il s'est effondré sur le lit comme si toutes ses forces l'avaient quitté. Il avait sa propre religion, désormais, et le lendemain matin, au réveil, viendrait le moment de se mettre à écrire le livre.

Livre

pre
mi
er

Un
Livre premier

En dessous, c'était l'Inde, enfin. On la devinait à travers le hublot, même sans voir grand-chose. Un voyage de deux jours s'achevait. De Santiago à Buenos Aires, de Buenos Aires à Madrid, une nuit sur place, achats sur la Gran Vía le lendemain midi – cartes mémoire pour l'appareil photo et un paquet de livres –, de là un avion pour Londres, puis un autre pour New Delhi. J'avais toujours voulu faire ce trajet : Londres-New Delhi. Chaque fois que je croisais quelqu'un qui l'avait fait, je l'interrogeais, demandais des détails. Généralement, toutes les réponses étaient identiques : il s'agissait d'un simple voyage en avion. Pourtant, quelque chose était différent sur ce trajet : la nourriture. Soudain, tu te retrouvais à voler dans un avion avec des passagers majoritairement indiens, où les plateaux servis avec de la viande étaient l'exception. Une sorte d'avion végétarien où les odeurs et les saveurs des épices envahissaient la cabine. Outre les Indiens – de nombreuses femmes en sari et quelques hommes en turban – voyageaient aussi quelques touristes européens.

À côté de moi, un couple venant de Rome lisait un *Lonely Planet* en italien. Ils partaient pour une retraite spirituelle près de Rishikesh. Ils m'ont fait signe en voyant que je lisais un livre de Pier Paolo Pasolini ; nous n'avons pas beaucoup parlé. Après avoir mangé végétarien, je me suis endormi. Et me suis réveillé lorsque le pilote a annoncé que nous allions atterrir à New Delhi. Au bout de quelques minutes, nous avons touché la piste. Dans *L'Odeur de l'Inde*, Pasolini raconte que lors de ses premières heures là-bas il n'avait pas su « dompter la bête assoiffée enfermée en [lui] comme dans une cage ». Je n'y étais que depuis quelques secondes et l'anxiété avait déjà fait main basse sur tout. M'y voilà, finalement, me disais-je. J'étais arrivé en Inde, avec l'idée d'acheter un dieu.

Comment ça s'achète, un dieu ?

Je suis sorti de l'aéroport et le choc s'est révélé moins brutal que je m'y attendais. Le trafic en folie, l'odeur qui te débouche les narines, les vêtements colorés, les arnaqueurs à la petite semaine, les motos aux roues de traviole, les animaux vagabonds, le vacarme des cris, des moteurs, des coups de klaxon et de la musique. Tout ça, je l'avais déjà vu un peu partout. Ici, ce n'était pas pareil, bien sûr, mais pas vraiment différent non plus. L'explorateur du tiers-monde fait partie d'un décor global du tiers-monde.

La modernité de l'aéroport international Indira Gandhi annonçait le paradoxe d'un pays aux très nombreux millionnaires et aux millions de pauvres. L'Inde pourrait se trouver dans un coin de l'Amérique latine et vice versa.

À la sortie de l'aéroport, alors que je cherchais un taxi ou une fois arrivé à la réception de l'hôtel, j'ai remarqué une chose à laquelle j'allais m'habituer avec le temps : la moindre action impliquait beaucoup de gens. J'étais arrivé dans un pays où les gens, du point de vue de l'efficacité et de la rapidité du service, semblaient trop nombreux. Pour t'enregistrer à ton arrivée dans un hôtel, quatre réceptionnistes consultaient ta réservation. Une fois, au buffet d'un hôtel, j'ai compté davantage de personnel de service que de clients, et cela, alors que l'établissement était presque complet.

« Voici mon passeport et ma carte de crédit », ai-je dit au groupe d'employés qui travaillait à la réception. Une fois de plus, je piochais dans mes économies pour raconter une histoire, écrire un livre. Cela faisait partie de mon projet et cela justifiait mes années de « fonctionnaire » du journalisme. Je me le répétais souvent, alors que je travaillais comme directeur d'un journal. C'était mon mantra :

« Je suis venu travailler dans un bureau traditionnel, avec un chef et des employés sous ma direction, pour pouvoir jouir d'un bon salaire, pouvoir écrire mes histoires, me payer un voyage en Inde afin d'acheter un dieu et de ne pas passer le reste de ma vie à me plaindre que personne n'ait voulu financer le projet que j'avais en tête. »

C'était quelque chose que je devais garder en tête.

Mais il n'y avait pas non plus de quoi être fier.

Après ce voyage de plusieurs jours, j'ai passé les deux premières nuits à l'hôtel Shangri-La de Delhi, un établissement au luxe asiatique pour le prix d'un deux étoiles. J'ai pris ça comme une transition de deux jours entre Occident et Orient. Je suis monté dans ma chambre, j'ai écarté les rideaux et j'ai regardé. La ville était là, se déployant comme un dragon. J'étais arrivé.

Si tout se passait comme je l'envisageais, ce n'était pas dans cette ville que j'achèterais mon dieu. Pas non plus dans les suivantes. La recherche de l'impossible – obtenir, par exemple, quelque chose qui n'est pas à vendre – est à l'origine de toutes les quêtes spirituelles. Et ce serait l'axe du dernier livre de ma trilogie sur la consommation. Mais, naturellement, rien ne s'est passé comme prévu.

Deux

Livre premier

Je suis parti en Inde pour m'acheter un dieu, mais il s'agissait en réalité d'une fuite : m'échapper, survivre, comprendre, apprendre, changer. J'entamais un voyage pour qu'une histoire trouve sa conclusion.

J'ai décollé de Santiago, la ville où je dirigeais un journal et enseignais le journalisme à l'université du Chili. J'avais acheté un appartement avec vue sur la forêt, ma vie n'était qu'une suite d'ennuyeuses réunions avec des cadres et je sortais d'une histoire sentimentale longue et laborieuse. J'avais accumulé plusieurs semaines de vacances et l'idée d'acheter un dieu, ce qui me permettrait de mettre un point final à la trilogie du journalisme cash, me trottait dans la tête depuis un moment.

Acheter pour clore un cycle.

Acheter pour entamer quelque chose de nouveau.

Mais ce n'était qu'une mise en scène. En vérité, je n'y croyais pas. Ma tête semblait savoir que je ne m'achèterais aucun dieu, que c'était impossible, quelque chose qu'on ne pouvait absolument pas faire. En fin de compte, ce voyage au cours duquel je ne réaliserais pas l'achat espéré serait un fil narratif suffisamment solide, pesant, épais, indestructible pour me permettre de terminer la trilogie. Et point final.

Mon projet consistait à parcourir le pays où la spiritualité est une attraction touristique en ne cessant, encore et encore, d'échouer à accomplir ma mission. Jusqu'à finir par conclure – ce que personne ne veut admettre – qu'il existe des domaines qui échappent à l'argent.

J'ai quitté le Chili en tant que salarié à double titre. Le salarié A était un élément de l'engrenage d'une entreprise multimédia traditionnelle qui fuyait la routine pour profiter de vacances bien méritées. Et le salarié B, employé par l'auteur, avait déjà son histoire écrite avant de se lancer, il savait où viendraient se placer les témoignages, les scènes et les dialogues et, une fois sur le terrain, il n'aurait plus qu'à exercer le laborieux travail de remplissage que lui avait confié l'auteur.

Lorsque l'avion a décollé, ces deux salariés ont attaché leur ceinture calmement. Sans savoir qu'au milieu du voyage, à l'inverse de ce qu'ils avaient pu imaginer, le dieu se révélerait achetable.

Et qu'il se paierait en cash.

◆

Lorsqu'on m'a proposé de travailler dans un bureau, avec des horaires de bureau, un contrat de bureau, des collègues de bureau, des blagues de bureau, des fêtes de bureau, un salaire fixe, une place de parking fixe, un endroit pour écrire fixe, un téléphone fixe, un chef fixe, un forfait fixe et un réveil fixe, cela faisait plus de dix ans que je travaillais comme journaliste free-lance. Durant les premiers mois, j'ai pris la chose comme un voyage de plus. Tout était événement. J'arrivais aux réunions avec l'état d'esprit bonhomme d'un touriste qui débarque dans une nouvelle ville. Le travail de bureau m'amusait autant qu'un marché aux puces amuse les employés de bureau. J'écrivais dans mon agenda comme si je remplissais une liste de courses. J'avais en charge un groupe de journalistes éparpillés dans diverses régions du pays et je devais visiter leurs salles de rédaction lors de voyages de quelques jours ou de quelques heures. Je pouvais prendre l'avion le lundi en direction d'Arica, en plein désert, à la frontière avec le Pérou et la Bolivie, et voler le lendemain vers l'île de Chiloé, dans la partie australe du pays. Je ne voyageais qu'avec un bagage à main et j'allumais l'ordinateur pendant le vol pour étudier sur des fichiers Excel le genre de choses que l'on classe sur des fichiers Excel.

Quand j'atterrissais dans l'Extrême Nord du pays, le directeur régional venait me chercher dans sa voiture personnelle à l'aéroport international Chacalluta. Nous parcourions ensuite les 18 kilomètres qui nous séparaient de l'hôtel Arica, où il m'aidait pour le check-in. Les réservations étaient toujours faites à l'avance et on me souhaitait toujours la bienvenue en m'annonçant l'heure du petit déjeuner et que tout était compris, sauf l'alcool. Quand j'allais visiter le journal de Chiloé, alors l'entreprise envoyait une voiture à l'aéroport international El Tepual, à Puerto Montt. De là, on traversait le canal de Chacao en ferry. J'en profitais pour descendre de la voiture à mi-traversée. Le vent patagon vous durcissait le visage en quelques minutes. J'étais un « fonctionnaire » dans l'exercice de ses fonctions. J'achetais un café instantané, consultais mon téléphone et prenais quelques photos. Une fois sur l'île, on montait dans la voiture et au bout d'un temps indéfini, qui devait frôler les deux ou trois heures, on se retrouvait dans la salle de rédaction du journal, dans le centre de Castro.

Mais j'étais à Santiago une bonne partie du temps, où se tenaient les réunions les plus opérationnelles. J'écoutais les pires et les meilleurs consultants du pays qui couvraient des tableaux de graphiques et de tendances, analysant la viabilité de nouveaux projets. Les chiffres dansaient sur le mur, sur des schémas de toutes sortes. Je faisais des dessins dans mon cahier tandis que les prestigieux experts d'instituts de sondage projetaient des illustrations concernant divers types de consommateurs et disséquaient les goûts de l'endetté moyen comme ils auraient disséqué un lézard. J'ai vu passer, aux premières loges, un défilé interminable, aussi varié que bruyant, d'agences de communication. Il y avait celles qui proposaient des sujets, celles qui proposaient des études, celles qui proposaient des solutions, celles qui proposaient des invitations, celles qui proposaient des cadeaux, celles qui proposaient des voyages et celles qui te proposaient du travail pour le jour où tu te lasserais de leur offres.

J'essayais toujours de regarder ça depuis l'extérieur – comme si j'étais le spectateur de mes propres mouvements – en me cachant derrière cette maladie sociale qui nous pousse à écrire des chroniques. Durant quelques semaines, pourtant, tout observer depuis l'extérieur et sans être vu n'a pas été une métaphore. On m'avait payé pour ça.

Un nouveau produit allait être lancé : un journal gratuit. Quelqu'un avait dépoussiéré l'idée de faire un *focus group*. J'ai donc passé deux semaines à déjeuner dans une pièce sombre, face à une vitre, en regardant de l'autre côté d'un miroir sans tain une psychologue interroger les potentiels lecteurs de notre produit sur leurs habitudes de consommation. On se sentait investi d'un drôle de pouvoir, assis là à manger du saumon accompagné de salade en suivant sur cet écran vitré dix consommateurs anonymes, des exemples chimiquement purs de types ordinaires, qui s'exprimaient sur les achats, l'audimat, le capitalisme, les célébrités, les goûts, les croyances, les abus, le système, l'argent, le cash.

Les chiffres de vente des journaux papier s'effondraient avec une constance digne de celle d'un marathonien africain. Sur les forums internationaux de journalisme, on débattait avec un pessimisme 2.0 du difficile avenir de la profession. Sur les réseaux sociaux fleurissaient les journalistes experts, placés en marge des médias traditionnels, qui, plutôt que d'évacuer leur frustration en assassinant leurs voisins ou en maltraitant des animaux, préféraient donner des conseils pour résoudre les problèmes de l'industrie ; celle-là même qui les avait mis à la porte. Le journalisme tel que nous l'avions connu était moribond et il n'y avait ni religion ni dieu qui le sauverait. Il mourait entre nos mains. Pourtant, vu de l'intérieur, tout était différent. Au cœur de la machinerie, parmi les grincements des imprimeries, avec les rotatives en marche et alors que j'occupais un poste inespéré de cadre, les préoccupations étaient distinctes. Elles sont distinctes. Autres. S'arranger pour que la réunion avec les cadres péruviens, à Lima, n'interfère pas avec un retour de week-end prolongé. Ou pour que la participation à un forum de directeurs et de cadres à Cartagena,

Colombie, ne chevauche pas la réunion mensuelle des principaux directeurs du groupe de presse. Ou pour que la hausse du nombre de lecteurs et de ventes ne profite pas qu'au secteur commercial et qu'il reste quelque chose aux journalistes. Personne ne voulait sauver le monde. Tout était d'une simplicité touchante et je m'adaptais. De l'intérieur, je n'ai jamais connu personne qui travaillait en se prenant pour un héros, un saint ou un auteur.

J'étais passé du statut d'activiste free-lance, responsable d'une école en ligne de journalistes itinérants, prônant la voie de l'indépendance dans les médias, à celui de cadre participant à des projets qui se chiffraient en millions, manipulant des secrets et des pratiques qu'on ne peut connaître que de l'intérieur de l'entreprise et qui y meurent par combustion spontanée. Dans un tel environnement, sachant que je m'aventurais dans un lieu particulièrement inhospitalier, j'ai commencé à forger – sans le savoir – la plus inattendue des échappatoires : une quête spirituelle personnelle.

Une fuite dans la construction d'un nouveau moi. Une incommodité, pensais-je alors, qui pouvait s'arranger aussi facilement qu'une table bancale. Ma cale serait un voyage en Inde pour acheter un dieu. J'espérais qu'avec un tel projet en tête je pourrais commencer à soulager la douleur physique, près du nombril, que je sentais tous les matins.

Mais dans la grande machine, les rebondissements sont permanents. Ainsi du jour où le groupe a annoncé sa décision de lancer un nouveau journal et, comme en passant, que c'était à moi qu'il reviendrait de diriger le projet. J'ai pris ça comme si j'étais un touriste qui débarquait dans un pays inconnu. Moi qui avais prêché la bonne parole du travail en free-lance et qui avais écrit des livres dans les cybercafés du monde entier, je devais maintenant monter un journal et recruter de nouveaux talents pour une salle de rédaction qui restait à inaugurer. Comme une sorte de geste testamentaire que j'étais le seul à comprendre, j'ai cherché à n'embaucher que de jeunes journalistes free-lance ou qui avaient étouffé leur vocation en créant des concours sur les réseaux sociaux ou en écrivant pour des agences de communication.

Je ne savais pas combien de temps j'allais pouvoir continuer de la sorte. Les années passaient, le salaire était bon, l'industrie subissait un pilonnage constant, personne n'avait de travail et moi j'avais un poste garanti, alors à quoi bon partir, et puis partir où, et comment ? Une année est passée comme ça, puis une deuxième, et à quoi bon partir, puis une troisième, et ça ne se passe pas trop mal, quand même, puis une quatrième qui n'a pas tardé à se convertir en une cinquième.

Je n'aurais pas pu rester aussi longtemps sans être bien accompagné. Travailler avec des gens au-dessus et en dessous de moi qui semblaient être nés dans cette organisation m'aidait beaucoup. Des gens dont la radiographie du thorax montrait un organigramme et qui étaient devenus de véritables rugbymen de bureau : ils étaient prêts aux tacles les plus inattendus afin de se garantir une place près du patron. Lors des repas officiels, j'étais toujours celui qui s'asseyait le plus loin possible de la personne la plus importante, et je ne dis pas ça par fierté, mais comme une explication possible de ma chute. Hors de question de traîner trop longtemps ici, ne cessais-je de me répéter. Et pourtant, je restais, me contentant de savoir que je n'appartenais pas et que jamais, jamais je n'appartiendrais à ce monde dans lequel j'évoluais. C'était ça ma victoire : la défaite.

Avant d'en arriver à prendre la tête d'un journal, j'avais écrit quelques livres. Certaines de mes histoires avaient été traduites dans plusieurs langues. De temps à autre, on m'interviewait depuis différents pays, on m'invitait à diriger des ateliers de journalisme, mais tout cette partie de ma vie était floue, brumeuse, de plus en plus brouillée par les interférences. Elle ne s'effaçait jamais complètement, cela dit, et c'était peut-être là qu'était le problème. Je me souviens d'un petit déjeuner à la Moneda, avec le président du Chili et d'autres directeurs de médias, et de m'être dit à la fin, en retournant à ma voiture, que je devrais partir en Inde acheter un dieu. C'était une échappatoire. Mon échappatoire. Je me rassurais en pensant que j'achèverais bientôt ma trilogie, qu'après avoir acheté un être animal et un être humain je raconterais désormais l'histoire de l'achat d'un être divin.

J'avais dirigé un journal papier pendant un tremblement de terre, une élection présidentielle et une Coupe du monde de football à laquelle participait le Chili. Après des moments aussi intenses, n'importe quel directeur devrait démissionner. Notre capacité d'étonnement s'épuise et c'est ainsi que le journaliste se convertit en mécréant, qu'il devient une personne dépourvue de foi, un méfiant professionnel ne croyant plus qu'aux chiffres. Que de dégâts ! Dans un tel environnement, c'étaient les nouvelles économiques qui triomphaient, les chiffres de croissance et la fierté d'être en tête des classements en termes d'investissements et de compétitivité. Mais ces nouvelles, souvent, sont fausses, car ce ne sont que des chiffres et les chiffres mentent.

Ce qu'il y a de plus triste dans les salles de rédaction, c'est de passer la journée entière, par déformation professionnelle, à se méfier et à ne pas croire. Face à cela, je m'étais construit un étrange et invraisemblable point de fuite : « Calme-toi, tu vas bientôt partir en Inde pour acheter un dieu. »

Les deux histoire sentimentales que j'avais vécues ces années-là s'étaient achevées. Une suite d'orages qui, finalement, ne servent qu'à économiser des jours de vacances et un peu d'argent. Célibataire, je me suis mis à accumuler les jours de repos comme autant de provisions. L'autofinancement du journalisme narratif latino-américain se mettait en branle. Je récupérais un jour ici, un autre de tel voyage ou de tel jour férié. Comme j'étais naïf quand je parlais de journalisme et du monde des médias avant d'avoir pataugé dans cette mare! Les jours deviennent une sorte de capital. En été, je mettais la climatisation du bureau au maximum, sachant que ne pas aller à la plage maintenant signifiait quelques jours de liberté supplémentaires dans le futur. J'en suis arrivé à observer chez les autres une des plus étranges avidités qui soit: celle qui consiste à épargner les jours de vacances.

Après avoir accumulé, l'un après l'autre, plus d'un mois de jours de congés en les notant dans mon cahier comme un prisonnier creuse des marques sur le mur, j'ai annoncé que je serais absent pour un long moment.

J'ai acheté un billet pour l'Inde sans trop y penser. Je me suis fait vacciner, je suis allé à l'ambassade pour le visa et j'ai passé le mois qui précédait mon voyage à lire et à réfléchir aux lieux que j'allais visiter dans le pays qui accueille le plus grand nombre de touristes en quête de spiritualité par an.

Je me suis constitué une bibliographie de base : *Une certaine idée de l'Inde*, d'Alberto Moravia ; *Dios mío. Un viaje por la India en busca de Sai Baba*, de Martín Caparrós ; *La Serpiente del Paraíso*, de Miguel Serrano ; *L'Inde sans espoir*, de V. S. Naipaul ; *Lueurs de l'Inde*, d'Octavio Paz ; *Father India*, de Jeffery Paine, une sorte d'anthologie qui résume les écrits des grandes signatures anglo-saxonnes sur ce pays aussi étrange, gigantesque, confus et vaste qu'une vieille religion.

Durant les semaines qui ont précédé le voyage, chaque fois que nous faisions une réunion élargie sur un nouveau projet, les autres cadres parlaient de leurs familles, de leurs enfants, d'aller les déposer au collège et de ce qu'ils prévoyaient pour les prochaines vacances. Je les écoutais en regardant des photos de temples sur mon téléphone. Lorsque j'ai annoncé que je partais plusieurs semaines en Inde, j'ai cru entendre un grognement désapprobateur. Quelques jours plus tard, la responsable marketing est venue me voir dans mon bureau pour me dire, presque en chuchotant, qu'elle trouvait ça merveilleux de partir en Inde, qu'elle n'osait pas, mais qu'une de ses amies y vivait.

« Elle est professeure de yoga. Je te passerai des infos. C'est génial ton voyage, je suis jalouse, et pourquoi tu vas rester si longtemps, qu'est-ce que tu vas faire là-bas, un stage de méditation ? Tu vas étudier la cuisine végétarienne ? Le yoga ?

— Je vais acheter un dieu. »

Quand tu es cadre dans une entreprise de média plutôt traditionnelle dans un pays comme le Chili, que tu discutes dans ton bureau avec la responsable marketing et qu'au cours de la conversation tu lui annonces que tu pars en Inde car tu veux acheter un dieu, tu commences par voir la personne en face de toi rire en faisant une grimace incrédule, puis, au bout d'un moment, quand cette personne comprend que ce n'est pas une blague, que tu parles sérieusement, elle se met à te regarder du coin de l'œil, avec une drôle d'expression, comme si elle se sentait plus bizarre que toi, ou comme si ce que tu venais de dire était trop important pour en parler ici, dans un endroit où tout le monde essaye de jouer un rôle, qu'il finira par endosser à force de le jouer.

« Moi, je suis vraiment quelqu'un d'ennuyeux, parfois. » Elle m'a dit ça, je m'en souviens, avant de mentionner son mari, ses enfants, ses animaux de compagnie.

La veille du départ, nous avons bouclé le numéro du lendemain comme tous les soirs. Le rédacteur en chef du soir ne quittait pas la télévision des yeux, au cas où un scoop se présenterait, et il était au téléphone avec l'imprimeur pour s'assurer que tout le matériel lui parvenait dans le bon ordre. J'ai pris congé de lui, des journalistes de l'équipe de nuit, de la responsable de la mise en pages. J'ai voulu prendre congé comme d'habitude, comme si on allait se revoir le lendemain, puisqu'on se voyait tous les jours pour faire un journal nouveau identique au précédent.

Le lendemain, je me suis échappé.

Je suis arrivé à l'aéroport avec quatre heures d'avance.

Dans deux jours, je serais en Inde.

Trois Livre premier

Ce livre n'est pas un journal de voyage. C'est le livre d'un dieu itinérant. Mais si c'était un journal de voyage, j'écrirais :

1er jour.

Le premier jour à Delhi, j'ai marché 1 500 mètres de l'hôtel à la gare routière. Le quartier dans lequel je suis sorti était tranquille, mais plus je m'approchais du centre et plus j'avais l'impression d'entrer dans une ruche. Le bruit augmentait, la densité, le vrombissement, les dangers et les odeurs. Je commençais à voir des mutilés, des victimes de la poliomyélite, des enfants qui jouaient avec de la bouse de vache. Apparaissaient également les derniers modèles de voitures de luxe et des motos neuves et anciennes.

L'écrivain de chronique se doit d'être un peu un acteur. Mon premier objectif, comme dans la vie quotidienne, c'était de passer pour quelqu'un du coin, d'avoir l'air indien, de me mêler à la population, de me perdre parmi elle, d'appartenir à l'endroit.

Le journaliste rêve toujours d'être le premier sur les lieux de l'événement ; l'auteur de chronique, en revanche, veut apparaître en dernier. Le journaliste débarque avec caméras, micros, lumières, assistants, producteurs, coordinateurs, se plante en plein milieu du paysage et retransmet en direct depuis le lieu même des événements, depuis là où quelque chose vient de se passer. L'auteur de chronique doit arriver en étant invisible, rester invisible et repartir aussi invisible que s'il était du coin.

Le premier jour à Delhi semblait normal. Je suis entré dans une boutique d'objets artisanaux où j'ai demandé un dieu et où l'on m'a montré une douzaine d'objets divers qui représentaient autant de dieux différents. Ce n'était pas ce que je cherchais. Je me suis mis en route vers la gare routière. J'ai traversé un rond-point couvert d'herbe sèche et d'une série de hampes rouillées dépourvues de drapeaux, où les gens s'asseyaient pour discuter en groupes de onze ou quinze personnes.

« Merde ! Merde ! », m'a crié un Indien, lors de mon premier jour dans son pays. Il l'a crié en anglais, alors que j'essayais de passer pour un Indien parmi les autres.

« Merde ! Sur la chaussure ! », me criait-il plus fort en désignant mes pieds. C'était un Indien de petite taille, avec une moustache clairsemée, qui portait sur son dos osseux une boîte de cireur de chaussures.

J'ai baissé les yeux et je l'ai vue: une tache de merde sur ma botte droite. Cela pouvait être du vomi de chat ou la diarrhée d'un bébé. L'Indien continuait de me crier : « Merde! Merde! » Et, en passant, il m'offrait gentiment ses services pour nettoyer ce caca et laisser ma chaussure comme neuve.

C'était mon premier jour et la situation m'a échappé. Un lundi normal, à la même heure, j'aurais dû me trouver dans mon bureau au journal, en train d'organiser la semaine, de préparer un rapport ou de participer à une réunion pour définir des stratégies d'augmentation de notre lectorat ou de la popularité de telle marque, écoutant des experts en marketing, en campagnes publicitaires, en ventes massives, à moins que ce même lundi au soir je ne sois invité à une remise de prix, à la fête d'une ambassade, à l'inauguration d'une exposition, à la célébration officielle de quelque chose, autant d'événements auxquels j'essayais toujours d'échapper. Mais ce n'était pas un lundi normal, c'était un lundi en Inde, le premier jour d'un voyage de plusieurs semaines, et un cireur de chaussures désignait mon pied en criant que quelqu'un m'avait chié dessus.

Le soir même, j'ai lu dans un guide de voyage que l'arnaque aux chaussures souillées de merde était un grand classique à destination des touristes qui visitaient l'Inde et arrivaient là en quête de spiritualité, de cours de yoga, d'une purification intérieure, qui achetaient des vêtements et des souvenirs qu'ils revendraient ensuite de retour chez eux. Personne ne sait comment ils s'y prennent. Le guide ne disait rien du modus operandi. Il faut croire, selon ce qu'on m'a raconté ensuite, qu'ils se baladent avec un pistolet à eau rempli de caca dans la poche et te tirent dessus sans que tu t'en rendes compte. Merde! Mais tout cela, je ne l'ai su que le soir. Sur le moment, j'ai été dépassé et j'ai perdu le contrôle, j'ai repoussé le cireur de chaussures, je lui ai dit de s'en aller, j'ai supposé que c'était une arnaque, une escroquerie, et me suis mis à l'insulter en latino-américain, *hijodeputa*, *laputamadre*, *conchasumadre*, quelle merde, tandis que je frottais ma chaussure contre un poteau, puis contre le rebord du trottoir, pour que la merde tombe dans le caniveau. Lui s'approchait de moi en demandant s'il pouvait m'aider, et moi je lui disais d'aller se faire voir, et quelques Indiens qui attendaient le bus regardaient la scène d'un air étonné. J'étais furieux de ne pas être parvenu à me faire passer pour un Indien. De ne pas m'être fondu dans la foule. Je n'avais pas marché plus d'une heure dans la ville et j'étais déjà tombé dans le piège le plus grossier. Je n'étais pas invisible. Je voulais acheter un dieu, réussir à convaincre quelqu'un, dans ce pays de 1,3 milliard d'habitants, de me vendre un des millions de dieux vénérés là-bas, je n'étais rien qu'un touriste de plus. Je ne cesserais pas d'en être un. C'était une dure révélation pour un premier jour.

◆

Quelques jours plus tard, un matin, je marchais à l'est de la gare de New Delhi, à Paharganj. J'attendais avant de traverser une rue pleine de moteurs vrombissants et de roues frénétiques, lorsqu'une moto, une Tata, est passée devant moi et un type m'a demandé, la tête fourrée dans un casque, la direction d'une rue. Il me l'a demandé en hindoustani. Je le répète : il voulait savoir où se trouvait une rue et m'a interrogé en hindoustani. J'ai souri et l'ai presque embrassé. Avec un sourire plus indien que celui d'un Indien né et élevé en Inde, je lui ai dit que je ne savais pas.

Cet événement n'était pas la seule chose positive : mon plan commençait à fonctionner. Chaque fois que je demandais si on pouvait me vendre un dieu, que j'annonçais mon intention d'en acheter un avec de l'argent liquide, le vendeur en face de moi, que ce soit un vieillard, une jeune femme, une femme âgée ou un enfant, me passait une statuette, un souvenir, quelque chose qui représentait une divinité. On me proposait des miniatures d'éléphants colorés, de singes assis dans la position du lotus, toutes sortes de bouddhas, d'animaux-dieux, d'humains aux corps d'animaux, de pierres sacrées : toujours des représentations. Les plus diverses. Des milliers.

L'échec devient vite une habitude. Je prenais des notes sur ceux qui me répondaient et les choses qu'ils me proposaient. D'une certaine manière, je continuais de travailler, de m'en tenir à ce qui était prévu.

À un moment donné, je me suis dit qu'acheter un terrain en Inde pourrait être le moyen d'acquérir une divinité. La « Pachamama ». Au XVe siècle, certains curés vendaient des parcelles du paradis. Depuis de nombreuses années, une entreprise américaine vend des terrains sur la Lune. Deux ans après le début de la publication de l'histoire de ma vache, La Negra, l'Argentin Hernán Casciari a rendu un bel hommage – involontaire, sûrement – au journalisme cash en s'achetant un terrain sur la Lune pour écrire un récit. Mais c'est peut-être au Zimbabwe, en 2018, que s'est déroulé l'achat le plus intéressant : le pasteur Tito Watts et sa femme Armanda ont mis en vente des « billets pour le ciel ». Une sorte de ticket d'entrée pour la terre promise. Le prix de vente, en monnaie zimbabwéenne, équivalait à 500 dollars. Lorsqu'ils ont été arrêtés pour arnaque et délits financiers, ils avaient déjà vendu plusieurs billets pour la vie éternelle. Le pasteur disait aux fidèles de son église qu'il était Jésus et qu'avec ces billets en main ils entreraient directement au paradis, sans jugement. Mêler l'argent à des promesses de salut n'a rien de nouveau. Il y a plus de cinq cents ans, Luther, un moine augustin, s'est rebellé contre l'Église catholique romaine à cause de sa pratique de vente d'indulgences : absoudre les péchés en échange de dons et garantir une meilleure vie après la mort contre du cash.

Mon idée d'acheter un terrain en Inde était bien plus sérieuse que l'arnaque des billets pour le ciel ou l'escroquerie de la Lune. C'était une idée valable car les credo où la terre est ce qu'il y a de plus sacrée ne manquent pas et cela pouvait se révéler une solution pratique pour donner un sens physique à une situation divine. Et puis, sur ce terrain, je pourrais construire un temple personnel, individuel, aux murs faits avec la terre même de ce terrain, comme dans le projet *Personal Chapel* de l'artiste chilienne Antonia Taulis. Des monotemples.

J'ai pris contact avec le conseiller aux affaires agricoles de l'ambassade du Chili en Inde.

Je lui ai expliqué mes intentions et il m'a répondu :

Cher Monsieur,

Pour mieux répondre à votre demande, je vous remercierais de me donner davantage de précisions sur le type de terrain que vous désirez acheter, quel usage vous comptez en faire, etc. Il me semble qu'en disposant de ces informations l'ambassade pourrait vous fournir des renseignements plus spécifiques. Quoi qu'il en soit, je vous transmets déjà l'information préliminaire suivante, que l'on m'a fait suivre : les étrangers qui ne sont pas d'origine indienne ne sont pas autorisés à acheter des biens immobiliers.

Néanmoins, il y a de plus en plus d'agents qui facilitent des tels achats via la création de sociétés-écrans ou en négociant des baux de cinquante ans. Personnellement, je ne m'y risquerais pas, puisque aucune base juridique ne protège cette forme d'achat. Il faut également prendre en compte le fait que, dans les grandes villes, le foncier est très cher, contrairement à ce que l'on pourrait croire.

Le rêve d'un terrain qui m'appartiendrait, payé en argent liquide, s'est vite évaporé. Et j'en revenais à explorer un autre terrain, celui de la spiritualité. « Je cherche un dieu », annonçais-je aux vendeurs, mais chaque fois que je disais ça, on me tendait une statuette.

Quelle foi faut-il mettre dans l'achat d'un dieu ?

Comment ça s'achète, un dieu ?

Parfois, je me surprends à penser que la meilleure façon de trouver un dieu à acheter, c'est de courir après les histoires de foi. De nombreuses histoires de foi, aux quatre coins de la planète, pour écrire une histoire de la foi dans le monde. Mais cette formule n'est guère satisfaisante. Et je ne dis pas ça parce qu'elle se répète. Aujourd'hui, coincés comme nous le sommes dans un monde de consommation, nous ne pouvons éclairer certaines zones de vérité qu'en nous présentant comme des acheteurs, des clients, avec de l'argent liquide. Ce n'est pas ta personnalité qui compte, c'est ton offre. Il n'y a pas d'alternative: « Consomme et sois consommé, sinon tu ne pourras pas montrer la consommation. »

◆

Dans l'État de l'Haryana, au nord de Delhi, le pilote de l'avion avertit que nous sommes prêts à décoller. Je crois que si je pouvais acheter un terrain, c'est ici que je le ferais, là où se trouve l'avion aux billets les moins chers du monde.

Il est midi et la cabine est pleine d'enfants. Ils viennent d'un collège des environs. Ils sont contents, ils vont voler pour la première fois. Ils ont en main le billet de la compagnie aérienne et des bonbons que viennent de leur offrir les hôtesses de l'air. L'Airbus de la compagnie la moins chère du monde propose des billets à moins d'un demi-dollar.

Tandis que sont expliquées les consignes de sécurité en vol, avec les respirateurs artificiels qui tombent du plafond et les bouées en cas d'amerrissage, les enfants rient nerveusement et se regardent les uns les autres. Le capitaine annonce dans les haut-parleurs qu'il est important d'écouter attentivement.

« Attention ! »

Nous sommes en Inde. Le moment de décoller est venu, semble-t-il. Tout le monde est bien assis, la chaleur dans la cabine est étouffante. Un enfant hurle une blague. Les hôtesses agitent les bras, comme pour demander le calme.

Prêts à décoller.

Chacun à son poste.

On va partir.

Le moment est venu.

Mais l'avion ne décolle pas. Il n'avance pas car il n'a pas de roues. Il n'a pas de roues car il n'a pas de moteur. Il n'a pas de moteur car il est collé au sol. Il est collé au sol car ce n'est plus qu'une carrosserie.

Chez la compagnie aérienne la moins chère du monde, le passager entre, écoute des instructions, s'assoit sur son siège, boucle sa ceinture et, plutôt que de décoller, il regarde une vidéo.

Les enfants sont émerveillés, on a du mal à leur dire qu'ils ne sont pas en train de voler. Ils ne sont pas en train de voler, vraiment ? Si quelqu'un s'assoit dans le siège d'un train et reste immobile, paralysé, durant un voyage en AVE entre Madrid et Barcelone, on peut dire que cette personne n'a pas bougé. Ou qu'elle a bougé. La physique a une explication à cela et elle est simple : ça dépend. Puis, aussitôt après le « ça dépend », elle ajoute : « Ça dépend par rapport à quoi. »

Heureusement, face aux « ça dépend » des scientifiques, il y a la poésie. Impossible de ne pas évoquer, à propos de ces vols les moins chers du monde, le *Projet de train instantané entre Santiago et Puerto Montt* de Nicanor Parra :

La locomotive du train instantané
se trouve sur le lieu de destination (Pto. Montt)
et le dernier wagon au point de départ (Stgo)
l'avantage de ce type de train
consiste en ce que le voyageur arrive
instantanément à Puerto Montt au
moment même où il monte dans le dernier wagon
à Santiago.

Parra explique dans son projet qu'une fois arrivé instantanément à destination, il ne reste au voyageur qu'à prendre sa valise et à marcher jusqu'au premier wagon. Ce qui ne manque pas d'être une profession de foi, comme l'est toute poésie et comme l'est cet avion.

Le pilote s'appelle Bahadur Chand Gupta. C'est un ingénieur aéronautique de plus de 60 ans, un pilote à la retraite. En 2003, il a acheté un Airbus A300, d'une capacité de plus de 300 passagers, de 52 mètres de long et qui pèse 80 tonnes.

Bahadur est en uniforme de pilote et, à un moment donné, il fait comme s'il révisait le moteur, mais l'avion n'a pas de moteur. Sans qu'il soit vraiment nécessaire de le lui demander, il répète ce qu'ont dit de lui de nombreux reportages dans *The Guardian*, *El Mundo*, *The New York Times* et une dizaine d'autres journaux. Il avait eu la chance de beaucoup voler en avion et se sentait privilégié. Dans un pays de plus d'un milliard d'habitants, où ils ne sont guère plus d'une dizaine de millions à pouvoir voler, il a voulu en faire profiter le plus grand nombre.

Il a conçu sa propre profession de foi.

Une compagnie aérienne bon marché, avec des hôtesses et un pilote en uniforme, avec des billets et des mesures de sécurité, mais dans un avion qui reste cloué au sol. Les enfants ressortent émus de l'expérience.

Est-il un arnaqueur ? Un charlatan de l'aérospatiale ? Est-ce vraiment différent du marché des religions ?

Quatre Livre premier

L'avion d'Air India nous secoue comme si nous étions dans un parc d'attractions. Les turbulences sont réelles, cette fois. La moitié des sièges sont vides et la plupart des passagers portent des turbans sikhs sur la tête. Ils sont de couleurs différentes et s'agitent tandis que nous esquivons les embardées du vent. Nous quittons New Delhi à 5 heures du matin, il fait encore nuit et les mouvements de l'avion me réveillent alors que nous sommes sur le point d'atterrir à Amritsar, dans le nord de l'Inde, près de la frontière avec le Pakistan.

J'arrive dans une ville sacrée qui rassemble le plus grand nombre de sikhs au monde, où je pourrai visiter le Temple d'Or : là se trouve un vrai livre, palpable, doté de pages et d'une couverture, auquel tous se vouent.

L'avion atterrit avec quelques cahots. Personne ne réagit. J'attends ma valise au milieu des turbans et, à la sortie de l'aéroport, je prends un taxi pour me rendre à mon hôtel, dans la ville fortifiée. Le réceptionniste porte aussi un turban et la barbe, comme tout le monde, ici. Pour des raisons religieuses, dans le centre historique, l'usage d'Internet est limité : on ne peut pas accéder à certains sites d'information dont les mots-clés peuvent s'avérer offensants, ni aux sites pornographiques, même si tu essaies de tromper le moteur de recherche avec des termes ultra-soft ; par ailleurs, il est interdit de consommer de l'alcool et de fumer.

Le lendemain, je déjeune dans le premier McDonald végétarien du monde, qui se trouve à côté du premier Subway végétarien du monde et à quelques mètres du premier Kentucky Fried Chicken végétarien du monde. Dans la ville sacrée, on ne vend pas de viande. Outre les fidèles locaux, elle est pleine de touristes sikhs venus du monde entier, qui doivent visiter au moins une fois dans leur vie le Temple d'Or. Je marche, comme tout au long de ce voyage, en écoutant l'*Album blanc* des Beatles. Ce livre, celui que tu es en train de lire, a commencé par être un livre vierge. À un moment donné, après avoir voyagé jusqu'à Amritsar, j'en suis arrivé à imaginer que ce Livre blanc – en réalité un carnet Moleskine à la couverture blanche – pourrait avoir un caractère divin pour ce récit. Être le livre sacré des free-lances, des Itinérants.

Cette idée m'est vite sortie de la tête, car ce que j'avais acheté n'était qu'un carnet : j'avais demandé un carnet au libraire, on m'avait emballé un carnet et c'était un carnet qu'on m'avait encaissé. J'ai mis le carnet dans mon sac à dos, j'ai voyagé avec le carnet en main, j'ai noté dans le carnet les avancées et les reculs du projet. Convertir soudain, abracadabra, ce carnet blanc en livre sacré aurait été artificiel, voire vulgaire.

«Auriez-vous un livre divin?», ai-je demandé dans un magasin plein de rames de papier, de carnets à souche, de facturiers, de calendriers, de feuilles et de cahiers, dans le centre de la ville.

Le vendeur, aimable, grand, une sorte de père Noël à barbe et turban noirs, m'a donné les coordonnés d'un endroit où je pourrais trouver ce que je cherchais. Il m'a envoyé, gentiment, à l'endroit où se trouvait leur livre sacré à eux, alors que c'était mon propre livre sacré que je cherchais.

Je me dirige vers le Temple d'Or à travers des rues étroites qui regorgent de vendeurs de tissus, de sacs de céréales, de tuniques et de turbans. Un labyrinthe où l'on croise des enfants qui courent et des femmes au visage couvert. Il y a des vaches, une odeur de bouse, des images religieuses et des souvenirs pour touristes.

Lorsque tu parviens à la zone du temple, tu dois obligatoirement te couvrir la tête. Des centaines de vendeurs ambulants proposent des foulards orange.

J'en achète un, le mets, ôte mes chaussures, mes chaussettes et fait longuement la queue pour entrer.

Tandis que j'attends, je vois des centaines de volontaires de tous âges, des adolescents jusqu'aux vieux sikhs, en train de nettoyer le temple. Ils s'agenouillent. Ils frottent à côté de seaux d'eau. Les plus vieux montrent au plus jeunes comment s'y prendre. Ils font ça tous les jours, comme s'ils s'occupaient de donner le bain à un géant incapable de bouger qui les remerciait d'être ainsi lavé. Des familles entières, amies entre elles, s'adonnent à cette tâche de génération en génération, elles se retrouvent à l'heure du déjeuner pour nettoyer le temple, assumant un travail communautaire et bénévole quotidien dédié à leur foi.

Tout ça pour rien? Rien de leur sacrifice n'existe?

Pour construire le Temple d'Or, 700 kilos d'or ont été nécessaires. Presque 32 millions de dollars, si l'on considère que le kilo vaut 45 000 dollars. Un septième de ce que coûtait Messi en 2017.

Mais ce temple frotté et lavé tous les jours n'a pas été construit pour qu'y soit loué, adoré, remercié un dieu, un messie ou un sauveur. Son but est d'héberger un livre, le livre sacré nommé Adi Granth. Et c'est pour ça que je suis venu. Mon tour arrive finalement. Me voilà dans le temple. J'ai fait une longue queue. Un sikh qui travaille au temple lit des extraits du livre, mais pas dans le livre original. Le livre sacré, la divinité, l'unique, est recouvert de tissus. Les visiteurs lancent de l'argent dans sa direction en guise d'offrande. Des billets qui s'accumulent et qu'un des volontaires ramasse avec une pelle semblable à celle des croupiers des casinos qui ramassent les jetons à la roulette.

La construction du temple a commencé en 1588, à peine plus de cent ans après l'apparition de la religion sikhe. Elle a pris dix-sept ans et il a fallu creuser en profondeur pour créer la lagune artificielle face à laquelle le temple est installé. Tout Sikh, une fois au cours de sa vie, doit se baigner dans cette lagune, ainsi que le font des centaines de personnes chaque jour. Comme je le ferai moi-même en sortant du temple, en me sentant un sikh parmi les sikhs. En essayant de m'enraciner.

« En haut, on peut voir le livre », m'indique un des gardes, et les escaliers débouchent sur un endroit où deux religieux lisent dans leur langue des copies de l'Adi Granth. Lorsque tu parles avec eux, ils te disent que cette religion rassemble, dans une seule foi, le meilleur de toutes les religions et qu'elle promeut des valeurs telles que la vérité, la joie, l'humilité et l'amour. Des volontaires sikhs lisent pour les autres, ou jouent d'un instrument de musique et chantent, tandis que d'autres prient et font des offrandes. Personne ne rit. Personne ne se moque.

À l'intérieur du temple, les photos et les vidéos sont interdites. Dans la lagune nagent des poissons dorés.

« Notre religion, c'est faire le bien et essayer d'être de bonnes personnes », m'explique un des volontaires, qui m'aide à entrer dans l'eau. Elle est tiède. On s'y sent bien.

La nuit tombe sur Amritsar, le lac aux poissons dorés se remplit d'adeptes sikhs qui se baignent. Je me sens bien. Ça me plait d'être là. J'aimerais pouvoir m'acheter un dieu capable de générer une ambiance aussi détendue.

En chemin vers l'hôtel, je ne demande à personne de me vendre un livre-divinité ou un véritable dieu. Je reste silencieux. Je marche tout mouillé. Les rues sont plongées dans l'obscurité et on risque de buter contre les vendeurs ambulants. Des haut-parleurs diffusent des prières. Une fois, au Chili, j'avais demandé à un dignitaire sikh si je pouvais acheter un dieu. Il m'avait pris la main et m'avait dit qu'il n'y avait qu'une seule chose au monde qu'on ne pouvait pas acheter.

◆

On dirait un gros pantin en éponge. Lorsqu'on le voit pour la première fois, c'est sa taille qui attire l'attention : il est beaucoup plus grand et plus large que tous ceux qui l'entourent. Il est entièrement blanc, couvert d'une tunique et de turbans en soie. Sa barbe lui couvre tout le visage et c'est à peine si l'on voit ses yeux. On dirait qu'il y a quelqu'un là-dedans qui le manipule.

Tout cela a lieu au club Providence, à Santiago du Chili, un samedi après-midi. On s'est rassemblés pour méditer, pour se détendre et écouter Gurubachan Singh Khalsa, qui monte maintenant lentement sur l'estrade, s'assoit au centre sur des coussins blancs, comme un roi, et fait résonner sa voix au milieu de toutes ces tuniques, de toutes ces barbes et de tous ces tapis couleur de neige.

« C'est un amour, il est très simple », me dit une des organisatrices, celle qui m'a donné une accréditation pour participer à l'événement. J'y suis en tant que journaliste, même s'ils savent que mon idée est d'écrire un livre.

Quand l'organisatrice parle de lui, elle a les yeux qui brillent. Comme si quelqu'un avait allumé de petites lanternes dans ses pupilles. Elle a l'air si heureuse de travailler pour lui que son enthousiasme est contagieux. De fait, il n'y a qu'à regarder les autres personnes qui remplissent la pièce pour constater que beaucoup sont envoûtées.

Il y a, par exemple, un couple qui porte des tuniques, lui en turban avec une barbe blanche, elle dans un voile semblable à celui d'une jeune mariée. Ils sont venus le voir depuis la ville de La Serena, après cinq heures de voiture, avec un arrêt à Los Vilos où ils sont descendus pour prendre des photos.

Il y a une femme aux cheveux blancs qui est arrivée d'Uruguay pour un séjour d'à peine quarante-huit heures. Elle a acheté son ticket grâce à une promotion sur Internet et elle est hébergée à Santiago chez une amie yogini. Elle espère que ces deux jours rechargeront ses batteries, d'autant qu'elle a des problèmes administratifs à résoudre à Montevideo.

Il y a un Argentin maigrichon qui vit dans le quartier de Providencia, il fait et vend son propre pain et parcourt la ville, juché sur son vélo. Il pédale tous les matins et tous les après-midi ; le jour seulement, car il n'a ni phare ni réflecteurs.

Il y a une fille enceinte qui a obtenu son diplôme d'ingénieure commerciale, qui aime faire du yoga et de la méditation, et qui est là, envoûtée, respirant profondément, tandis que son mari, jeune lui aussi, ingénieur commercial lui aussi, son camarade au collège et à l'université, est resté à la maison à regarder un match en buvant de la bière et en préparant un barbecue pour le soir, auquel seront invités leurs amis communs.

On est prêts et il prend la parole.

« Bonjour, Chili ! Bonjour à tous ! », déclare le gourou yogi et sa voix amplifiée résonne dans tout le salon. Il fait chaud cet après-midi-là.

Les participants répondent à son salut. Plus de 100 personnes, face à la scène, prêtes à méditer, à faire des étirements et à inspirer profondément, très profondément, en gonflant le thorax comme un ballon de baudruche. C'est le moment idéal pour entamer une quête spirituelle, me dis-je tandis que j'étire les bras vers le ciel, haut, toujours plus haut, et qu'ensuite je les baisse lentement, en inspirant, expirant, inspirant, expirant. En inspirant et en expirant, toujours, en inspirant et en expirant. Pendant toute la séance, la vie durant, tandis que tu lis ces pages, en inspirant et en expirant.

« La respiration est très importante », signale Gurubachan Singh Khalsa, puis il nous demande de fermer les yeux et de garder l'air en dedans.

Je ferme les yeux. C'est la première fois que je suis face à un maître, à suivre ses mouvements comme s'il s'agissait d'un professeur de zumba dans un village vacances. Mais ici, tout est plus lent, on inspire et on expire. Au milieu de tout ça, avec les yeux fermés et l'air en dedans, on l'entend dire :

« Il fait très chaud, ici. Allumez la climatisation. »

J'ouvre l'œil droit discrètement en espérant que personne ne s'en rendra compte. Ses assistants courent d'un côté à l'autre. Lui, au centre de la scène que les autres ne voient pas, se passe une serviette sur le visage pour en ôter la sueur.

Gurubachan Singh Khalsa est né aux États-Unis en 1950. Marié à Sardani Sahib Gurubachan Kaur, père de trois enfants, il est accompagné pendant cette tournée par sa fille aînée. Il a étudié à l'université d'État de l'Ohio et à l'université de Boston. Selon sa page web, il vit entre le Nouveau-Mexique et l'Espagne, même si la une carte de visite qu'il me passera plus tard indique une adresse à Asunción, Paraguay.

L'Américain qui occupe la scène a été au service personnel du grand maître Yogi Bhajan pendant quarante ans, lequel était enseignant de yoga kundalini. Mais tout n'est pas que spiritualité. Gurubachan Singh possède aussi un empire de distribution de joaillerie qui s'étend sur tous les États-Unis, il est P-DG de KIIT (Khalsa International Industry and Trade), une entreprise qui propose des services de sécurité, et il est maintenant en train de développer un véritable empire dans le domaine des huiles essentielles destinées aux massages et à la relaxation, qu'il vend à divers spas dans le monde entier.

Joaillerie, sécurité et relaxation, voilà le triptyque dans lequel il se meut. Mais il ne s'arrête pas là. C'est aussi un conférencier en développement personnel de premier ordre. Il donne des cours de relaxation aux femmes de présidents, aux magnats d'Amérique centrale et du Sud, et à toute personne voulant mêler spiritualité et argent. Pour résumer : le gourou qui nous a réunis ici pour inspirer et expirer est à la tête d'une fortune plus que colossale. Il ne s'en cache pas, d'ailleurs, il frime. Cela fait partie de son message. C'est un entrepreneur fier de lui.

« Maintenant, inspirez jusqu'au fond, profondément, profondément, puis expirez en coupant l'air huit fois. Iiiiiinspirez et expirez en coupant l'air... pfff... pfff... pfff... pfff... pfff... pfff... pfff... pfff. »

On a vite la tête qui tourne. L'air, la respiration, et tout vider en interrompant huit fois l'expiration, ça finit par fatiguer. Mais ce n'est pas une fatigue angoissante. Ça donne envie de bâiller.

« Coupez, coupez la respiration, il faut couper dans la vie, il faut se libérer. Coupez la respiration, coupez les choses qui vous gênent dans la vie. »

Et nous voici, tous les 100, à respirer très profondément, puis à couper. À couper l'air, à couper ce qui dépasse, à couper ce dont nous n'avons pas besoin. À nous couper. À élaguer. À nous élaguer. Plus tu coupes, plus tu sens de l'énergie. Jusqu'à la fin.

La session finie, tu es un autre. Toujours le même, mais davantage coupé. Tu te renouvelles.

Comme chaque fois que je travaille sur un article, je décide d'aborder ce que je vis et d'observer en croyant. Je crois ce qui se passe sous mes yeux. C'est ce que je recherche, une manière de fuir cette industrie du journalisme où le point de départ est l'« incrédulité ». J'ai connu de nombreux journalistes que leur méfiance professionnelle avait abîmés.

L'attachée de presse de Gurubachan, en revanche, est une journaliste diplômée qui croit. Elle sait que j'écris un livre, elle sait que suis là pour croire, et elle sait que cela m'intéresse d'interviewer le gourou. C'est pourquoi, à un moment donné, elle s'approche de moi comme pour me confier un secret et me confirme que le maître me recevra le soir même, à l'hôtel Hyatt, un des plus luxueux de Santiago.

Et le soir arrive. Dans le hall du Hyatt, un cercle d'agents de sécurité et de disciples s'est formé autour de l'être corpulent qui nous a fait respirer tout l'après-midi. Je m'approche d'eux lentement, sans faire de bruit, comme si je ne voulais réveiller personne. Alors même que nous sommes dans le hall bruyant d'un hôtel.

Bientôt, sans que je m'en sois rendu compte, toute sa cour est partie et nous nous retrouvons seuls. J'essaie d'imaginer quel a été le signal ayant forcé tout le monde à disparaître aussi vite. Il a peut-être fait un clin d'œil au chef de ses disciples, appuyé sur un bouton sur son genou, ou il lui a peut-être suffi de le penser pour que les autres lui obéissent. J'ai encore du mal à le considérer comme un scintillement magique.

Nous commençons par évoquer son séjour au Chili, qui fait partie d'une tournée dans divers pays latino-américains. On nous sert un verre d'eau. Il me prend la main avec ses doigts couverts de bagues. Il me dit que la « Tournée des Miracles » s'arrêtera dans onze villes à travers huit pays. Après Santiago, il ira à Viña del Mar, et de là à Valparaíso, où il fera une séance au Congrès. C'est la première fois qu'il donnera un cours de yoga au siège du pouvoir législatif chilien.

Pendant notre conversation, une fille en minijupe argentée et aux jambes étincelantes passe devant nous, avant de disparaître derrière la porte d'un salon de l'hôtel où a lieu une fête de mariage. Le gourou ne se laisse pas distraire. Il agite ses mains et se touche la barbe tout en disant que pendant la séance de l'après-midi nous avons pratiqué une discipline et une philosophie orientales, que la discipline est très importante pour l'éveil de la conscience des personnes à travers la méditation et la respiration. C'est en inspirant et en expirant que l'on trouve la joie intérieure.

« Le Chili est un pays très prospère, ajoute-t-il.

— C'est un pays avec de très bons indices économiques, mais aussi de très forts indices de stress. Ce n'est pas si merveilleux que ça.

— C'est la même chose en Chine, où nous étions en mars. Car malgré leur prospérité et leur pouvoir économique, ils commencent à comprendre que l'argent ne fait pas le bonheur. Quand tu veux tout contrôler, la tranquillité ne vient pas. Ce n'est pas lié à la situation politique. L'apaisement se transmet d'une main à l'autre, d'un cœur à l'autre, dans ce que nous allons partager avec une personne, afin de vivre de manière saine, sainte et complète.

— Le yoga peut servir à gagner de l'argent ?

— Cela va ensemble. J'enseigne moi-même la méditation dans les plus grandes entreprises du monde. Il faut comprendre qu'une personne, pour survivre, doit développer son intuition. Dans les affaires comme dans la vie personnelle, l'intuition sert à comprendre les modes, les mouvements du marché. La paix spirituelle n'est pas séparée des affaires. La prospérité et la spiritualité ne sont pas non plus séparées. Tout est un. »

Gurubachan est prêtre de la religion sikhe, même s'il fait remarquer qu'il est venu au Chili pour la méditation et le yoga et pas en tant que religieux. Le sikhisme est une religion qui a été fondée en 1496 en Inde par Guru Nanak.

D'autres invités de la fête de mariage arrivent dans l'hôtel. Les gardes vont et viennent en parlant dans des talkies-walkies. Le maître parle posément. Un de ses assistants est venu voir si tout se passait bien.

J'ai peur qu'il s'en aille à tout moment ou qu'on vienne le chercher. En plus de croire, j'écris un livre. Alors, je me dépêche et me lance :

« Maître, je suis ici pour parler d'un autre sujet.

— Dis-moi.

— C'est à propos de la consommation. Aujourd'hui, de plus en plus, on peut tout acheter. C'est plus facile d'acheter que de méditer, maître.

— Pourquoi dis-tu cela ?

— Ça me semble plus facile. Et, de fait, j'écris un livre là-dessus : acheter, acheter, acheter.

— Intéressant, me dit-il en me prenant de nouveau la main.

— Et je veux acheter un dieu. C'est pour ça que je voulais m'entretenir avec vous, pour avoir votre opinion ou votre conseil. Est-ce possible d'acheter un dieu ? Peut-on acheter un dieu pour soi ? Tout peut-il être acheté ?

— Tout peut s'acheter, sauf une chose.

— Sauf quoi, maître ? », je lui demande, sérieusement.

Il fait une pause. Il lève ma main qu'il a prise dans la sienne et la pointe vers le plafond comme si sa main était un revolver. Ses plus proches disciples nous regardent, cachés derrière des plantes en plastique.

« Sauf quoi ? je répète.

— On peut tout acheter, sauf la respiration », me dit-il, puis il inspire.

J'expire.

« Alors vous pensez que je peux m'acheter un dieu.

— Tout ce qui n'est pas la respiration peut s'acheter. »

Voilà ce que me dit ce maître de la neuvième religion au monde en nombre de pratiquants. Les sikhs croient en un dieu unique, aux enseignements des dix gourous du sikhisme, et lisent le Guru Granth Sahib, le livre sacré des sikhs, une divinité. Ils croient également que leur religion rassemble le meilleur de toutes les autres. Et beaucoup d'entre eux sont convaincus qu'ils ne constituent pas seulement une religion, mais une ethnie. Les sikhs des États-Unis essaient depuis des années d'être considérés comme un groupe ethnique par l'organisme de recensement américain. Ce que les sikhs anglais ont déjà obtenu.

Cinq

Livre premier

Je suis arrivé à Bénarès sans savoir que ce serait là, dans cette ville sacrée, que j'allais finir par m'acheter un dieu.

En atterrissant à l'aéroport international Lal Bahadur Shastri, dans l'État de l'Uttar Pradesh, j'ai cru que les choses suivraient leur cours sans grand changement : demander si on avait un dieu à me vendre, ce qui susciterait des mouvements précipités et des regards surpris jusqu'à ce qu'on me dise que non, on n'avait pas ce genre d'article en magasin.

Bénarès est une des sept villes saintes de l'hindouisme, à 700 kilomètres de Delhi. Elle est célèbre auprès des touristes occidentaux pour les rites funéraires qu'on y pratique sur les rives du Gange. Les membres de la famille pleurent, les corps des défunts s'offrent aux regards, des sacs de beurre servent d'oreillers sur les bûchers funéraires, le beurre augmente la puissance du feu, les flammes enveloppent les corps, l'odeur de chair brûlée, les cendres jetées à la mer et parmi celles-ci un doigt qui n'a pas brûlé, un os, le fleuve pareil à la vie éternelle, une spiritualité navigable ; les enfants morts sont jetés dans la mer sans être brûlés, ils sont des saints, des dieux, c'est de là que viennent certaines divinités familiales, les touristes prennent en photo et filment les flammes, qui ne sont pas très hautes ; on dirait des barricades latino-américaines qui pourraient être au Chili ou en Bolivie ou dans certaines parties de l'Équateur, de la Colombie ou du Pérou, mais ce ne sont pas des barricades enflammées qui servent à freiner l'avancée de la police, du canon à eau et des gaz lacrymogènes, ce sont des flammes qui font fondre les corps avant qu'on en jette les cendres dans le fleuve sacré.

Je suis sorti de la gare routière de Bénarès sous un soleil abrutissant et le chauffeur de taxi m'a conduit jusqu'à mon hôtel sur les rives du Gange en me proposant des visites guidées pour voir les crémations, les cérémonies, les bars, les temples.

« Savez-vous où je pourrais acheter un vrai dieu, un dieu pour moi ?

— Oh non. Ça, je ne sais pas. »

Bénarès, la ville sacrée, la cité de Shiva, m'a accueilli avec des bruits, des odeurs et des saveurs auxquels je commençais à m'habituer. Mon travail de bureau me semblait lointain et la douleur physique, près du nombril, que je ressentais d'habitude le matin n'existait plus. Je ne passais pas la journée à penser à ce que j'aurais été en train de faire à la même heure dans mon autre vie, la vie réelle, celle faite d'amis de bureau, d'horaires de bureau et de problèmes de bureau.

Parcourir le centre de Bénarès, c'est se promener dans un marché sous LSD, avec des gens de diverses ethnies, une tension maximale, une injection d'Inde. Je n'avais jamais éprouvé cette sensation d'évoluer au milieu d'un essaim. Au milieu de tout ce bruit, un Indien maigre, jeune, avec les dents en avant et une fine moustache, me dit :

« Tu veux de la drogue ? Tu veux des massages ? Tu cherches du sexe ? J'ai tout ce qu'il te faut. »

Bénarès est un bouillonnement de gens, de saveurs et d'odeurs étranges. Il y a des couleurs nouvelles : à Bénarès, j'ai vu certaines couleurs pour la première fois. Et il y a toute une gamme de bruits différents, de sonnettes, de klaxons, de trompettes, de cris, de prières, de musiques, de sollicitations, de moteurs. Marcher dans ces rues étroites n'est pas facile, elles sont pleines de vieux qui dorment par terre, de vaches qui mangent des ordures, de moines qui dansent sur des braises, de singes qui sautent de toit en toit, de nouveau-nés aux yeux maquillés de « femmes fatales », de touristes qui viennent de se droguer, de voisins schizophrènes, chacun parlant dans sa langue. Tout cela recouvert d'une couche de cendres générée par tous les cadavres brûlés au matin, des cendres qui tombent sur les têtes, comme une pluie de vies d'outre-tombe qui mouille et sèche en même temps.

◆

Que se passe-t-il quand on veut acheter une vache pour en faire un livre décrivant l'industrie de la viande? Alors les détracteurs sont légion et soulèvent un problème qui leur semble crucial: l'attachement.

Autrement dit, quelqu'un qui, dans un restaurant, est en train de manger un steak de 900 grammes, saignant, son assiette convertie en piscine de sang, qui trempe dans cette flaque chaque morceau de viande avant de le porter à sa bouche, peut te regarder et te dire – tout en mastiquant la chair de l'animal – que le problème, c'est que si tu as donné un nom à la vache et que tu vas lui rendre visite, tu ne pourras plus la tuer car tu y seras attaché. Le problème, c'est l'attachement.

J'ai entendu ça de nombreuses fois alors que je venais d'acheter La Negra, cette vache nouveau-née que j'ai trouvée à Magdalena, dans les environs de La Plata, en Argentine, et qui a été le personnage principal du premier livre de cette trilogie cash.

Mais les carnivores n'ont pas été les seuls à être dérangés par l'idée d'acheter un bovidé pour raconter comment nous élevons et dévorons des animaux pour nous alimenter. Ç'a été aussi le cas des végétariens, des végan et des défenseurs des animaux. Ils trouvaient que j'exploitais cet animal, ce qui était une forme d'abus, et que jouer avec son destin – hésiter à la tuer ou pas –, c'était se comporter comme un psychopathe qui prend des otages et s'amuse à les viser avec son arme en leur demandant : « Je te tue ou pas ? Je te tue ou pas ? »

Quelques mois après la sortie de la première édition du livre, en 2008, l'avocate et activiste argentine Ana María Aboglio a publié l'essai *Il en va des vaches comme des baleines*. Un travail qu'elle a présenté comme une « déconstruction des parties fondamentales du discours de *La Vie d'une vache*, de Juan Pablo Meneses ». Il convient néanmoins de préciser que, selon Jacques Derrida, père de la déconstruction et défenseur tardif des animaux, agir de façon répressive envers les animaux, en tant qu'axiome, reste un comportement de type cartésien, logique et humain.

Le travail d'Aboglio s'ouvre par un chapitre intitulé « La construction de l'infériorité non humaine » et commence ainsi :

« Le livre du journaliste chilien est une sorte de reality-show dont l'idée de départ est d'acheter un animal qui, en Argentine, a un statut à part, bien qu'il soit également exploité dans d'autres pays. »

L'exercice qui consiste à acheter un animal pour raconter son histoire y est interrogé ; d'une certaine façon, il est comparé au processus de dressage et de vente des baleines au parc de loisirs aquatique dans le but de divertir les enfants et d'obliger leurs parents à acheter des billets d'entrée. Je peux concevoir que l'avocate Aboglio, activiste et fondatrice d'Anima, ait publié un essai critique à propos du livre, cela correspond à sa vision. J'ai plus de mal, en revanche, à comprendre les commentaires des mangeurs de viande, sportifs de l'extrême dans l'art de planter les dents dans la chair d'animaux morts. Comme ce matin où, pendant *Mañana vemos*, une émission de la télévision publique argentine, le musicien Mex Urtizberea m'a demandé en direct :

« C'était vraiment nécessaire de nous raconter d'où viennent les steaks ? »

Et le batteur y est allé de son coup de cymbale, provoquant les rires du public.

Que se passe-t-il quand on veut acheter un enfant footballeur pour raconter une histoire ? Alors les détracteurs sont légion et soulèvent un problème qui leur semble crucial : que tu leur laisse une part du gâteau.

Dans ce cas, les discours n'ont pas besoin d'être déconstruits, ils fondent plus vite que du beurre dans une poêle. J'ai pu le vivre personnellement de nombreuses fois. Il me suffisait de dire que j'avais rencontré un nouvel espoir du football, un enfant unique, génial, un jongleur du ballon, le nouveau

Messi, le nouveau Maradona, le nouveau Neymar, le nouvel Alexis Sánchez, le nouveau Pelé, le nouveau Paolo Rossi, le nouveau Ronaldo, le nouveau James Rodríguez, le nouveau Chicharito, le nouveau nouveau super-nouveau, plus nouveau tu meurs, pour que mon interlocuteur se redresse sur son discours fondu et me demande : « Je peux m'associer avec toi ? »

J'ai entendu ça si souvent tandis que je parcourais l'Amérique latine en me rendant sur les terrains de football où jouaient de jeunes promesses, en parlant avec des agents, des intermédiaires, avec des pères qui avaient tout abandonné pour se consacrer à leurs enfants, avec des entraîneurs de joueurs mineurs, avec des présidents de clubs pauvres et perdus qui attendaient le jour de la grande sélection, avec des grands-mères, des frères et des tantes, tandis que je cherchais à acheter le protagoniste du deuxième tome de la trilogie du journalisme cash : *Le Prodige*.

« Tu vas vraiment acheter une future promesse du foot ? Il est bon marché ? Laisse-moi m'associer avec toi ! T'imagines, si on trouve un Messi, on sera blindés. »

J'ai entendu ça si souvent. « Être blindé », au sens d'amasser une montagne de billets qui te protégera à vie. Qu'il s'agisse d'un journaliste sportif que j'appelais pour une interview, d'un agent ou d'une personne que je venais de rencontrer dans une fête, il me suffisait de dire que je m'apprêtais à acheter un enfant footballeur pour que les yeux en face de moi se mettent à briller.

Ils brillaient toujours ; parfois, l'éclat formait le signe du peso.

Ils ont continué de briller même après la publication du livre. Je reçois encore des e-mails de pères et d'oncles qui me disent avoir chez eux le prochain capitaine de l'équipe de Barcelone et qui ne savent pas quoi faire de lui, ni où aller chercher fortune lorsqu'il débutera. Je me souviens du moment où j'ai été contacté depuis l'Espagne par l'entrepreneur Oscar Ramírez. Sur Skype, il s'est mis à me raconter ses projets. On pourrait s'associer, m'a-t-il dit, et monter une page web depuis le site du F C Barcelone en faisant payer 100 dollars à chaque père pour qu'il puisse mettre en ligne une vidéo de son fils, où qu'il soit dans le monde. Les gens pourront voter et celui qui obtiendra le plus grand nombre de votes intégrera la Masia, le centre de formation du Barça. Ce sera une mine d'or, il y a beaucoup de fric à se faire, il n'y a qu'à voir tous les maillots du Barça qui se vendent là-bas, en Amérique latine, et cher en plus, il s'en vend des milliers, c'est dingue, il y a un paquet de blé à se faire.

« Ne tue pas la vache ! », me disait-on, et celui qui me le disait pouvait être en train de manger la cuisse d'une génisse semblable à La Negra.

«Laisse-moi m'associer avec toi!», me disait-on, et celui qui me le disait s'imaginait peut-être déjà assis sur un matelas de billets de 100 dollars.

Que se passe-t-il en revanche lorsqu'on veut acheter un dieu pour raconter une histoire?

Alors, les gens pensent que c'est une blague. Pour une fois, les croyants et les athées les plus fervents se mettent d'accord. Et, avec eux, toute la faune qui, entre ces deux extrêmes, se tient sur l'arête de la crédulité.

Le plus souvent, les gens croyaient à une blague et éclataient de rire. Puis ils se mettaient à dire des choses comme «J'espère pouvoir lire ton livre bientôt», «J'ai hâte de voir comment tu vas te moquer des religions», «J'ai hâte de voir comment tu vas ridiculiser ce business». Au début, je ne répondais pas, ou, selon l'heure et l'endroit, je leur adressais tout au plus un sourire. Mais au bout d'un moment, je me suis mis à dire ce que je pensais, à savoir que non, je n'avais pas l'intention d'écrire pour me moquer, bien au contraire, cette recherche était importante pour moi, je ne voulais pas rire de personnes que j'admirais, j'admire les gens qui croient, je ne trouve ni drôles, ni intelligents ni «supérieurs» les gens qui ne croient pas, et si moi je ne crois pas, si moi je doute de tout, si je me méfie de chacun d'entre vous, si je suis incapable de me laisser aller car quelque chose est peut-être en train de se passer quelque part, c'est précisément à cause de tant d'années de journalisme, de tant d'années passées entouré de gens qui répètent qu'il ne faut pas croire, qu'il ne faut se fier à rien, que ce qu'on te dit n'est pas vraiment ce qu'on te dit mais autre chose, qu'un discours qui semble dire blanc en réalité dit noir, et que si la personne interviewée affirme qu'elle va de l'avant, c'est en vérité qu'elle recule, et cette quête d'un dieu, c'est aussi la quête de la possibilité de croire, que l'on puisse croire, que l'on commence à se croire les uns les autres.

« Sérieusement ? À ce point ?

— Bon, c'est ce à quoi je voudrais parvenir avec ce livre. Je ne sais pas si j'y arriverai. »

Voilà mon avertissement : qu'il passe son chemin, celui qui pense que ce livre est une satire ou une moquerie. C'est une exploration, fondée sur l'expérience que je suis en train de vivre, une tentative de construire une chronique, un essai sur la foi, la recherche spirituelle, sur les problèmes du manque de foi provoqués par le journalisme, sur les civilisations détruites au nom d'un credo et sur l'achat de mon dieu. Et c'est pourquoi je ne cesse de répéter :

Ce livre n'est pas une satire religieuse.

Ce livre n'est pas une satire religieuse.

Ce livre n'est pas une satire religieuse.

Six

Livre premier

Je suis dans un temple bouddhiste, à Katmandou, entouré de maîtres spirituels. Et j'attends qu'ils m'aident à acheter un dieu.

Cela fait plusieurs heures que je médite avec une douzaine de lamas, comme on appelle les guides spirituels du bouddhisme. J'attends le prince du temple, qui a accepté de répondre à une question. Nous méditons et nous ne devons pas nous regarder entre nous. Pourtant, je ne peux m'empêcher de les observer. Je suis le seul qui n'aie pas la tête rasée et ne porte pas de tunique. Il y a des encens allumés. Il y a une grande représentation du Bouddha et des tableaux où sont peints les visages d'autres lamas. Il y a des drapeaux colorés sur tout le plafond. Il y a une petite fenêtre où l'on voit passer des gringos avec des appareils photo et des chapeaux pour se protéger du soleil. Il y a une peinture sur un mur qui montre le chemin infaillible vers la libération et l'illumination. Il faut s'asseoir par terre. Il faut éteindre son téléphone. Il faut croire à ce que tu es en train de vivre.

Je vois des lamas d'âges très divers. Le plus vieux pourrait avoir plus de 100 ans. Le plus jeune semble approcher les 20 ans. J'en suis là, à calculer leur différence d'âge, quand apparaît le maître qui, en réalité, s'habille comme un banal lama et ressemble à tous les autres. Aucun ornement ne le différencie. Pas de décoration pour l'auréoler. Pas de médaille, de bâton, de couvre-chef remarquable.

Il me prend les mains et nous nous faisons mutuellement une révérence. Il brandit une cordelette, blanc et rouge, qu'il me passe autour du cou en signe de bienvenue. Puis il parle. Il parle du Bouddha et du Népal (ici, le bouddhisme est la deuxième religion, loin derrière l'hindouisme que professent 80 % des Népalais), il parle de la Mongolie et du Bhoutan (les deux seuls pays où le bouddhisme tibétain est la religion principale), pour finir il parle de la Chine et du Tibet (les pays d'où ils ont été expulsés et où leur religion est interdite). Nous sommes debout, au bord de la nef principale du temple, et derrière nous les autres lamas continuent de méditer, de penser et de regarder vers la porte où entrent le soleil, quelques visiteurs et quelques bouddhistes tandis qu'un gringo les prend en photo et leur donne des dollars enroulés comme des cigarettes.

« Je voudrais simplement vous poser une question », lui dis-je, bien qu'il ait déjà été prévenu par la personne qui lui a parlé de moi. Je ne sais pas si c'est la bonne stratégie. Il acquiesce d'un geste de la tête et j'inspire profondément. Je me répète la question en pensée, j'en prépare le ton dans ma tête, je mets l'enregistreur en marche et je me lance :

« Maître, comment puis-je acheter un dieu ? »

Le lama reste immobile, comme s'il avait été mis sur pause. Il reste ainsi deux, trois secondes ou plus. Durant cette attente, je me l'imagine enfant, un mini-lama qui court à travers les collines de Katmandou et qui poursuit la lumière avant même d'atteindre l'adolescence, puis je me l'imagine jeune, sur le chemin de l'illumination, plongé dans l'étude rigoureuse de la vie du Bouddha, et ces deux ou trois secondes de pause, qui me suffisent pour faire défiler sa vie d'enfant puis d'adolescent entièrement dédiée à sa croyance, s'achèvent.

« On peut croire qu'on achète des choses. C'est très commun, les gens croient acheter des choses. Mais on ne le fait pas. Tu peux acheter un lit, le meilleur des lits, mais tu ne peux pas acheter le sommeil. »

◆

Acheter un dieu n'est pas facile. Concrètement, ni Amazon ni Leboncoin n'en proposent à la vente. On n'en trouve pas dans les rayons des supermarchés. On n'en fait pas la publicité et on n'en trouve pas en promotion sur les sites web ou sur les réseaux sociaux.

Tu ne peux même pas te payer le site dieu.com ou god.com car tout est déjà pris. Premier arrivé, premier servi. Voilà, il faut croire, le genre d'éthique qui doit guider le propriétaire d'un dieu.

On sait que l'éthique est une réflexion permanente sur la morale et qu'en partant de là on pourrait également analyser l'achat d'une divinité. Mais, comme l'a dit Ferrer, la société se forme en premier, son dieu vient ensuite. La religion en tant qu'invention de la civilisation et pas l'inverse.

Selon Kant – très utile lors d'un achat comme le mien –, l'éthique se limite à la bonne volonté et, dans le cas qui nous occupe, aller faire l'emplette d'un être divin pour écrire un livre n'a rien de moralement répréhensible. Mais si l'on pousse l'argument moral dans ses derniers retranchements en suivant Nietzsche, pour qui la morale est une force terrible et trompeuse, l'exercice consistant à acheter une divinité peut servir à défier tous les concepts éthiques et moraux établis.

Je ne sais pas si c'est ce que je cherche. J'ai l'impression que cette quête pourrait s'inscrire dans la tradition de Siddhârta Gautama, le Bouddha, et expliquer l'existence d'une sorte de panthéisme virtuel, nouveau, individuel. Si chacun peut s'acheter son propre dieu, alors, finalement, aller faire ses courses deviendra une quête religieuse.

Chacun avec son dieu personnel, comme le *Personal Jesus* de Depeche Mode. Quelqu'un qui écoute tes prières, quelqu'un qui s'intéresse à toi.

Un avocat et comptable a dit que le dieu personnel pouvait être breveté auprès de l'Organisation mondiale de la propriété intellectuelle. Comme une nouvelle version de Descartes, la rationalité légale s'apparente au regard éthique du « Je pense, donc je suis ».

« Vous déposez l'idée du dieu et donc vous existez. »

L'achat et la vente comme morale moderne. Le journalisme cash comme principe guidant l'investigation. Même pour faire ce livre, il serait plus facile de travailler à partir de l'idée que Dieu n'existe pas, qu'il n'est par réel.

« Tu devrais parler avec un théologien », m'a recommandé une amie qui connaissait mon projet.

Après de nombreuses allées et venues, de nombreux coups de fil ici ou là, de nombreuses visites dans des bureaux, j'ai fini par trouver un théologien digne de confiance. Quelqu'un en qui croire. Et d'emblée, il m'a dit :

« Dieu, personne ne l'a jamais vu. »

Il me le répète cinq ou six fois. Ce théologien s'appelle Antonio Bentué, il est catalan, docteur en théologie catholique à l'université de Strasbourg et titulaire d'un doctorat en théologie protestante.

Depuis 1971, il enseigne la théologie fondamentale, l'histoire des religions et donne un cours intitulé « Religions et christianisme ». Pendant de nombreuses années, il a partagé son temps universitaire entre Barcelone et Santiago du Chili, à l'Université catholique.

« Dieu, personne ne l'a jamais vu. On ne voit que ce qui est visible, ce qui apparaît. Alors, à partir de là, on se demande : pourquoi ce qui est est ? L'intuition nous dit que ça, tout ce que nous vivons, ne peut pas être le simple fruit du hasard. Qu'il doit y avoir une explication. Comme l'affirme Aristote, la science, c'est la connaissance à travers les causes. Si tu affirmes que l'existence des causes n'est pas nécessaire, c'en est fini de la recherche scientifique. Tout s'écroule, il n'y a plus besoin de chercher quoi que ce soit. Alors, puisqu'il faut bien qu'il y ait des causes, on émet l'hypothèse de causes surnaturelles. Une explication mythique de la réalité : "Saint Isidore, fait pleuvoir", alors on va attendre la pluie. Ou "Dieu créa le monde", car comment expliquer le monde autrement ? La mythologie, c'est l'hypothèse de causes surnaturelles pour expliquer ce qui est présent dans la nature. »

Antonio est l'auteur d'une demi-douzaine de livres, parmi lesquels *De Dios a Dioses* (*De Dieu aux dieux*), où il évoque les différentes religions. C'est une éminence dans le monde de la théologie ibéro-américaine, mais c'est aussi quelqu'un de joyeux, d'aimable, d'amusant, aux cheveux blancs, qui a le talent particulier de prononcer des phrases qui lui font hausser les sourcils dès qu'il a fini de les dire.

« À l'époque prémoderne, tout s'expliquait en tant que fait surnaturel car la science n'existait pas. Si la foudre tombait, c'était Zeus. De là a surgi la mythologie, présente dans toutes les cultures sans exception. Une explication mythologique de la réalité, en partant du principe raisonnable qu'il y a forcément des causes. »

Bentué dit qu'à partir de ces causes, de cette mythologie, l'homme a commencé à réfléchir à la façon de se connecter à ces causes. Pour qu'elles lui soient favorables, ou du moins qu'elles ne lui soient pas défavorables, et qu'elles punissent son ennemi.

« C'est là que survient le rituel. De la même manière que le mythe est une explication mythologique de la réalité, le rituel est une tentative de contrôler cette réalité en s'arrangeant pour que les pouvoirs qui produisent tout ça m'aient à la bonne. C'est l'apparition de la culture mythique rituelle. Et au sein du rituel s'invite la structure narcissique propre à l'être humain. Nous sommes tous ou nous prétendons tous être le nombril du monde. La présence du désir. Et cette perspective s'applique au rituel. Le rituel, c'est la possibilité de me connecter et, avec un peu de chance, de contrôler ce pouvoir surnaturel développé par le mythe. Et là survient le versant magique du rituel. La tendance qui veut que le rituel soit un élément que je contrôle, à travers lequel je contrôle le pouvoir surnaturel auquel je crois. Plus cela fonctionne de la sorte, plus une personne, une communauté ou un groupe prétend que grâce au rituel le pouvoir surnaturel est contrôlé, plus magique est le rituel. Aucune religion n'est exempte de magie. La magie n'a rien à voir avec le mythe, selon moi. Elle est liée au rituel, plus on pense qu'avec le rituel on contrôle le surnaturel, plus on s'approche du versant magique. Lequel est narcissique. »

Bentué a l'accent espagnol, bien qu'il vive actuellement à Talcahuano, une ville portuaire du sud du Chili. Une de ses préoccupations, me dit-il, c'est de s'éloigner des choses matérielles, c'est pour ça qu'il est allé s'installer là-bas avec sa femme. Son bureau est situé sur le campus San Joaquín, à l'Université catholique de Santiago. Quand il parle, il agite les mains, prend des choses sur son bureau en guise d'exemple et hausse la voix si on essaie de l'interrompre avec une question.

« Peut-on peut acheter un dieu ? », je lui demande.

Il rit.

Je lui explique que je parle sérieusement, que c'est le sujet de mon livre et qu'il en fera partie.

J'insiste :

« Si on voulait acheter un dieu, serait-ce possible ? »

Il rit de nouveau et me lance :

« Bien sûr, grâce au rituel. C'est le narcissisme qui s'en charge. Ce que le narcissisme prétend, c'est acheter, et non seulement acheter, mais contrôler Dieu. Ou encore, affirmer : "Je suis millionnaire, c'est le signe que dieu me bénit." Ce qui est carrément douteux. Plus une religion prétend donner des choses en fonction de l'individu, de la race, du groupe, plus le narcissisme est fort.

— Ce n'est qu'une question de narcissisme ?

— Quand un président me dit : "Dieu me soutient", c'est une phrase complètement narcissique. C'est le désir d'avoir Dieu à son service. Quand on dit que Dieu a permis au Chili de gagner la guerre contre le Pérou et la Bolivie avec le soutien de la Vierge de Carmen, c'est du pur narcissisme.

— Je comprends… Et je peux m'acheter un dieu ?

— Bien sûr, mais seulement dans la culture prémoderne. Dans le cadre d'une vision mytho-rituelle, c'est certainement possible. Mais ça change à partir du XIIe, XIIIe, XIVe siècle, lorsque la science est découverte. Ce n'est plus saint Isidore qui fait pleuvoir et cela n'a plus rien de surnaturel. On passe alors à une civilisation scientifico-technique et moderne. Et ça marche. Même si l'on fonctionne parfois de façon schizophrénique : je crois en la culture moderne, je sais qu'il pleut à cause de l'évaporation et des nuages, mais je vais quand même prier saint Isidore, au cas où.

— On pourrait s'acheter un dieu, au cas où.

— Je te le répète, Dieu, personne ne l'a jamais vu. Ce que tu dis, c'est du pur narcissisme. »

Sept

Livre premier

Je n'ose pas demander au père si sa fille est à vendre. Avec les parents des enfants footballeurs, c'était plus simple, ils n'attendaient que ça, que quelqu'un vienne les acheter. Ici, c'est différent. Je viens de donner quelques billets au père, il les fourre dans sa poche tandis que son épouse, derrière un rideau, maquille l'enfant de 10 ans avant de me la montrer. Le père ne parle que le népali, nous communiquons par l'intermédiaire de Ricardo. En fait, Ricardo ne s'appelle pas Ricardo, il s'appelle Pushpa, c'est un guide-traducteur qui a appris l'espagnol sur Internet, il s'est spécialisé dans les touristes espagnols et les rares touristes latino-américains et a choisi de se faire appeler Ricardo car il a vu ça dans un film et ça lui a plu, il a trouvé que le nom avait une musicalité qui lui plaisait. R-i-c-a-r-d-o, répète-t-il en regardant vers l'au-delà, puis il sourit, émerveillé par les vibrations que provoquent en lui toutes ces lettres réunies.

Ce matin, Ricardo est venu me chercher avec la voiture de l'agence à mon hôtel, dans le centre de Katmandou, une zone pleine de touristes occidentaux amateurs de trekking, de montagne, d'artisanat et de fanions. Au bout de près d'une heure de trajet, nous arrivons à Patan, où il est facile de rencontrer et d'interviewer une des déesses Kumaris, les enfants-déesses du Népal.

Le père me raconte que depuis que sa fille est une divinité, il ne travaille plus. Ricardo me dira plus tard que de nombreux touristes viennent chaque jour, lui donnent de l'argent, la prennent en photo, que ce pèlerinage est incessant. De fait, lorsque nous arrivons, cinq Canadiens équipés d'appareils photo Canon et d'objectifs professionnels s'en vont.

La déesse Kumari la plus célèbre du Népal est celle de Katmandou, elle sortira demain soir dans les rues de la ville pour la seule fois de l'année. Pour l'instant, il ne fait pas encore nuit, il n'est que midi et je ne suis pas à Katmandou, mais à Patan ; le père disparaît derrière le rideau et donne des instructions à son épouse et à sa fille-déesse.

Pour trouver la déesse, il faut aller jusqu'à la grande maison d'Haka Bahal, entrer dans la cour intérieure et monter les escaliers au fond à gauche. La maison fait partie d'un monastère, le sol est en terre battue et les murs sont épais. Tout y est obscur, même en plein jour. Ricardo sait que je suis ici pour suivre mon flair spirituel, que j'étudie la possibilité de m'acheter une divinité. Lorsque le père revient, il annonce que je pourrai voir l'enfant-déesse dans cinq minutes et la prendre en photo, mais que je ne pourrai lui poser aucune question.

Par l'intermédiaire de Ricardo, je lui demande :

« Personne n'a jamais essayé de l'acheter ?

— Non, jamais. Bien qu'une fois on nous ait proposé de l'argent pour l'emmener en Europe et la faire passer à la télévision. Mais ce n'est pas possible », me répond-il en népali, traduit par Ricardo.

Si tu ne crois en rien, tu ne croiras sans doute pas non plus à cette divinité. Les petites déesses vivantes du Népal sont pourtant parmi les personnages les plus singuliers de la vallée de Katmandou. Kumari signifie « enfant célibataire » et pour être élue, la fillette doit appartenir à la communauté indigène des Newars et au clan Shakya. Au moment d'être choisie, elle doit avoir entre 2 et 5 ans, posséder un thème astral spécifique, avoir des jambes sveltes et la voix claire.

Selon la tradition, son mandat dure jusqu'à ses 12 ans, l'âge où l'on estime que les fillettes ont leur première menstruation. À l'arrivée des premières règles, elles doivent quitter le temple et sont remplacées par d'autres enfants-déesses. Contrairement à d'autres réincarnations divines qui durent toute la vie, comme le dalaï-lama, les enfants Kumaris cessent d'être divines « en devenant des femmes », pour reprendre les termes de Ricardo.

Je vais enfin la voir.

De derrière le rideau surgit une main adulte, qui l'écarte.

La réincarnation de la déesse apparaît.

C'est une fillette vêtue de rouge, maquillée, assise ; une fillette qui, d'un simple regard, force sa mère ou son père à se déplacer ; une enfant-déesse avec à ses pieds une coupelle pour que les visiteurs lui laissent de l'argent ou toutes sortes d'offrandes.

Je suis face à une réincarnation de la déesse hindoue Kali, elle ressemble à une petite fille népalaise comme les autres. Mais elle n'est pas comme les autres.

◆

L'avion survolait la vallée de Katmandou avant d'atterrir. À travers le hublot, on pouvait voir les montagnes, des maisons sur les collines et une végétation abondante. La moitié des passagers étaient des touristes avec sac à dos et pantalons de randonnée. Le ciel était couvert et juste avant l'atterrissage un vent fort s'est précipité sur nous, mais qui n'était pas assez fort pour nous renverser. Cette fois plus que d'autres, atterrir a été un soulagement sacré.

J'arrivais au Népal, le pays où les divinités ne se contentent pas d'exister de façon spirituelle et d'être représentées sur terre par des statuettes ou des images. Ici, les 30 millions d'habitants ont des déesses qui respirent, marchent, parlent, se maquillent, reçoivent des offrandes et s'incarnent sous la forme de fillettes vierges. Depuis des siècles, les hindous et les bouddhistes de toute la vallée de Katmandou adorent ces petites filles qu'ils croient possédées par une déesse hindoue.

« Tant que dure sa période de déesse, nous nous consacrons entièrement à elle. Être avec elle nous occupe à plein temps, c'est une très grande responsabilité, nous devons être attentionnés », me dit le père après le départ de l'enfant-déesse. Ils ne m'auront pas permis de rester plus de dix minutes pour la prendre en photo, la vénérer et lui donner une offrande.

Son père me montre la chambre de l'enfant, pleine des poupées que lui offrent les touristes européens, de ses dessins, de jouets éducatifs, de livres à colorier, avec, dans un coin, un espace pour son maquillage.

« J'écris un livre dont le sujet est d'acheter un dieu, et cela m'intéresse de savoir comment on vit avec une déesse. Quelle impression cela fait ?

— C'est une fierté, la plus grande fierté que l'on puisse avoir, je suis reconnaissant chaque jour d'avoir eu une fille en qui la déesse s'est réincarnée. »

Ricardo me dit que le temps convenu touche à sa fin. Nous partons après les dernières photos. Dans la cour centrale de la grande maison, deux enfants courent. Ils jouent. La déesse Kumari est au deuxième étage, elle est à la fenêtre et crie quelque chose aux enfants pour qu'ils montent jouer avec elle.

◆

Demain soir, la déesse de Katmandou sortira dans les rues. Ricardo me dépose à mon hôtel, c'est là que s'achève son travail. Puis il monte sur sa moto et propose de m'emmener au centre-ville. Dans le centre, les touristes doivent payer mais selon Ricardo, je peux me faire passer pour un Népalais, il me demande de monter derrière lui et nous partons. Lorsque j'entre dans le centre, je me sens plus local que jamais, Népalais parmi les Népalais.

Le soir, avant de dormir, j'ai pris des notes dans le Livre blanc. Le lendemain serait le jour de la grande procession et je me suis endormi en pensant à ce qui s'annonçait. Mais quelques heures plus tard, des bruits de pas dans la chambre m'ont réveillé. Des petits pas. Et je jure que ces pas étaient ceux de la déesse Kumari, des pas légers qui se sont évanouis quand j'ai allumé la lumière.

Ces pas que j'ai entendus dans ma chambre, était-ce de la fiction ou de la non-fiction ? Si on a l'impression d'être dans un endroit hanté, s'agit-il d'une vérité ou d'un mensonge ? Voilà qui pourrait n'être qu'un débat de plus sur la rencontre entre littérature et journalisme, mais j'ai vraiment senti ces pas et je suis resté éveillé avec la lumière allumée. Le cœur battant. Effrayé. Je n'ai presque plus fermé l'œil de la nuit et je suis allé tôt dans le centre de Katmandou pour assister à la procession.

Il y a des caméras de télévision, des bus de touristes et une marée humaine. C'est le jour où la déesse de Katmandou, la plus célèbre de tout le pays, sort dans la ville. Au bout de quelques heures, je suis entouré de milliers de personnes qui crient et qui se suivent et qui prennent des photos et qui poussent et il pleut à verse et tu te mouilles et on te pousse et la photo du touriste et la prière de l'autochtone et il n'y a plus un seul espace libre dans les allées du centre historique de Katmandou aujourd'hui, le seul jour de l'année où la déesse vivante parcourt les rues. La même qui, dans la nuit, est venue hanter ma chambre d'hôtel.

À Katmandou, il y a des dispositifs de sécurité partout. Contrairement à la Kumari de Patan, la déesse de Katmandou est une superstar.

Puisqu'il s'agit d'une croyance d'origine bouddhiste et hindouiste, des prêtres des deux religions et un astrologue certifient que la vierge sélectionnée possède les 32 *lachhin*, des attributs physiques et psychologiques, comme le Bouddha.

De nombreux critères physiques des déesses sont liés à des caractéristiques animales : chaque déesse doit avoir des jambes de biche ou une voix claire comme celle d'une cane. Sa dentition doit également être parfaite, son historique médical impeccable, ses cheveux et ses yeux bien noirs. La Kumari royale de Katmandu, contrairement aux autres, doit avoir le même signe du zodiaque que le président de la République pour garantir la bonne fortune du pays. Elle doit également passer plusieurs épreuves qui attestent son courage, passer par exemple une nuit à veiller sur des têtes de vaches mortes.

La voici dans la rue. Elle avance sur une sorte de char, poussée par des milliers de têtes, de doigts. Elle est vivante, mais elle ne salue pas. D'autres petites filles l'accompagnent, sur d'autres chars. Le centre-ville est sens dessus dessous. Il y a de la ferveur. Lorsque les autels qui transportent les fillettes parviennent au palais Kumari Ghar de Katmandou, ils restent devant tandis qu'elles entrent à l'intérieur.

Elles vivent recluses et cette unique sortie permet aux gens de les fêter. Ils leur font aussi des offrandes. Ils jettent des billets froissés à leurs pieds. De l'argent liquide. Du cash. L'argent vole dans les airs. On entre tous dans une même transe : mettre la main à la poche, froisser l'argent et le jeter pour qu'il tombe aux pieds de la divinité, en guise d'offrande, de sacrifice, comme un rituel dans lequel l'argent ne manque jamais d'apparaître et duquel tous, à chaque instant, nous faisons partie.

Huit Livre premier

L'heure est venue de rencontrer Osho. Comme c'est le moment le plus important de la journée, nous devons tous être sortis de la douche, sans parfum, sans colliers bruyants, et ne porter rien d'autre qu'une tunique blanche. La cérémonie est intitulée *Evening Meeting* et se déroule dans une grande pyramide noire qui peut accueillir plus de 300 personnes. À l'entrée, deux agents de sécurité font passer leur détecteur de métaux sur ta tunique. Un contrôle aussi poussé pourrait paraître incongru dans un tel contexte, mais ici personne ne s'en offusque. Ils sont même nombreux à trouver logique que l'on prenne ce type de précautions avant une rencontre avec Bhagwan Shree Rajneesh, plus connu sous le nom d'Osho. Plus de vingt-cinq ans ont passé depuis la mort du gourou indien et aujourd'hui encore des disciples du monde entier font le voyage jusqu'à Pune, une ville de l'État du Maharashtra, pour le voir prêcher dans une pyramide futuriste.

Ce soir, nous sommes environ 150. Avant d'entrer dans la nef centrale du polyèdre, il faut ôter ses chaussures dans une salle latérale. Ainsi, pieds nus, en tunique, tout juste sortis de la douche et tous vêtus de blanc, nous commençons à méditer et à danser. Ou à méditer en dansant. On bouge, les yeux fermés, au rythme des tambours. Certains chantent des mantras à voix basse. Nos corps flottent et convulsent grâce aux percussions. Tous en même temps.

J'ouvre un œil, comme je l'ai souvent fait pendant mon séjour ici. Je l'ouvre, discrètement, et j'observe en secret, essayant de retenir le moindre détail de ce que je vois. Quelque chose qui pourrait passer pour banal me surprend : des gens connectés à leur spiritualité. La plupart sont blancs, venus d'Europe ou des États-Unis. Toutes les personnes présentes ont l'air jeunes, même celles qui ont plus de 70 ans. Il y a plusieurs Indiens, de castes élevées, semble-t-il, et des Asiatiques qui passent leur vie à voyager et à méditer. Les deux tiers sont des femmes. Ici, dans la pyramide, la plupart des gens sont bien peignés et entretiennent leur corps ; comme le disait Bhagwan, une fois que tu es entré en communication avec ton corps, tout devient plus facile.

Pendant toute la durée de l'*Evening Meeting*, les portes du centre de méditation Osho restent fermées. Personne ne peut entrer ni sortir. À peine arrivé, tu es prévenu plusieurs fois, et ce qui peut sembler un détail sans importance n'en a pas moins un effet intéressant. Tu as l'impression d'être enfermé, choisi, démuni, protégé, séquestré, libéré. Tout ça en même temps et plusieurs fois durant ton séjour.

Le rythme des tambours s'intensifie. Les danses se succèdent. La rencontre avec Osho approche. Les gens sont heureux, ils sautent et ils hurlent, on hurle tous ; c'est le début d'une cérémonie où l'on crie tous, on agite les bras, on touche avec la main le corps d'à côté et celui un peu plus loin. On flotte, on largue les amarres, on n'est plus là. On largue les amarres, on inspire, on expire. Plus vite, les yeux fermés, les tambours, on se touche, nous voici devenus flamboyants. Le délire s'accroît. Certains crient très fort, la catharsis devient collective et, pour une fois, je n'entrouvre pas l'œil, je me laisse porter, je suis en Inde, je suis à Pune, je danse dans une pyramide, j'attends que Bhagwan vienne nous parler, je suis dedans, je suis là, je suis enfin là où je veux être, et on se met alors tous à crier en même temps : « Osho, Osho, Osho. » On nous avait prévenus qu'on allait devoir crier trois fois « Osho, Osho, Osho » de toutes nos forces. Puis un bruit survient qui interrompt la musique, la danse, et nous jette tous au sol.

Gooooooonnggggg.

Le gong, c'est la fin et le début. Cela nous a été annoncé à l'entrée : après le gong, il faut se laisser aller, se laisser choir, et rester un certain temps dans la position dans laquelle on est tombé. Comme un mort. Je me retrouve avec les bras écartés et la tête qui penche à droite, comme si, plutôt qu'un coup de gong, je m'étais pris une balle de 9 millimètres. Si, au point le plus haut de la pyramide, un drone était posé, il montrerait plus de 100 personnes en tunique blanche, immobiles, dans les postures les plus diverses. Collées au sol comme des insectes sur le pare-brise d'une voiture en route vers la plage.

On en est là quand apparaît soudain Osho. Bhagwan Shree Rajneesh en personne.

◆

Lorsque tu arrives à l'Osho International Meditation Resort, on te fait passer un test de dépistage du VIH. On a déjà vérifié ta réservation sur l'ordinateur, déjà scanné ton passeport, on t'a déjà demandé ta carte de crédit et on t'a déjà pris en photo. Tu te rends alors dans une petite salle attenante à la réception de ce village vacances mystique. Tous ceux qui t'accueillent et te parlent sourient aimablement. Tu es dans des limbes. Plus loin, on devine des arbres, des fleurs et des gens en tunique couleur lie de vin qui se déplacent dans des jardins très bien entretenus. En direction du dehors, de la 1st Lane de Koregaon Park, on voit des agents de sécurité avec des radio-émetteurs, des oreillettes et un air inquiet, qui veillent à ce que rien ne se passe aux alentours de la forteresse.

« Tu viens d'où ? me demande un type tandis qu'il enfile des gants en caoutchouc.

— Là, je viens de Bombay. Mais en réalité, je viens du Chili.

— Le Chili ! » Puis il ouvre un emballage stérilisé et me dit qu'ils ont parfois des visiteurs d'Amérique latine.

Sans cesser de sourire, il me demande de tendre l'index, il le nettoie avec de l'alcool, y plante son aiguille, me fait une prise de sang, me met un pansement, me demande d'attendre quelques minutes et s'en va avec mon sang.

Si le résultat est positif, je ne pourrai pas rentrer dans le *resort*. Ce sont les règles qu'Osho lui-même a imposées avant de mourir. La maladie est apparue dans les années 1980, lorsque Bhagwan Shree Rajneesh était connu comme le « gourou du sexe ». Parmi tous les mystères et les secrets qui entourent sa mort, une rumeur prétend qu'il serait mort du sida. Il avait, lui, une autre théorie sur sa maladie : il aurait été empoisonné aux États-Unis pendant son séjour en prison. Ses cendres se trouvent à Pune, ainsi que sa célèbre épitaphe :

Osho n'est jamais né, n'est jamais mort, il n'a fait que visiter la planète Terre entre le 11 décembre 1931 et le 19 janvier 1990.

« On est prêts », me dit le bénévole, ce qui signifie que les résultats de l'examen express sont bons. Il me remet aussitôt une accréditation avec ma photo qui ressemble à une carte de bibliothèque et qui me permet de franchir tous les tourniquets de sécurité du *resort*.

Sur la photo de l'accréditation, je porte une chemise bleue avec un col indien. En réalité, pendant tout mon séjour, je me suis habillé d'une tunique : violette la plupart du temps, blanche lors des rencontres avec Osho au coucher du soleil.

Une fois inscrit, tu dois acheter les deux tuniques dans un magasin à l'intérieur du *resort*. Et une fois que, comme tous les autres, tu as ton uniforme, a lieu l'induction. Tous les jours à midi, dans l'ashram, on explique aux nouveaux venus ce qu'Osho signifie, ce qu'ils peuvent faire ici et quelle est la méditation qui leur conviendra le mieux. De nombreux bénévoles paient leur séjour en travaillant pour l'organisation. Chaque nouveau venu est aidé par un bénévole de son pays ou d'un pays voisin.

Priya ne s'appelle pas comme ça en Colombie, son pays de naissance, celui où elle a fait ses études et obtenu son diplôme universitaire, celui qu'elle a laissé derrière elle après une crise existentielle. Elle est venue pour trois mois, en demi-pension. À un moment donné, la personne en charge de l'induction demande à chacun de dire d'où il vient. Un DJ, en tunique lui aussi, choisit alors une musique du pays en question pour que nous dansions tous à son rythme. Lorsque c'est mon tour et que je dis : « Chili, je suis chilien », le DJ regarde de tous les côtés et s'agite comme si un accident venait d'avoir lieu. Il met finalement *La Bamba* que je dois danser avec Priya, puis c'est au tour d'un couple de Japonais, suivi d'un couple d'Italiens, puis de couples d'Allemands et de Vietnamiens. On finit par former une sympathique queue leu leu, comme s'il était 2 heures du matin dans une fête sans fin, alors qu'il n'est que midi, qu'on n'a pas bu une goutte d'alcool et qu'on rit comme si on avait fumé de la marijuana, même si dans les faits rien de tout ça n'a eu lieu. On est toujours au même endroit, plongés en nous-mêmes.

Mon programme de méditations et d'ateliers commence à 6 heures du matin. Je vais devoir me lever à 5 h 30, une heure à laquelle aucune vache ne broute, aucun enfant footballeur ne s'entraîne, mais où les dieux sont déjà debout. Je serai logé à l'hôtel qui fait partie des 16 hectares du village vacances. Les chambres sont minimalistes, sans télévision ni minibar, mais situées à quelques mètres seulement de la pyramide de méditation. Il y a une salle de bains individuelle, le WiFi, bref l'essentiel.

◆

Au début des années 1980, Osho était déjà un leader spirituel controversé qui avait occidentalisé les préceptes de l'hindouisme. Des milliers de personnes le suivaient à travers le monde et il était recherché par l'État indien. Il était temps de quitter le pays. C'est ainsi qu'est né le projet d'abandonner cet ashram à Pune pour construire d'une ville-communauté dans le village d'Antelope, dans l'État d'Oregon, aux États-Unis. C'est cette période qu'aborde le documentaire *Wild Wild Country*, réalisé par les frères Maclain et Chapman Way, une aventure qui s'est très mal finie. L'histoire d'un hameau perdu et isolé, atterré par l'arrivée de jeunes venant du monde entier, tous habillés en rouge, disciples d'un grand manitou indien. Un gourou avec une flottille de Rolls-Royce super-luxueuses. Un groupe de disciples tranquilles qui ont fini par porter des mitraillettes et sont devenus les protagonistes de la première attaque biologique sur le territoire des États-Unis. Tout ça suivi en direct par des centaines de journalistes qui voulaient tirer tout le jus possible de ce conflit en prime time pendant la présidence Reagan.

Wild Wild Country rappelle qui étaient les *rajneeshes*, ces fidèles disciples d'Osho qui aujourd'hui encore font le pèlerinage jusqu'à Pune, épuisent les éditions de ses livres et téléchargent massivement ses vidéos. Au passage, le documentaire a également fait entrer le débat sur la spiritualité, les gourous, les fidèles, les disciples et les nouveaux credo dans les programmes télévisés de la moitié de la planète. Un débat qui est toujours le même.

Certains simplifient tout ça de la façon suivante : nous voici face à une secte d'idiots qui suivent un chef cinglé. Une manière de tout réduire au fanatisme d'un autre temps, celui d'avant Copernic. Mais cette histoire est aussi celle de mon cheminement pour me défaire d'une maladie inoculée par mes années de journalisme, une maladie qui consiste à ne pas croire, à se méfier, à suivre un karma selon lequel « rien n'est ce qu'il semble être, tout ce qui est dit cache autre chose ». Ou encore pour me défaire du confort de la société de consommation.

Je suis arrivé à l'ashram d'Osho, à Pune, plus de vingt-cinq ans après sa mort. Ç'a été un long voyage, une manière de fuir le néant, en quête de quelque chose. Je suis arrivé à la recherche d'une fibre spirituelle, mais je cherchais aussi quelque chose de bien plus concret : m'acheter mon propre dieu.

Au début, admettre que j'allais voyager en Inde pour une recherche (de quoi que ce soit) ne semblait pas si simple.

Pendant tout le trajet, je filme avec une caméra, mais sur les images, on n'entend que le bruit du moteur de la moto et on ne voit que la pluie qui nous trempe jusqu'aux os. L'Inde est aimable quand on n'essaie pas de lui imposer ses propres règles et au bout de quelques semaines, j'ai l'impression d'avoir commencé à croire en quelque chose de nouveau. Peut-être ai-je simplement commencé à soigner les blessures de guerre que te laisse un travail dans lequel tout le monde dit fièrement : « Il ne faut croire personne », ou « Dans ce cas, aucune des versions ne me semble fiable », ou « Ici, personne ne dit la vérité », ou encore « Tout ça n'est que mensonges » ? Pourquoi avons-nous tant de mal à comprendre les croyances des autres et leurs façons de vivre ?

L'Inde est le pays au monde qui compte le plus de gourous. Certains sont célèbres. Sai Baba, par exemple, dont l'histoire est racontée dans plusieurs livres, comme celui de l'Argentin Martín Caparrós. Il y a aussi Sri Sri Shankar, l'un des derniers en date, toujours en vie. Et puis il y en a d'autres, beaucoup d'autres, il y en a toujours de nouveaux. Mais Osho est unique.

Osho continue de prêcher, même mort.

Osho continue de nous accueillir dans son sanctuaire.

Osho, finalement, apparaît.

Osho se laisse voir de façon spectaculaire.

Nous sommes par terre dans nos tuniques blanches, dans la nef centrale de la grande pyramide. Le gong résonne une nouvelle fois, c'est le signal pour qu'on s'assoie. On se lève et, tandis qu'on se lève, la chose a lieu. Du ciel commence à descendre un écran géant. Les lumières sont éteintes et l'écran s'illumine.

Osho apparaît devant nous.

Il est là, je le vois. Plusieurs personnes soupirent. Il porte un gilet avec de grandes épaulettes pointues, aussi modernes et futuristes que tout ce que nous sommes en train de vivre. Son chapeau ressemble à une couronne et couvre sa calvitie. Il nous regarde en silence, puis il regarde ses doigts et ses mains.

Osho écoute une question qui lui est adressée et reste silencieux plusieurs secondes. Il nous regarde fixement, comme s'il nous contemplait. Oui, je sais bien. Rigoureusement parlant, ce n'est pas nous qu'il regarde, mais une caméra qu'un technicien a posée devant lui il y a une trentaine d'années. Et tout se passe sur un set de tournage qui a été installé ici même, dans cet ashram. Il y a filmé des centaines de vidéos, avec des réponses toujours différentes et toujours la même technique : il posait son regard sur les côtés de la caméra et fixait parfois son centre, comme si, à ce moment-là, il s'adressait directement à toi.

Après avoir été expulsé des États-Unis, Bhagwan Shree Rajneesh a parcouru différents pays dans l'espoir de pouvoir s'y installer. Il est même allé jusqu'en Amérique du Sud, en Uruguay, à Punta del Este, mais au bout de quelques semaines, il a été extradé du pays. Il est retourné à Pune et tous les après-midi il s'adressait à ses disciples. Il parlait d'ego, il parlait de travail, il parlait de sexe, il disait de ne pas tendre l'autre joue, il disait de ne pas avoir peur de gagner de l'argent, il disait de ne pas glorifier la pauvreté, il parlait sans cesse, il parlait lentement, il parlait sérieusement, il parlait en faisant des blagues, il parlait et parlait encore, il parlait et parlait et parlait. Il n'a pas écrit un seul mot, pourtant des centaines de livres retranscrivent ses propos. On estime que, chaque année, il s'en vend plus de 3 millions d'exemplaires dans le monde, sans la moindre publicité. Et maintenant que la spiritualité est redevenue tendance, ce chiffre va certainement grimper. Osho est disponible dans plus de 50 langues et les maisons d'édition les plus importantes dans chacune de ces langues se l'arrachent.

Avant la rencontre de l'*Evening Meeting*, il nous a été recommandé, au cas où l'un d'entre nous aurait du mal à comprendre les propos du maître et verrait les autres rire, de se mettre à rire aussi, à rire très fort, car le rire est aussi important que les larmes. Le sermon de ce soir est consacré aux enfants, au besoin de comprendre qu'ils ne nous appartiennent pas, qu'ils partent, que nous ne pouvons pas les retenir, que nous ne pouvons pas faire d'eux nos prisonniers, que nous ne pouvons pas les étouffer.

Nombreux seront ceux qui trouveront de tels propos parfaitement évidents. Mais lorsque j'ouvre un œil, au milieu du sermon, je vois des gens émus, des gens qui pleurent, qui vibrent comme si le maître touchait en eux une corde que personne n'avait fait résonner depuis longtemps. Et cela doit être le cas.

Les jours suivants seront une réplique exacte des précédents. Se réveiller à 5 h 30, enfiler sa tunique et arriver à 6 heures du matin à la séance de méditation dynamique. Commencer la journée en se secouant comme une vache qui s'ébroue. Crier, comme si ton équipe mettait un but après l'autre. Prononcer des mots inventés, dans une langue impossible, et se vider de tout tandis que le jour se lève. Puis passer directement au petit déjeuner.

Au moment de ton entrée, on te fait signer un formulaire qui dit : « J'ai conscience de m'apprêter à vivre une expérience transformatrice. » Selon les chiffres officiels, 52 % des visiteurs sont des femmes, et 48 % des hommes. La moyenne d'âge des visiteurs est de 37 ans et les informations sont disponibles en 13 langues.

Le déjeuner, où la plupart des gens mangent végétarien, est suivi d'autres méditations, ou d'un atelier d'origami, ou d'une séance de tennis zen, ou d'un moment dans la piscine. Ensuite, repos avant un nouvel *Evening Meeting*. La façon dont est choisie chaque jour la vidéo est un mystère, mais tous les soirs, Osho apparaît avec des vêtements différents, un regard nouveau et des propos nouveaux, qu'il énonce toujours d'un ton lent et posé qui captive, qui hypnotise, en faisant des pauses pour regarder ses mains qui t'enlacent et en s'arrangeant pour que tu te sentes observé ou choisi lorsqu'il décide de fixer l'objectif. Un maître, un gourou, un communicant qui prend finalement congé et, tandis que l'écran remonte, on se lance dans une nouvelle danse avant de finir en criant : « Osho, Osho, Osho. »

La nuit se divise entre ceux qui vont au bar, ceux qui participent à des jeux ou au karaoké et ceux qui restent à discuter. Visiblement, il n'y a ni drogues ni orgies, contrairement à une époque passée, du moins selon la rumeur. De cette période ne reste qu'une gigantesque Rolls-Royce argentée. La plupart des gens se couchent tôt pour pouvoir méditer le lendemain.

Un après-midi, entre deux séances de méditation, je vais dans ma chambre à l'hôtel. J'ouvre Internet sur mon iPad, lis quelques mails et tape le nom d'Osho sur Google. Les articles qui apparaissent en premier font référence aux conflits internes autour de son nom, un combat entre plusieurs branches, et à la liste des membres de l'organisation qui ne peuvent plus quitter le pays. Ils sont européens et font l'objet d'un mandat d'arrêt international. Puis, sur l'une des photos, je vois mon professeur de tai-chi. Robert est un des membres qui interagit le plus avec les visiteurs et ses cours d'arts martiaux sont réputés.

Le lendemain, je suis le premier arrivé à son cours, après la séance de méditation de 6 heures et le petit déjeuner. Tandis que nous attendons le début du cours, je lui dis :

« J'aime beaucoup cet endroit. Ça me donne envie d'emporter le *resort* avec moi. Je peux acheter Osho ? »

Il sourit.

Son sourire me fait comprendre qu'il n'est pas à vendre.

À la fin de ce cours, le moment est venu de partir. Après plusieurs jours, enfiler de nouveau des vêtements de ville a quelque chose d'étrange. L'agence de voyages située au sein du village vacances me trouve un taxi qui va me conduire à l'aéroport. En sortant de la forteresse, je retrouve l'Inde, avec ses enfants qui jouent dans des décharges, ses vaches qui dorment dans la rue, ses singes qui sautent de toit en toit, avec son bruit, un bruit infernal, ses odeurs et tout ce qui fait l'Inde et que je n'avais pas vu durant ces derniers jours, car j'étais sous l'emprise de Bhagwan.

Neuf

L'avion est sur le point d'atterrir à Bombay et, à travers le hublot, on distingue des maisons aux toits bleus, des collines sillonnées de rues boueuses, des fleuves de fange qui hydratent des banlieues se chevauchant les unes les autres. Le ciel est lourd de gros nuages noirs et bas, parmi lesquels un rayon de soleil se faufile de temps à autre. L'atterrissage est un choc timide, presque doux, comme si la piste était en réalité un lit en coton.

Derrière moi, sont assises deux jeunes Indiennes, attirées par la grande ville moderne. Bombay est un aimant pour ceux qui rêvent d'être célèbres et d'apparaître, ne serait-ce que quelques minutes, dans un film de la production cinématographique locale. L'une d'elles parle sans cesse des castings auxquels elle ira le lendemain et le surlendemain, elle fait des selfies tandis que nous avançons vers la porte de l'avion pour sortir.

Bombay est la première ville dans laquelle je débarque après avoir acheté mon dieu. Il est dans ma valise, dans une petite boîte. Lorsque je monte dans le taxi qui va me conduire à l'hôtel, je m'arrange pour que ma valise soit manipulée avec délicatesse. En chemin, le trafic est lent et sinueux, un gigantesque serpent métallique qui traverse la ville et les collines en direction de la mer.

Je loge au Trident de Nariman Point, un hôtel de congressistes dans le district sud de Bombay. La chambre est grande et offre une vue en Cinérama sur toute la baie de la mer d'Arabie, cette partie de l'océan Indien située entre la péninsule Arabique et l'Hindoustan.

« C'est la plus grande mer du monde », me dit le groom tandis qu'il tire le rideau comme le ferait un magicien. Je lui donne un pourboire et vérifie que le dieu et la boîte sont en bon état.

Par cette mer, les Anglais sont arrivés il y a trois cents ans et n'ont pas tardé à contrôler tout le commerce du pays. Cette baie était la porte d'entrée vers l'Orient et c'est pour cette raison qu'à quelques centaines de mètres se trouve la « porte de l'Inde » qu'ils ont fait construire. Le spot touristique par excellence de la ville.

À chaque entrée et sortie du Trident, tu dois passer par un détecteur de métaux. À Bombay, la plus grande ville du pays et son centre financier, tout est occidentalisé, y compris les mesures de sécurité. Particulièrement après les attentats de novembre 2008, où douze attaques se sont succédé en quelques jours, qui ont fait 173 morts et 300 blessés. Le Trident et le Taj Mahal Palace, un hôtel classique du district sud, ont été pris d'assaut. Pasolini avait décrit ce dernier comme un palais rendu enchanté par la lumière des bougies.

Aujourd'hui, il ne reste pas grand-chose de ces journées de violence et d'explosions où des assaillants ont vidé les chargeurs de leurs AK-47 sur les voyageurs des gares ou les clients des restaurants. Ils ont également lancé des grenades, ils en ont lancé deux, cinq, quatorze, et leurs échardes ont déchiré les chairs, ont tranché les jugulaires, ont brisé les vitres, ont envoyé valser les chaises, les portes, les voitures. Et puis, des incendies se sont déclarés pendant ces jours de panique, les flammes s'invitaient dans les hôtels les plus luxueux, elles montaient les escaliers, avalaient la réception, embrassaient les clients sans plus les lâcher, malgré les cris, malgré les coups de pied pour se dégager, malgré le désespoir, car bon nombre de ces voyageurs étaient les otages d'une histoire qui ne les concernait pas.

Quand j'y arrive, à l'inverse, l'entrée du Trident est décorée de nombreuses photos d'acteurs de cinéma indiens et de nombreuses images de Ganesh, le dieu à tête d'éléphant. Cela ne fait que quelques jours que je suis propriétaire d'un dieu et je ne lui ai pas demandé de me venir en aide pour quoi que ce soit. Au moment de l'achat, j'ai aussitôt décidé, en tant que propriétaire, que je ne lui demanderais ni faveurs ni miracles. Pourtant, en découvrant à mon arrivée à Bombay que le hasard avait voulu que la fête de Ganesh ait lieu pendant le week-end, je n'ai pu m'empêcher de prendre ça comme une attention touchante, une faveur dont je me sentais reconnaissant.

Si tu ne crois pas, jamais tu ne croiras à cette histoire.

Mais si tu crois, tu pourras comprendre qu'avoir un dieu à soi présente un immense avantage : de bonnes choses peuvent t'arriver sans que tu les demande.

La religion et la spiritualité ont à voir avec notre comportement. Si tu refuses de comprendre qu'on peut acheter un dieu, alors tu n'accepteras jamais que quelqu'un puisse le faire. Si tu ne te crois pas capable de chanter au cinéma pendant un film, alors tu n'oseras jamais. Mais, parfois, les situations, les lieux, les cultures et les moments te font changer et ébranlent tes certitudes. Je ne me serais jamais cru capable de chanter au cinéma avant d'arriver dans le quartier de Colaba, à Bombay, et d'entrer dans une salle pleine, telle la cale d'un navire dans lequel nous nous mettions parfois tous à rire, à pleurer, à chanter. Des expériences collectives, comme dans le village vacances d'Osho, mais dans un cinéma. Et pendant ces moments, dans l'obscurité de la salle, nous faisions partie de Bollywood, une industrie qui produit plus de 1 500 films par an et fait plus de 3 milliards d'entrées. Il suffit de croire.

◆

Ils sont des milliers et des milliers. Des milliers et des milliers et des milliers. Ils attendent Ganesh. Autour de moi, tout le monde parle hindoustani. Je m'éloigne rapidement. Pendant ce genre de fêtes religieuses, il n'est pas rare que des bousculades aient lieu et que de nombreuses personnes meurent. Je m'éloigne, même s'il est déjà difficile de s'éloigner. Je veux sortir, pour sauver ma vie, pour fuir la ferveur. Je m'éloigne et j'ai du mal à m'extraire, je nage parmi les fidèles, les partisans. Il y a les millions d'odeurs et les millions de couleurs et les millions de bruits de l'Inde. Il y a des millions de tout et se déplacer est difficile.

J'essaie de m'échapper autant que faire se peut et je finis par me mettre à courir. Je cours en fuyant de toutes mes forces l'infinité humaine. Une phobie soudaine s'est emparée de moi, et cela n'a rien à voir avec le fait de ne pas croire. Je cours de toute la force de ma volonté, je cours contre la foule qui se dirige vers la mer, et là les haut-parleurs retentissent, les radios indiennes retransmettent en direct, il y a des éminences sur des balcons, des caméras de télévision, puis l'éléphant géant fait son apparition.

Je le regarde tandis que je cours, tandis que je fuis comme un petit voleur de Valparaíso, je cours et je regarde derrière moi et la foule entre dans l'eau, bouge les bras, éclabousse ; c'est la transe, c'est l'extase religieuse et moi je continue de fuir à toutes jambes, à toutes jambes, et maintenant je marche et je vois tout de l'extérieur, de très loin, le souffle court. Elles sont là, les figures religieuses géantes aux mille couleurs, ils les prient tous, ils les fêtent tous, et mon dieu, lui, est à l'hôtel. Dans une petite boîte. Tellement seul.

Comment tout ça pourrait-il ne pas être vrai ?

◆

Jean Calvin, fils du secrétaire de l'évêché de sa ville, qui avait fait des études en lettres classiques et en théologie, qui avait lancé avec Luther la grande réforme protestante en contestant l'autorité de droit divin de l'Église de Rome, a également été le fondateur de l'université de Genève.

Aujourd'hui, dans le département de théologie de cette université, il y a une grande statue de lui, cet humaniste qui s'est opposé à l'idée d'un Dieu à ce point tout-puissant et qui a réinterprété la façon de croire. À quelques mètres de sa statue, dans un bâtiment ancien, classique, a été conçue *Une Bible des femmes*, une version féministe des Écritures.

L'idée des autrices était de démontrer que les valeurs féministes n'étaient pas incompatibles avec la Bible. Une vingtaine de théologiennes francophones, protestantes et catholiques, de différentes régions du monde, se sont rassemblées pour participer à l'élaboration du texte, qui a fait polémique dans le milieu.

J'échange avec Lauriane Savoy, responsable du projet. Les réinterprétations théologiques m'intéressent. J'ai l'impressions que, d'une certaine façon, ce livre en est une. Une réinterprétation à laquelle, si tu ne crois pas maintenant, tu ne croiras probablement jamais.

« Quelle est l'idée derrière *Une Bible des femmes* ? Quelle nécessité y voyez-vous et quel est le but du projet ?

— Nous avons pu observer dans notre communauté que la Bible n'est plus connue aujourd'hui, que de nombreuses personnes ont une image obsolète du texte, misogyne, légitimant la soumission des femmes. Nous avons voulu, collectivement et à travers nos voix d'origines variées (pays, contexte, âge), montrer la richesse des textes bibliques et leur potentiel libérateur, au-delà des clichés et de certains versets brutaux lorsqu'ils sont pris hors contexte et de façon littérale. Nous nous fondons sur une lecture des textes bibliques plus particulièrement consacrés aux femmes et sur le travail que de nombreux chercheurs et chercheuses en théologie ont réalisé au cours des dernières décennies.

— Chaque jour, il y a davantage d'athées dans le monde. De nouvelles religions se développent. On prédit des dieux issus de l'intelligence artificielle. Pourquoi la Bible est-elle toujours un livre important ?

— C'est un livre important parce qu'elle raconte des histoires qui rejoignent celles de nos vies, même aujourd'hui au XXIe siècle, et parce qu'elle raconte l'histoire du pacte entre Dieu et les humains et son incarnation en un homme. Pour ceux qui y croient, ce n'est pas seulement important, c'est essentiel. Et pour ceux qui n'y croient pas, la Bible contient également des trésors de sagesse et d'histoires émouvantes.

— La figure de Dieu a toujours été celle d'un homme. Comment percevez-vous cela ? Il n'y a pas de religion où Dieu est une femme. Croyez-vous que cela puisse changer ?

— Ce n'est pas tout à fait vrai, il y a des traditions religieuses qui adorent des déesses. Nous pensons qu'il est possible de relire et d'approfondir notre propre tradition religieuse pour découvrir, dans le cas du christianisme, que Dieu se situe au-delà des concepts de genre. Il n'est ni masculin ni féminin, mais les humains, c'est normal, ont besoin d'avoir recours à des images, à des mots pour parler de ça, et c'est pourquoi Dieu a été appelé Dieu et qu'il est appelé "Père" par ceux qui le suivent. Mais on peut également dire "Mère" ; certains chrétiens n'hésitent pas à le faire. D'autres encore préfèrent parler de l'Esprit saint, moins générique, parfois nommé également "le Souffle", ou "le Souffle de vie", ou "la Source". La langue nous permet d'être créatifs. »

Lorsque je lui dis que je veux acheter un dieu et que je lui demande des conseils, j'emploie le mot « dieu » et pas « déesse ». La question qu'elle soulève, pourtant, ne manque pas de sens. Jusqu'à maintenant, je me suis concentré sur l'achat d'un dieu, mais il pourrait tout aussi bien s'agir d'une déesse. Une déesse mère. Une déesse toute-puissante et éternelle.

Dix

Livre premier

À Bénarès, la ville où j'ai acheté le dieu, on te propose de tout.

« Tu veux de la drogue ? Du haschich ? De la marijuana ? Du sexe ? Des médicaments ? Des massages ? Des femmes ? Des jeunes ? J'ai de tout. »

Cela faisait plusieurs jours que j'étais dans la ville et j'attirais ce genre de vendeurs comme un aimant. Ils essaient de t'aider et te proposent n'importe quelle solution. Cela semblait un désir sincère de leur part. Alors, j'ai pris le bras de l'un d'eux et lui ai dit :

« Un dieu. Je suis venu acheter un dieu. Tu en as un à me vendre ?

— Un dieu ? »

Il est resté pensif, comme s'il en cherchait un dans la réserve de sa mémoire.

« Oui, un dieu. Je veux acheter un dieu. »

Le jeune homme, maigre comme un fakir, avec des moustaches pareilles à celles de l'acteur comique mexicain Cantinflas, est parti en courant. Il était si maigre que j'ai cru entendre ses os craquer.

Après avoir fait 100 mètres au milieu de ce tumulte, il est réapparu. Il était agité, comme s'il venait de croiser une vraie divinité. Il a tendu sa main osseuse aux ongles longs et m'a donné son offrande :

« Ce que tu cherches. Un dieu pour toi. À très bon prix. »

Ce qu'il avait dans la main, c'était une statuette miniature de Ganesh. La réplique qu'il m'a passée avait été faite dans un moule aux détails grossiers avec une céramique de mauvaise qualité.

« Non, ce n'est pas ce que je cherche. Ça, c'est un souvenir », lui ai-je dit, tandis que je prenais l'objet dans mes mains. Je lui ai répété :

« Je veux acheter un dieu véritable. Tu peux me vendre un vrai dieu ? »

Il a pris l'éléphant et s'est éloigné avec résignation. Il s'est perdu parmi tous ces gens qui semblaient se perdre avec lui.

À partir du moment où tu décides d'acheter un dieu, le plus difficile est d'expliquer aux gens que tu veux en acheter un vrai, un dieu réel, pas une statuette. Et d'être obligé d'écouter ensuite qu'on ne peut pas, que c'est impossible, que tu dois être fou.

En Inde, où ils ont déjà des milliers de dieux, une professeure de l'université de Bénarès m'a dit qu'il n'était pas rare que des familles possèdent leur propre dieu. Mais qu'elle n'avait jamais entendu parler de quelqu'un qui achèterait ou vendrait des dieux.

◆

Pendant mon séjour à Bénarès je suis resté à l'hôtel Gange View, rue Nagwa, dans le quartier d'Assi Ghat. Ma chambre était au troisième étage, avec vue sur le fleuve sacré. À la porte du bâtiment se tenait un musicien de rue avec un violon chinois, accompagné d'un singe au corps entièrement rasé. Sur le quai, un vieillard aux côtes saillantes et à la barbe blanche se lavait les aisselles dans le Gange. Un bataillon de grosses mouches bleues, en formation militaire, survolait le quartier avant d'aller atterrir dans une flaque dont l'eau stagnait depuis des semaines. Les rapaces nous regardaient depuis les airs, immobiles, tels des drones équipés de becs et de griffes. Une vache faisait la sieste au coin de la rue, un enfant aux pieds nus fouillait les poubelles du restaurant voisin, une mère maquillait en noir les yeux de son bébé, une touriste belge se dirigeait avec un énorme violoncelle vers son cours de musique.

Le soir, les bières et les lassis étaient les doses que les touristes assis sur des coussins s'administraient avec le plus de plaisir, dans des lieux mentionnés par le guide *Lonely Planet*. On avait parfois l'impression d'être dans un restaurant indien à Berlin plutôt qu'à Bénarès. Mais en sortant, tu n'étais ni à Friedrichshain, ni à Kreuzberg, ni à Neukölln. Des vendeurs pareils à des ombres maigrichonnes te poursuivaient et tous les coins de rue ressemblaient à une carte postale du sous-développement coloré.

De retour à l'hôtel, la chambre tournait comme la roue d'une tombola, avec toi dedans. Tu cherchais la fenêtre, comme la boule du tirage au sort cherche le trou par lequel elle va sortir. Tu t'accrochais au Livre blanc sans que le vrombissement cesse pour autant et tu te mettais à respirer profondément, à inhaler et à exhaler, inhaler et exhaler, en coupant la respiration. Contrôler ta respiration te calmait peu à peu. La méditation ralentissait la vitesse à laquelle tu tournais dans ta chambre d'hôtel, jusqu'à l'annuler presque complètement. La nuit, la température ne baissait pas. Tu buvais la dernière bouteille d'eau et demandais qu'on t'en apporte une autre dans la chambre. Quand tout s'était calmé, tu écoutais de nouveau l'*Album blanc* et tu t'éteignais à petit feu en imaginant les Beatles donner un concert ici, à côté du Maharishi, tous assis sur un tapis semblable à celui de ta chambre, avec le Bouddha qui observait tout cela de près, tandis que tout le monde portait des colliers de fleurs en chantant et en te félicitant pour ton voyage.

Un matin, des coups à la porte m'ont réveillé. Le réceptionniste m'a dit que quelqu'un m'attendait en bas.

J'ai imaginé le pire.

Quelque chose était peut-être arrivé aux gens que j'avais rencontrés dans le bar, des voyageurs occidentaux qui parcouraient l'Inde. À la sortie du bar, se croyant peut-être à Berlin, ils avaient poursuivi la fête jusqu'à ce que leurs corps finissent par flotter dans le Gange.

Ou c'étaient des nouvelles du Chili, de chez moi, quelqu'un de ma famille était mort, le pays s'était effondré, y compris le journal, y compris mon travail et mes collègues de travail avec leurs blagues de travail et leurs fêtes de travail. L'idée que le pays pouvait s'effondrer ne me quittait jamais.

Ou c'était la police indienne qui se méfiait de cette curieuse idée que j'avais de parcourir le pays en demandant à qui voulait bien l'entendre qu'on me vende un dieu ou en cherchant à savoir comment se vendait un dieu.

La température ne descendait jamais sous la barre des 40 °C, ce qui donnait à tout le décor une atmosphère collante, de sueur permanente, de ventilateurs s'agitant inutilement et de moustiques devenus ma seule forme de vie sociale.

Je suis descendu inquiet, sans savoir qui venait me rendre visite dans cet hôtel perdu. C'était lui. Je ne l'ai d'abord pas reconnu, je n'ai pas fait le lien. Mais lorsqu'il m'a adressé la parole, j'ai compris que c'était le vendeur de la veille.

Il m'a salué avec sa main osseuse aux ongles longs et m'a dit qu'il m'amenait cette fois un dieu véritable. Devant la porte, une vache était attachée, maigre, pas plus grande qu'un chien, visiblement de mauvaise humeur.

« C'est une vraie divinité. Elle est sacrée. Je peux te la vendre, mais n'en parle à personne. J'aurais beaucoup de problèmes si les gens apprenaient que je te l'ai vendue. »

Il m'a demandé 400 dollars, en liquide, et au bout de quinze secondes a baissé son prix à 200 dollars.

« Merci beaucoup, mais je me suis déjà acheté une vache. Dans le premier livre de cette trilogie.

— Le premier livre ? »

Il n'a pas compris mon histoire de livre et, l'espace d'un instant, j'ai failli lui expliquer tout le projet. Que j'achetais un dieu pour faire un livre. Une divinité, pour fonder une religion et une Église, raconter depuis l'intérieur l'industrie de la spiritualité, de la foi, de la croyance.

« Ne t'inquiète pas. La vache, c'était une bonne idée, mais ce n'est pas ce que je cherche, merci beaucoup. »

◆

« Mon frère vend un temple », me dit le vieillard du coin de la rue, en tricycle, et je lui réponds : « Allons-y. »

Avant de partir, comme pour faire le plein, il allume une pipe de marijuana et tire deux longues bouffées en retenant la fumée dans une sorte d'exercice de yoga cannabique.

Le vieillard pédale vite, mais nous avançons d'abord lentement parmi les gens qui marchent dans les rues et les vaches qui se promènent au milieu de tout le monde. Soudain, il tourne et nous pénétrons dans une rue cachée. Nous montons puis nous descendons par une petite échelle. Le Gange est tout proche et l'on sent l'odeur des cadavres brûlés. Il y a un cochon.

Il me dit que son frère vit dans le temple. Un des guides que j'ai lus affirme qu'il ne faut jamais rien acheter à ceux qui prétendent vendre des temples.

Puis nous arrivons. C'est un beau temple. Une petite construction d'environ 3 mètres de haut et 4 de large. Soudain, je me le figure comme un endroit formidable pour lancer une religion itinérante. Le frère fait son apparition et me dit que, pour 500 dollars il m'en fera un identique, qu'il sait les faire, qu'il n'a besoin que d'un terrain.

« Et tu n'as pas un dieu ?

— Un dieu ? Je pourrais te construire un temple pour un dieu. Mais je n'ai pas de dieu. J'ai des cousins qui pourraient peut-être t'en vendre un, ils ont de tout. »

Onze

Livre premier

Le train entre dans la Cantonment Railway Station après plusieurs heures de voyage et après avoir traversé des gares pleines d'animaux et de gens, beaucoup de gens, des hordes de gens qui attendaient que le train s'arrête pour monter par la porte, par les fenêtres, par les toits. Tellement de gens, d'enfants, de vieux, d'animaux, de dieux.

Agra est une ville de l'État de l'Uttar Pradesh, dans le nord du pays. Le chauffeur de taxi me conduit à l'hôtel, mais me propose auparavant un service : m'emmener à l'arrière du Taj Mahal, le plus iconique des bâtiments indiens, un mausolée construit pour Mumtaz Mahal, l'épouse de l'empereur moghol Shah Jahan.

C'est une proposition alléchante. Il annonce qu'il va m'y emmener, puis il attend. Alors je le paie.

« Et comment je peux être sûr que tu ne vas pas m'arnaquer ?

— Moi ? Comment pourrais-je t'arnaquer alors qu'Allah me regarde. Il regarde tous mes faits et gestes. Il me regarde toute la journée », dit-il, et je le crois. Et cela m'émeut.

Quand il dit qu'Allah le regarde, il fait référence à Dieu. Dans l'islam, on l'appelle « le Juste », « le Créateur », « le Protecteur », « le Clément », mais le nom le plus employé est Allah, qui signifie qu'Il est l'Unique, le seul qui mérite d'être adoré et obéi.

L'Académie royale espagnole définit « Dieu » comme l'« être suprême considéré comme le créateur de l'univers dans les religions monothéistes ». D'après ce qu'on peut déduire de la perception des religions les plus importantes pour l'Occident, Dieu est le principe qui explique l'existence de tout. Dieu est un être suprême, éternel et parfait, créateur de l'univers. Dieu est un être amoureux de sa création. Dieu est également intelligence et peut exprimer des émotions comme la joie, la colère ou la tristesse. Dieu est moralement bon. Dieu veut que tu sois bon.

Dieu est partout, comme s'il était Un.

Dieu nous regarde, comme il regarde ceux qui l'adorent sous le nom d'Allah.

Après deux jours, je retourne à la gare d'Agra. J'ai vu le Taj Mahal. J'ai vu le bâtiment principal, avec son dôme aux sculptures en marbre blanc et aux incrustations de pierres, dans une cour délimitée par quatre minarets. De derrière, là où on profite le mieux du coucher du soleil et où c'est gratuit. À l'entrée officielle, il faut arriver à 6 heures du matin, faire une queue interminable, donner son sac à dos et attendre que les personnes devant soi finissent de sauter et de danser pour la photo, ou de jouer avec la perspective de leurs doigts et du Taj Mahal. Une ambiance touristique digne d'un pays riche au milieu d'une machine à misère qui semble travailler 24 heures sur 24 dans les zones où ne pénètrent pas les *city tours*.

Il fait nuit maintenant à la gare d'Agra. Au casque, j'écoute « Sexy Sadie », la chanson de l'*Album blanc* que Lennon a dédiée au Maharashi Mahesh Yogi. *Qu'as-tu fait ? / Tu t'es moqué de tout le monde.*

Il reste quelques minutes avant l'arrivée du train pour New Delhi. Des Indiens dorment déjà dans la gare, un cochon géant qui ressemble à un rat gonflable se déplace dans l'obscurité et dans la boue. Soudain, tu vois deux yeux qui percent la nuit, deux yeux qui te regardent, quelque part sur les rails. Si un train arrivait maintenant, il passerait sur ces yeux. Un gardien apparaît, il crie quelque chose, les yeux se déplacent et sont désormais le visage d'un enfant avec de l'huile noire sur les joues, un enfant nu qui marche entre le cochon et les rats de la gare, et pour monter sur le quai, il est poussé par sa mère qui arrive derrière lui ; elle a l'air attardée, elle est enceinte et son pied droit est tordu, sa cheville pliée vers l'extérieur. Le tableau est d'une pauvreté irrationnelle, à émouvoir même un Latino-Américain. Une touriste américaine, à l'autre bout de la gare, prend des photos. Le garde dit quelque chose à la mère enceinte et l'enfant nu tourne en rond comme un chimpanzé. La gare est bondée, des gens dorment par terre en attendant le premier train du lendemain matin.

Mais c'est le train de nuit qui entre maintenant en gare.

Lorsqu'il arrive, tu montes dans un wagon où il n'y a que des Indiens, mais ce sont des Indiens qui lisent sur leurs tablettes et notent des choses sur leurs ordinateurs ou leurs téléphones. En payant moins de 10 dollars, tu es déjà à l'abri de la misère, dans un wagon climatisé où les voyageurs t'offrent des cacahouètes et des bombons tandis qu'on te demande ton billet.

L'inégalité brutale de l'Inde est très latino-américaine.

L'Inde est très latino-américaine.

L'Amérique latine est très religieuse.

◆

Me voici maintenant aux États-Unis mexicains. Je suis dans la ville de Mexico. Je suis dans la Colonia del Valle. Je suis dans la rue Fresas. Je suis au numéro 13 de la rue Fresas. Je suis dans la maison où, depuis trente ans, est fabriquée la revue *Proceso*. Je suis au premier étage de l'immeuble de la revue *Proceso*. Je suis dans la salle de réunion. Je suis assis à une table qui sert pour les réunions et les interviews.

Je suis pourvu de mon téléphone (en mode enregistrement) et du Livre blanc, posés sur la table. Je suis face à José Gil Olmos, l'auteur de *Santos populares. La fe en tiempos de crisis* («Saints populaires. La foi en temps de crise»). Je suis en pleine interview et je lui demande :

« Je peux m'acheter un dieu au Mexique ? Comme je te le disais, je suis en train d'écrire un livre là-dessus et on m'a suggéré d'en acheter un ici. Sais-tu comment je pourrais m'y prendre ? Y-a-t-il des dieux en vente au Mexique ? »

José Gil Olmos ne prend pas de temps de pause, pas même quelques secondes de réflexion, avant de me répondre.

« Figure-toi que la foi mexicaine ne s'élève pas si haut. Elle reste au niveau inférieur, celui des saints. Il y a un livre, *El Diosero*, dans lequel il est question d'un village et d'un sorcier qui crée un dieu. Le dieu de la pluie. Il se met alors à pleuvoir des trombes d'eau, à pleuvoir sans cesse, et le sorcier dit : "Nous avons besoin de créer un autre dieu, le dieu du soleil, pour qu'il cesse de pleuvoir." Ce "*diosero*", ce "faiseur de dieux", ce besoin de réponses à nos besoins les plus simples, ce n'est pas digne d'un vrai dieu. C'est pourquoi je te dis qu'au fond, au Mexique, nous en sommes restés au niveau des saints. »

Avant d'atterrir, on voit à travers le hublot un tapis de maisons en briques, de voitures, de rues, de gens, qui n'en finit jamais; l'avion avance, avance, et la ville de Mexico est gigantesque et il y a tant de fenêtres et tant de dieux et à l'atterrissage le choc est fort mais pas suffisant pour faire peur et les passagers applaudissent, il faut attendre quelques minutes avant de pouvoir se lever, quelqu'un le fait trop tôt, l'hôtesse lui crie de se rasseoir, puis l'hôtesse en chef parle au micro pour que personne ne se lève jusqu'à ce que nous soyons complètement immobilisés. Depuis l'aéroport, je vais directement dans le centre et le lendemain je me rends à la revue *Proceso* pour interviewer José.

José Gil Olmos a étudié le journalisme et la communication collective à l'université autonome du Mexique, où il a obtenu son diplôme avec mention honorable. Il s'est ensuite consacré à la recherche et à l'enseignement dans la même université. Il a collaboré aux journaux *El Nacional*, *La Jornada* et à la revue *Proceso*. Il a été nommé meilleur reporter d'Amérique latine par l'université Stanford, en Californie, en 1995. Il a reçu le prix des droits de l'homme du réseau des organisations des droits de l'homme de l'État de Morelos en 1995. En plus de *Santos populares*, il est l'auteur de *Los brujos del poder* (« Les sorciers du pouvoir »).

José est aimable et parle lentement, comme s'il te révélait un secret. Il est persuadé qu'il n'y a pas de crise de la spiritualité et que la nouvelle spiritualité est une expression de la crise.

« Je ne vois pas de crise de la foi, au contraire, la foi grandit de façon impressionnante et se diversifie selon la façon dont chacun l'envisage. C'est de ça qu'est né mon livre, du désir de recenser ces histoires populaires. Le peuple mexicain est très fervent. Il y a un groupe, les chrétiens traditionalistes, qui se trouve à San Juan Chamula, où les saints représentent des dieux anciens. Suite à la crise des Églises traditionnelles, et surtout de l'Église catholique, avec la pédophilie et tout le reste, on constate que les gens s'orientent vers quelque chose de nouveau ; ici, on peut voit l'expression très claire d'une tradition religieuse des peuples indigènes mêlée à la tradition catholique. Ils se mettent même à créer leurs propres saints. Qu'est-ce que ça signifie ? C'est très simple : le dévot a une relation directe avec le saint, il n'a pas besoin d'église, ni de curés, rien de tout ça.

— Et que demande-t-on à ces saints populaires ?

— Tu leur demandes des faveurs. Tu ne leur demandes pas des miracles, tu leur demandes de l'aide. Car on est face à une crise des Églises traditionnelles et de l'État en tant que tel. C'est pour ça que tu demandes des faveurs à ces saints populaires. La faveur de continuer à étudier, d'avoir une maison, d'être en bonne santé, des faveurs qui sont en réalité des droits. Quand l'État est absent, les saints le remplacent. »

Le Mexique, un pays où une religion différente se développe de façon particulièrement massive. Où les saints sont là pour aider.

« Bon, ils ne peuvent pas demander à Jésus que leur récolte de pavot soit très bonne cette année et que leurs ennemis ne les tuent pas. Alors, ils le demandent à un saint plus populaire et plus accessible, Malverde. Et c'est ainsi qu'une autre forme de religiosité de développe. Maintenant, au Mexique, il y a des membres du crime organisé qui prient la Santa Muerte, ils sont entre la vie et la mort et cherchent donc quelque chose auquel se raccrocher. Il en résulte des rituels d'appartenance, autrement dit des rituels de secte. Donc, si tu veux faire partie d'un certain groupe, tu vas devoir faire certaines choses. Et que font-ils, dans un tel univers de violence et de sauvagerie ? Eh bien, ils disent : "Je vais dédier à la Santa Muerte deux ou trois morts", puis ils s'en vont tuer les gens en guise de sacrifice et ils les offrent à la Santa Muerte. Et de cette manière, ils font partie du groupe. »

◆

Tepito est un quartier dangereux à Mexico, c'est un *barrio bravo*, un « quartier féroce », un de ces quartiers qu'on retrouve dans toute l'Amérique latine, dans lesquels on te conseille de ne pas entrer, de ne pas mettre les pieds, car tu n'en sortirais pas indemne. Les rues sont pleines de commerces, un souk qui s'étend sur de nombreux pâtés de maisons, on peut y acheter des maillots de football des principales équipes européennes, de la musique piratée, de la nourriture à emporter. Tepito est la capitale sacrée de la Santa Muerte, c'est un lieu malfamé où la plupart des habitants en sont les fidèles. Et c'est dans la rue Alfarería, avec tous ses vendeurs sur les bas-côtés, que la Santa Muerte a été le plus souvent sortie en procession.

Les habitants de Tepito l'appellent la Santa, tout court. La Santa exhauce leurs vœux, la Santa aidera un parent en prison ou protégera celui qui prend part à un échange de tirs ou qui est en fuite ou qui prépare un convoyage de cannabis ou de cocaïne ou qui s'apprête à enlever quelqu'un et qui fera, avec l'argent de la rançon, une belle offrande à la Santa.

Enriqueta Romero, propriétaire de l'autel consacré à la Santa Muerte à Tepito, l'appelle *la Muerte*.

« *La Muerte*, je l'ai connue quand j'étais toute petite fille, ma tante lui adressait ses prières. »

Doña Queta, comme on l'appelle à Tepito, a des cheveux noirs ornés d'une mèche blanche. Tout le monde la connaît et la respecte dans le quartier. Sa vie a changé en 2002, lorsqu'un de ses fils lui a offert une image de la Santa Muerte. Comme l'image était très grande, elle lui a construit un autel. Au bout de quelques jours, les gens ont commencé à venir pour prier la Santa Muerte, lui faire des offrandes, lui apporter de la nourriture.

À Tepito, il y a des enfants pauvres, des mendiants, des constructions inachevées, des animaux errants, des déchets dans la rue et une mauvaise odeur, comme si on était dans une ville de l'Inde.

Aujourd'hui, *la Niña*, comme l'appelle parfois Enriqueta, est sur un autel et des barrières régulent l'avancée de la queue. Les gens lui font des offrandes en espèces, dans une boîte qu'Enriqueta met à disposition. Il n'est pas rare que des équipes de télévision du monde entier viennent l'interviewer, échanger avec elle.

« Vous êtes la propriétaire de la Santa Muerte ?

— Bien sûr que non. Je possède cette image de *la Niña*. Et je ne fais pas ça pour l'argent, car *la Muerte*, avec ou sans argent, sera toujours aux côtés de tous. »

La Santa Muerte n'a pas été reconnue officiellement par l'État mexicain, bien qu'à Tepito et dans de nombreuses autres zones du pays les vendeurs qui proposent son image ne cessent de se multiplier. Son culte mêle certains aspects du christianisme à la sorcellerie et à la *santería*.

En la regardant, on constate qu'elle n'est guère différente de n'importe quelle *catrina* que l'on voit dans la rue le jour des Morts. De fait, la Santa est un squelette habillé comme une vierge et qui porte une faux.

« *La Flaca*, la maigrichonne, m'accompagne toujours. Elle m'aide. Elle me protège, parce que je travaille dans des activités qui sont mal vues par certains », dit un gamin maigre comme un clou, torse nu, qui embrasse une réplique de la Santa Muerte tandis qu'il attend d'accéder à l'autel.

Nombreux sont ceux qui voit dans l'essor de la Santa Muerte un résultat supplémentaire de l'expansion de la culture du narcotrafic.

Son culte a dépassé de loin les frontières de Tepito, le *barrio bravo.*

José Gil Olmos explique ça de la sorte :

« Elle est partout, elle n'a pas d'église ni de cathédrale. Il y a des chapelles, dans les maisons, dans les rues, dans les villages, au bord des routes. Quiconque peut en construire une. Il n'y a pas de hiérarchie. Ici, par exemple, dans le centre de Mexico, les derniers jours du mois, des messes sont célébrées en son honneur dans la rue. Les gens font leurs propres messes, ils se convertissent eux-mêmes en curés, c'est beaucoup plus horizontal. Ils viennent de milieux très populaires, même si maintenant on peut aussi voir des cérémonies dans la *colonia* Condesa, dans la classe moyenne. »

Les cérémonies dont parle Gil Olmos sont spontanées et se déroulent très vite. Deux voitures, qui peuvent appartenir aux *narcos,* se garent en épi, et une rue est bloquée. Cela peut se passer dans le centre de Mexico ou dans n'importe quel quartier du pays. Une fois la rue fermée, un autel exactement semblable à celui d'une église catholique est installé. Le curé est habillé normalement, en habit de tous les jours. Sur la table sont posées la Vierge Marie ou la Vierge de Guadalupe, une colombe pour le Saint-Esprit, et la Santa Muerte.

« Ils se mettent à réciter le *Notre Père*, mais adapté à la Santa Muerte. Ils lui demandent des faveurs pour la maison, par exemple, et des familles entières arrivent. Et puis des délinquants, le fumeur de joints, l'alcoolique, mais aussi, attention, le soldat, le policier, tout le monde se présente, tout le monde. »

La Santa Muerte a eu son évêque, qui a fini par être condamné à soixante-six ans de prison pour enlèvements et liens avec le narcotrafic : David Romo Guillén, *el obispo.* En voyant la ferveur qui entourait la Santa Muerte, il a monté une organisation pour elle : l'Église catholique traditionnelle. C'était une Église légale, au Mexique et aux États-Unis.

« Il a construit un temple et a demandé l'image à *doña* Queta. Puis il a commencé à s'enrichir énormément, des gens lui donnaient leur maison, leur argent, tout. Il est devenu riche et *doña* Queta lui a dit qu'il était en train de modifier complètement cette religiosité populaire. Ils se sont disputés et elle est rentrée à pied à Tepito avec son image de la Santa Muerte sous le bras. Ç'a été le premier schisme de la Santa Muerte, quand *doña* Queta est revenue avec elle, à pied. On a dit que l'évêque était financé par les *narcos* et par le secrétaire à la Sécurité du Mexique, Genaro García Luna, et on a remarqué la multiplication des chapelles dans toute la ville de Mexico. Grâce à l'argent des *narcos* et de ce fonctionnaire de l'État.

— Elle a un propriétaire, la Santa ?

— Elle n'en a pas, mais ce qui est intéressant, et qu'on ignore, c'est l'endroit où sont fabriquées les statuettes de la sainte, car il y en a des millions. Selon moi, ce sont des artisans du marché de la Merced qui les fabriquent, c'est un centre religieux populaire, merveilleux, où il y a de la *santería*, de la sorcellerie, et où il y a aussi la Santa Muerte. On parle de milliers de statuettes, de toutes les couleurs, car le culte a fusionné avec la *santería*. »

La religiosité populaire au Mexique évolue vite. Et change en permanence. Je demande à José quels pourraient être les prochains saints mexicains :

« J'en vois deux qui pourraient l'être. L'un, c'est le chanteur Juan Gabriel. Il a toutes les qualités pour être un saint populaire, il a beaucoup souffert dans sa jeunesse, sa famille l'a maltraité, il a surmonté tous ses problèmes, il a été célèbre et il aimait les gens. Et l'autre, c'est Andrés Manuel López Obrador. J'espère que ça ne se produira pas, mais c'est possible. Il est charismatique. Il va devenir président, et aussi un saint. Ce sera le premier saint président. La raison pour laquelle beaucoup de gens l'approchent, c'est la foi. Il agit de façon charismatique, religieuse, en donnant l'impression que tout ce qu'il touche est purifié. »

Ce n'est pas facile d'être journaliste au Mexique, et José le sait. Tandis que nous parcourons les locaux de la revue *Proceso*, il me parle des menaces qu'ils ont reçues, puis nous évoquons Javier Valdez, un journaliste que nous connaissions tous les deux et qui a été abattu par les *narcos* à la sortie de sa rédaction, dans l'État de Sinaloa.

J'explique à José que mon livre est une quête et qu'au-delà de l'achat d'un dieu, c'est croire qui m'intéresse. Avoir la foi. Laisser derrière moi cette philosophie journalistique selon laquelle il ne faut croire en rien et on doit se méfier de tout le monde.

« J'imagine que ça, au Mexique, ça doit être encore plus extrême. Les journalistes risquent leur vie, mais refusent de croire. Comment vit un reporter mexicain au milieu de tant de religiosité ?

— Ici, au Mexique, quand on sort de chez soi, on ne sait pas si on rentrera. Au cours des dernières années, on a eu plus de 200 000 morts, 50 000 disparus environ, et on parle de 500 000 personnes déplacées. La violence est telle, le danger est tel qu'en tant que reporters nous savons que nous aussi nous sommes entre la vie et la mort. Rien de plus facile que de perdre la vie. Lorsque j'ai commencé à observer toute cette ferveur religieuse, j'ai compris que nous y étions plongés, nous aussi, sauf que nous ne voulons pas le reconnaître. Nous ne voulons pas montrer cet aspect.

— Bien sûr, c'est un grand problème. Refuser de montrer cette spiritualité. Et comment se manifeste-t-elle parmi les reporters mexicains ?

— Comment elle se manifeste ? Pas vraiment avec les saints populaires dont on a parlé, d'une autre façon. Pour nous, c'est le yoga, il y en a même qui croient aux Mayas galactiques. »

Douze

Il y a quelques années, j'ai rencontré le représentant de Dieu. Il a été très aimable. Il m'a reçu dans son appartement, nous avons discuté tout l'après-midi. C'était à Buenos Aires, où il habitait. Il s'appelle Guillermo Coppola, a été le manageur de Maradona, et le nom sous lequel il s'est fait connaître est aussi le titre d'un film sur sa vie : *Le Représentant de Dieu*. Cette rencontre est racontée dans mon livre *Le Prodige*. À présent, je m'apprête à rencontrer le représentant de celui qui sera mon dieu.

J'espère que tout se passera bien.

Au bout de plusieurs jours à Bénarès, j'ai fini par trouver un fil sur lequel tirer. La piste me mène au Holiday Inn. Dedans, dans un des magasins pour touristes, il y a un vendeur qui a de tout, me dit-on. Il vend tout ce qu'on peut vouloir en Inde.

Je m'y rends en mototaxi. Je suis à peine arrivé que, comme à n'importe quel client, il se met à me proposer des tee-shirts et des pantalons souvenirs. Ainsi que des coussins, de l'encens, des colliers, des statuettes et des masques de dieux indiens.

« Je cherche un dieu, un vrai dieu », lui dis-je. Au lieu de me répondre, il sort davantage de tee-shirts, des pantalons colorés, des foulards, qu'il me présente comme si j'étais un douanier.

Pas facile de l'extraire de son discours de vendeur, de son commerce, des « bon prix », « achète, mon ami » ou « tous pas chers » qu'il prononce dans un drôle d'espagnol appris dans le fracas quotidien de l'achat et de la vente, de la consommation touristique, du cash et des babioles en plastique.

Dans un coin, sous des tissus multicolores, une radio diffuse de la musique, tandis qu'un bâton d'encens court et épais diffuse une fumée qui change sans cesse de forme et donne à l'endroit une légère touche bleutée.

Je lui parle avec beaucoup d'insistance du dieu que je veux, un vrai dieu, pas une statuette fabriquée pour être vendue ; il finit par me dire de revenir le lendemain. Que le lendemain, un cousin à lui sera là, que le cousin a quelque chose à me vendre, que je dois revenir demain dans l'après-midi, il me dit tout ça lentement, comme un secret.

Le lendemain, je m'installe dans ce Holiday Inn, dans le nord de la ville, plus loin du Gange. Une zone protégée où se situe l'hôtel qui a accueilli Moravia et Pasolini.

Le Holiday Inn de Bénarès pourrait être n'importe où dans le monde, ce qui fait partie de son charme pour qui apprécie la tranquillité et le côté douillet que possède tout ce qui est fabriqué en série, décoré en série, meublé en série. La piscine aussi aurait pu se trouver dans n'importe quelle ville ensoleillée du monde. En nageant, je me suis dit que rien ne distinguait cet hôtel des autres hôtels. Ni la terrasse ni la piscine ne se différenciaient des autres terrasses et des autres piscines. Un couple de jeunes mariés est alors arrivé, ils ont posé leurs serviettes sur une des chaises longues. Lui, c'était un homme gros et barbu, en maillot coloré, au dos poilu, et elle une femme mince en combinaison de surfeur, elle est entrée dans l'eau sous la surveillance de son compagnon et sans exposer son corps ni à l'eau, ni au soleil, ni à mon regard.

J'ai emporté ma serviette, mes livres sur l'Inde, ai pris congé d'eux en les saluant et je suis retourné dans ma chambre. Je logeais au quatrième étage, avec une vue panoramique sur ce quartier de la ville. Je pouvais voir les rues en terre, l'eau stagnante, les mouches bleues grosses comme des cafards volants, les oiseaux noirs dans le ciel et les vaches qui marchaient d'un air ennuyé sur le parking des mototaxis.

À l'heure prévue, je suis arrivé dans le magasin.

Les deux cousins m'attendaient. Ils avaient l'air de frères jumeaux, la même peau sombre, la même moustache, le même pantalon blanc et les mêmes sandales en cuir. Une montre dorée pour l'un, un bracelet doré pour l'autre.

Le nouveau venu, celui qui n'était pas là la veille, m'a dit que c'était un dieu familial. Le plus âgés des deux, celui que j'avais rencontré la veille, me donnait des instructions comme s'il me confiait un animal exotique :

« Ne dis à personne qui te l'a vendu. Et ne lui fais pas de mal.

— Je peux lui demander une faveur ?

— Tu peux lui demander des faveurs. »

Soudain, d'un sac en plastique, ils ont sorti le dieu.

J'ai d'abord été stupéfait. J'étais sur le point d'avoir mon propre dieu, ce à quoi je ne m'attendais pas. Tant de journées passées à Bénarès, tant d'après-midi de bières, de lassis, de délire, de Gange, de morts, de fêtes, de saints, de dieux, de ferveur, de pauvreté, de tourisme, de gens, de fumée, de cendres, d'odeurs, de bruit, de chaleur, de singes, d'anachorètes, de gourous, de vaches, de types la peau sur les os, de pleurs, de bouse, de couleurs, de fakirs, de drogues, de repas, de malades, d'infirmes, de feu, de soif, de barbes, d'éclats, de tatouages, de plaies, de joyaux, de tuniques, et un dieu, enfin un dieu, un dieu auquel il fallait maintenant donner un prix.

Dans mon budget prévisionnel, avant de partir pour l'Inde, j'avais fixé un montant maximal de 1 000 dollars pour l'achat du dieu. Ce chiffre, alors que j'en étais aux deux tiers du voyage, était passé à moins de 500 dollars.

« Il vaut combien ? ai-je demandé.

— 450 dollars », m'ont-ils répondu d'emblée, ce qui était une somme. À Bénarès, pour 300 dollars, tu t'achètes une moto neuve. Mais voilà : ça vaut combien un dieu ?

T'es-tu demandé ce que pouvait valoir un dieu ?

La négociation a été longue, entre rires et verres de thé. Nous avons parlé plus d'une heure, ils m'ont expliqué que c'était un dieu ancestral, un dieu familial, et qu'ici toutes les familles avaient un dieu.

« Vous allez vous retrouver sans dieu ? », ai-je demandé. Mais ils m'ont répondu qu'ils en avaient beaucoup. Qu'ils venaient d'une très grande famille. Que c'était pour ça qu'ils le vendaient. Ainsi, nous nous sommes finalement mis d'accord sur un prix qui comprenait également cinq taies d'oreiller, deux foulards et un tee-shirt. Le tout pour un prix raisonnable. Une sorte de pack spirituel avec des souvenirs en bonus.

Tout ça n'était qu'un gros mensonge : par moments, je me disais qu'ils étaient en train de m'arnaquer, et que tout ce qu'ils fourraient dans le grand sac était faux, y compris la soie pour les oreillers.

Tout était vrai: par moments, je me disais que tout était vrai, que j'avais un dieu, que j'étais finalement parvenu à en acheter un, avec du cash, en empilant un billet sur l'autre.

L'accord final s'est fait en dollars, même si j'ai payé la somme équivalente en roupies.

Ils ne m'ont remis aucun justificatif ni document officiel pour le dieu. Et pas non plus de facture.

Le prix approchait les 200 dollars, c'était plus cher qu'une vache ou qu'un enfant footballeur. De même qu'un dieu peut, dans certaines régions du monde, s'incarner dans un livre, mon dieu sacré est quelque chose que je préfère ne pas décrire pour l'instant.

S'acheter un dieu n'est pas recommandé, encore moins si tu as des doutes. Parfois, on a le choix entre se méfier de tout ou croire sans explications. Après tant d'années de journalisme, d'infos et de soupçons, tant d'années à refuser de croire, à entendre en permanence : « Ne crois pas ce qu'on te dit », « Ne les écoutes pas », « Ce ne sont que des mensonges », à ne jamais pouvoir te fier à ce qu'on te dit, à devoir comprendre que derrière tout discours se cachent des intentions, que rien n'est jamais ce qu'il semble être et à pousser l'obsession de la vérité à s'en rendre malade, malade de tant d'infos quotidiennes, malade du journalisme, maintenant j'apprécie de croire. De sentir une nouvelle dimension s'ouvrir devant moi, de m'y plonger d'un saut magique et poétique.

Ça n'a pas été la seule fois de ce livre où j'ai décidé de croire.

Et pas non plus la seule fois où j'ai été en plein saut poétique.

◆

On vient de me remettre un billet poétique.

On en remet à tous ceux qui font la queue. Elle avance lentement. Lorsque c'est ton tour de franchir la porte, une des personnes chargées de l'accueil te salue et te donne ta paie. On reçoit deux, trois ou quatre billets, selon l'humeur de ceux qui te les remettent. La paie n'est pas fixe. Aucune trace n'est conservée de ce que chacun reçoit. Certains de ceux que l'on vient de payer s'emparent de l'argent magique avec dédain en se disant, ce qui les amuse, qu'ils participent à une belle arnaque. D'autres prennent leur salaire poétique avec précaution, ils rangent cérémonieusement les billets dans leur portefeuille comme ils le feraient avec de vrais billets, en les mettant à l'abri pour un usage futur. Après tout, c'est un capital.

Cet argent magique, nous le recevons avant de faire notre travail. Nous sommes réunis, devant la porte du Teatro Caupolicán de Santiago du Chili, un mardi à 19 heures, pour travailler comme figurants dans un film. Les producteurs et le réalisateur ont décidé de nous payer de cette façon et tous ceux qui ont accepté connaissent les règles du jeu. Personne n'est dupe.

Nous sommes des milliers. Si, plutôt que de nous payer en argent poétique pour notre travail de figurants, on nous avait payé en argent réel, la production aurait dû débourser plusieurs millions de pesos chilien.

J'ai droit à trois billets identiques et j'entre dans le Teatro en me dirigeant à l'endroit indiqué par une des productrices du film. J'avance dans le couloir avec l'argent en main, et lorsque je pénètre dans l'allée centrale du stade couvert, des milliers de personnes, bien installées, attendent que le tournage commence.

Le billet est violet. Sur le recto, on peut voir Alejandro Jodorowsky, la tête posée sur son bras gauche et se soutenant le menton de la main droite. Le chiffre 100 y est imprimé, juste au-dessus de la mention « argent poétique ». En haut à droite, on peut lire trois phrases :

Il n'y a pas de différence entre l'argent et la conscience.

Il n'y a pas de différence entre la conscience et la mort.

Il n'y a pas de différence entre la mort et la richesse.

Après avoir reçu ma paie de figurant, je me retrouve sur une des tribunes hautes. En dessous, le Teatro est décoré comme un cirque. Alejandro Jodorowsky marche d'un côté à l'autre, il marche vite, habillé en noir, agile pour quelqu'un qui frôle les 90 ans. Le réalisateur d'*El Topo* tourne maintenant *Poesía sin fin*, où il raconte son adolescence et la nuit du Santiago de la fin des années 1940 et du début des années 1950. Le temps passe, mais il est toujours en scène. Il est parvenu à rassembler des milliers de personnes qui le voient maintenant donner des instructions à ses fils, en direct, pour que ceux-ci puissent les exécuter. Quelques jours plus tôt, j'avais rendez-vous avec Brontis, son fils aîné, à la cafétéria de l'hôtel Los Españoles, dans le quartier de Providencia, où logent les Jodorowsky durant leur séjour au Chili.

« Ç'a été deux mois d'un travail difficile, mais très amusant », m'a-t-il dit.

Brontis joue le rôle de Jaime Jodorowsky, son grand-père. Il l'a déjà fait dans *La danza de la realidad.*

« Mon père est un réalisateur très précis. En même temps, la spontanéité est très importante pour lui, c'est la vérité de l'âme de l'acteur. Et puis, c'est une histoire poétisée. Le cinéma d'Alejandro n'est pas réaliste. Alors il accepte que les gens qui peuplent sa mémoire, qui est également la mienne

– car c'est ma famille –, soient aussi des archétypes, des personnages. »

Alejandro annonce au mégaphone à tous les figurants réunis au Caupolicán qu'une scène très importante va maintenant être tournée. Son fils qui l'incarnera, lui, quand il était jeune va se déshabiller, courir nu dans le Teatro et être porté à bout de bras à travers la galerie. Pour cela, il a besoin que tous ceux qui sont venus costumés en habits de l'époque, les années 1950 à Matucana, descendent dans le parterre du Teatro. De nombreuses personnes sont venues costumées et les producteurs montent dans les gradins pour les choisir. Ils les pointent du doigt et leur demandent de descendre.

« Toi aussi, descends », dit le producteur en me désignant.

Je regarde un instant autour de moi, avant de comprendre que c'est à moi qu'il s'adresse. Je sors de mon travail au journal, je suis ici pour mon livre, je suis habillé comme je m'habille tous les jours et pourtant il a l'impression que je suis en costume d'époque. Jamais je n'avais senti aussi clairement que mes vêtements de travail étaient un déguisement.

Je descends les escaliers.

Me voici maintenant à quelques mètres de Jodorowsky.

Brontis est un peu plus loin, habillé en clown, il me salue de la main. Et l'autre fils Jodorowsky, Adán, fait de petits sauts, nu sous une robe de chambre bleue, en attendant qu'on crie : « Action ! »

Pendant les pauses, les gens tendent des livres à Jodorowsky pour qu'il les signe. Les producteurs essaient de retenir tous ces gens qui s'approchent. Ils n'autorisent pas non plus les photos.

Soudain, ils annoncent qu'après la scène finale, celle d'Adán nu parcourant le Teatro porté à bout de bras par les figurants, une cérémonie de psychomagie aura lieu.

Pendant la pause, je m'approche.

« À quoi ça sert d'avoir un dieu ? »

Jodorowsky fait comme s'il ne m'avait pas entendu. Il pose sa main sur son épaule et donne une instruction à un technicien. Il crie, pour qu'on l'écoute, parce qu'il est en colère. Il veut que la caméra soit bien réglée et que le son soit correct.

« On t'a donné ton argent magique ? », me demande-t-il, à voix basse, en regardant ailleurs.

Il est grand et son regard est sage.

Je lui réponds que oui, puis il donne une nouvelle instruction. Avant de partir, il me dit :

« Avoir un dieu, c'est la poésie. »

Peu de temps après, il crie : « Action ! » et son fils qui joue son rôle se déshabille et se jette dans la foule tandis que tout le monde crie : « Poète ! Poète ! » On crie : « Poète ! Poète ! Poète ! » et Jodorowsky se voit lui-même incarné par son fils, « Poète ! Poète !

Poète!», et toute l'équipe technique enchaîne : «Poète! Poète! Poète!»

Coupez!

Le tournage du film est terminé.

Maintenant, c'est au tour de la psychomagie. C'est la première fois que je vois Jodorowsky diriger une de ses performances. On se tient tous la main. Je suis derrière. Les gens répètent les phrases qu'il prononce. Des milliers de figurants. Il parle du passage du temps, de revenir à soi-même, de grandir en partant de là. Soudain, l'acte psychomagique commence à faire effet sur moi et je me retrouve à la Bibliothèque nationale de Santiago, je suis dans une des salles de lecture, en mars 1994, un jour de semaine, je passe alors beaucoup de temps dans ces salles, je demande des vieux livres et, un après-midi, je lis Jodorowsky, une nouvelle où quelqu'un plonge un couteau dans l'estomac d'un autre avant de lui trancher le ventre, et cette image me plaît, et toute la nouvelle, publiée dans une anthologie d'écrivains chiliens de la génération de 1950, me plaît.

Les applaudissements me ramènent à Caupolicán.

Mon travail de figurant terminé, je parcours les 1 500 mètres qui séparent Caupolicán de l'Alameda. Jodorowsky m'a payé en argent magique pour un travail que j'ai fait pour lui.

Et je me dis que la paie est juste.

Treize Livre premier

Une fois mon dieu acheté, je l'ai aussitôt emporté dans ma chambre du Holiday Inn. J'ai fermé la porte à clé et l'ai mis en lieu sûr. Il y est resté jusqu'à mon départ de Bénarès.

Dans la chambre, il y avait un lit deux places et une grande valise. J'ai sorti le dieu du sac, l'ai regardé un moment sans le prendre en photo. Je l'ai mis dans un *topi* népalais, ces bonnets multicolores que l'on vend à Katmandou. Une fois qu'il a été enveloppé, je l'ai déposé dans un carton plus petit qu'une boîte à chaussures. J'essayais de le protéger.

Je pars. Je quitte l'Inde, maintenant, avec mon dieu dans sa boîte. Ce sont mes dernières heures à Delhi. Le chauffeur du taxi a un turban orange et plus de quinze bracelets dorés sur son bras droit, une photo gigantesque de Sai Baba pend au rétroviseur. Sai Baba, le gourou qui flottait et qui, grâce à un manageur doué, son agent, n'a pas tardé à avoir des milliers de fidèles ; d'abord en Inde, puis dans le monde entier. À l'image d'un espoir du football, un illuminé, s'il n'est pas dirigé par un manageur avec un bon carnet d'adresses, ne parviendra jamais à connaître le succès qui lui permettra d'être suivi par des centaines de milliers de personnes. Qui croiront en lui.

Le jour où j'ai quitté l'Inde, la police de l'aéroport de New Delhi inspectait les bagages de près. Il faut toujours présenter ses bagages, mais ce jour-là, ils étaient particulièrement soupçonneux, c'était du moins mon impression.

« Veuillez ouvrir cette valise », m'a dit l'agent.

C'était le bagage où se trouvait le dieu que j'avais acheté quelques jours auparavant. J'ai essayé de ne pas paraître nerveux. Tandis que j'ouvrais le cadenas, je tentais de trouver les mots qui expliqueraient mon achat. J'espérais ne pas avoir de problèmes à sortir ce dieu d'Inde pour l'emporter chez moi, en Amérique latine, au Chili, à Santiago, dans ma cave.

Je n'avais pas fini d'ouvrir la valise qu'il y avait déjà quatre gardes autour de moi. En Inde, il y a toujours plus de personnes que nécessaire pour la moindre opération, et cette fois ne faisait pas exception.

« Qu'y a-t-il à l'intérieur ? »

Son doigt désignait un emballage en papier journal. Le papier était couvert d'informations en hindoustani. Je ne savais pas ce qu'elles disaient, elles leur avaient peut-être mis la puce à l'oreille. Il n'y avait pas de photos sur ce papier journal. Il pouvait s'agir des petites annonces. Ou d'un article qui disait que les policiers de l'aéroport devaient inspecter de près les paquets enveloppés dans ce même article car ils pouvaient contenir quelque chose d'inapproprié, un dieu par exemple.

J'ai ouvert l'emballage lentement, pour ne pas le déchirer. Les huit yeux des gardes étaient rivés sur mes doigts. Lorsque je suis parvenu à le défaire, deux paquets de bidis sont apparus, ces cigarettes indiennes dont le tabac est enroulé dans des feuilles de *tendu*, retenues par un fil coloré à l'une des extrémités ou aux deux. Chaque paquet contenait dix sacs de bidis.

Les policiers ont regardé ça d'un air surpris, avant d'éclater de rire. Je les avais achetées pour les offrir, mais ils ne comprenaient pas qu'on puisse vouloir emporter ces cigarettes, fumées par les plus pauvres d'entre les pauvres, dans un pays aux centaines de millions de pauvres.

J'ai franchi la douane avec soulagement. Dans l'aéroport, j'ai mangé pour la dernière fois de la nourriture indienne en Inde. J'ai su, avant de finir mon assiette, que je serais bientôt nostalgique de ces odeurs, de ces condiments, de cette nourriture à laquelle je m'étais habitué.

L'avion a roulé sur la piste et décollé dans la nuit.

J'abandonnais l'Inde avec mon dieu dans ma valise en soute.

À mon arrivée dans ce pays, je fuyais un poste de cadre dans les médias, une relation sentimentale languissante, et je me disais qu'acheter un dieu serait impossible, mais que ça ne m'en donnerait pas moins un bon fil narratif à dérouler.

En regardant Delhi à travers le hublot, je vois des lumières, des millions de lumières comme un réseau téléphonique géant. La nuit cache les quartiers pauvres, les vaches, les singes, les mototaxis, les sanctuaires et les dieux. Tellement de dieux. J'en emporte un, auquel je ne demanderai rien : pas même d'améliorer ma vie de travailleur de bureau.

Tandis que nous décollons, j'écoute pour la dernière fois l'album des Beatles que j'ai écouté tous les jours, tout le temps, tandis que je cherchais un dieu à acheter. Et cette fois, alors que je quitte l'Inde, sera la dernière avant de me mettre à écrire le livre.

Ceux qui ne croient pas en Dieu ne peuvent croire en aucun dieu, pas même en celui que je me suis acheté à Bénarès ou en celui auquel croyait John Lennon.

Ceux qui ne croient qu'en leur dieu ne croiront jamais en l'existence de mon dieu, même si j'obtenais des certificats officiels et les enregistrements des caméras de surveillance du moment exact de l'achat.

Au bout de trois jours de décollages, d'atterrissages et d'escales à Londres, Madrid et Buenos

Aires, nous arrivons à Santiago à midi. Au moment de toucher la piste, les gens ont applaudi.

Personne ne m'attendait.

Quatorze

J'étais coincé dans ma propre culture de l'*avoir.*

J'avais un poste de cadre dans un média, j'avais des cours à donner à l'université, j'avais un journal à diriger qui sortait tous les jours du lundi au vendredi, j'avais un appartement avec vue sur la forêt, j'avais à voyager à l'intérieur du Chili pour visiter les diverses rédactions d'un groupe de presse, j'avais de nombreux journalistes sous mes ordres, j'avais un bon salaire et un travail stable, j'avais à dissimuler que chez moi je possédais un dieu. Parce que c'était vrai : j'avais un dieu à la maison. Un dieu véritable que j'avais acheté à bon prix lors d'un voyage en Inde.

Maintenant, il me fallait une Église. C'est du moins ce que je me suis dit au début. Mais cette idée n'a pas tardé à se diluer comme un mauvais comprimé.

Je suis retourné si vite à la routine du journal que je ne l'ai même pas sentie revenir.

La routine effaçait le voyage en Inde sans la moindre pitié.

Le travail de bureau, les horaires de bureau, les amis de bureau, les déjeuners de bureau, les problèmes du bureau sont semblables à une piqûre anesthésiante dans la veine du cou. Je ne dis pas qu'ils abrutissent, car cela t'empêcherait d'être productif, de toucher un salaire et de consommer. Mais ils annulent en toi certaines idées, et les jours où je pensais que, dans la cave de mon appartement, dans une boîte, j'avais un dieu réel devenaient de plus en plus évanescents ; un dieu que j'avais acheté en Inde et qui, outre ses implications spirituelles, était aussi la représentation physique du fil conducteur du dernier livre de la trilogie cash.

Les mois ont passé de la sorte. Je les dépensais sans leur donner de valeur, les jetant sur la table comme les cartes d'un jeu que tu sors de la pioche avec espoir, mais que tu ne tardes pas à mettre de côté car elles te sont inutiles. Une routine de joueur malchanceux qui, de temps à autre, était rompue par une invitation à venir parler de mes livres, ou par un salon international du livre, ou par une interview au cours de laquelle je revenais sur le sujet de la trilogie et de mon prochain livre, et comment vas-tu achever le projet, et que vas-tu acheter, et je répondais évasivement, en prenant la fuite, sans me rendre compte qu'il était si facile de dire : voilà, j'ai acheté un dieu, il est chez moi, mais j'ai aussi un travail, j'ai des gens sous ma responsabilité, je n'ai le temps de rien et je n'envisage pas de démissionner, parce que personne ne démissionne d'un poste pareil, d'ailleurs je n'y ai même pas pensé, mais, attends un peu, maintenant que je le dis, je m'aperçois que je pourrais peut-être démissionner, après tout.

Je n'y avais jamais pensé : démissionner. J'avais passé des années à travailler en free-lance et voilà que mon cerveau se mettait à fonctionner au rythme d'horlogerie lente du bureaucrate aguerri. Mais, bien sûr, c'est plus facile à dire depuis la tranchée de l'activiste free-lance. Avec le temps, à la salle de rédaction, je commençais à connaître et à apprécier les journalistes de l'équipe, et à comprendre leur relation organique au travail et leurs souffrances. Le fonctionnement du fonctionnement. C'est vrai, il y avait régulièrement quelqu'un qui me conseillait de démissionner, mais c'était toujours quelqu'un de l'extérieur, qui ne participait pas à cette mécanique et qui, par conséquent, ne comprenait pas mon véritable dilemme. Ceux qui étaient dedans, en revanche, les opérateurs qui connaissaient par cœur le fonctionnement de cet échafaudage aussi lent que lourd, ne te disaient jamais de partir, de quitter l'entreprise, sauf pour aller travailler dans une autre entreprise. Comme s'il n'y avait qu'un seul mouvement possible : sauter d'une caravelle à l'autre.

Outre la boîte qui contenait mon dieu, j'avais également un autre carton, plus grand, rempli de carnets, de cahiers, de souvenirs et de livres en rapport avec mon voyage en Inde. Une sorte de boîte noire, prête à être ouverte le jour où je déciderais d'écrire cette histoire. Pourtant, le temps passait et je n'écrivais rien. Je m'étais fait une spécialité d'éviter de voir ce carton, pourtant bien en vue chez moi dans ma pièce de travail. Généralement, j'entrais en regardant droit vers la fenêtre, en cherchant quelque chose sur lequel fixer mes yeux, et une fois que j'avais trouvé, sans lâcher l'arbre, la fenêtre de l'immeuble d'en face ou l'antenne de téléphone que j'avais choisis, je m'asseyais à mon bureau, j'allumais l'ordinateur et je me retrouvais aussitôt absorbé sans avoir jeté un œil à ce carton où tous les souvenirs de mon voyage en Inde étaient conservés. J'avais réussi à faire la même chose avec le disque des Beatles, qui depuis le voyage faisait partie de la liste de mes musiques favorites. Je l'y voyais, mais continuais de ne pas l'écouter et de ne pas écrire.

Sans m'en rendre compte, je suis devenu le créateur conceptuel d'une œuvre différente : la matérialisation de mon peu d'intérêt pour le travail de directeur de journal. Je collectionnais, dans le tiroir de mon bureau, des invitations formelles auxquelles je ne me rendais pas : un repas avec le commandant en chef de l'armée, le lancement d'un nouveau produit, les galas d'*El Municipal*, les concerts à l'Opéra national du Chili, les débats présidentiels, le repas annuel de l'Association nationale de la presse. Je n'ai pas tardé à me retrouver avec un demi-kilo d'invitations inutilisées. Puis avec un kilo de laisser-aller et de désintérêt. Combien de kilos allais-je devoir encore accumuler avant de tout laisser tomber ? J'étais parvenu à établir des données brutes sur l'ennui. Jusqu'à 3 kilos d'invitations auxquelles on ne se rendait pas pouvait être considéré comme une quantité supportable. Cinq ou 6 kilos, cela devenait un vrai problème. Plus de 8 kilos, quelque chose qui demandait à être résolu.

S'inquiéter des nouvelles en une et regarder les titres, assumer les erreurs des autres et jouir des petits drames internes devenait une façon divertissante de perdre son temps. La vie. Tous les cycles se réduisent à une seule journée qui commence par les attentes du matin et qui s'achève dans la nuit avec la voiture qui te ramène chez toi quand tous les autres dorment déjà, que le journal est sous presse et que dans ta maison c'est le vide qui t'attend, celui qui ne manque jamais d'accueillir le malade du journalisme.

Je ne me rappelle plus exactement comment je suis tombé sur le site internet de la bourse internationale de journalisme de Stanford, mais j'ai pris ça comme un signe du destin. Ce n'était pas une mauvaise idée d'y postuler. Ce n'était pas facile, il n'y avait qu'une seule bourse pour toute l'Amérique latine, mais j'avais un atout dans ma manche : un dieu.

J'ai postulé, avec un projet qui me permettrait de retourner dans le monde des free-lances. Une plateforme pour rassembler des milliers de journalistes indépendants. Ce qu'il y avait de plus semblable à une nouvelle Église moderne et à l'endroit même où se dressaient les temples des nouveaux grands gourous du futur : la Silicon Valley.

Le lendemain du jour où j'ai envoyé ma candidature, je suis allé dans le bureau de mon chef.

« Je dois te dire quelque chose, c'est plus ou moins urgent.

— Tu dois vraiment me le dire maintenant ? a-t-il répondu avec sa voix de chef.

— Je préférerais. »

Alors, presque sans détour, je lui ai dit :

« Je veux partir. Démissionner. »

◆

Quand on démissionne d'une grande entreprise pour retourner chez soi, cela paraît étrange. Mon chef m'a suggéré d'y réfléchir quelques jours. La semaine suivante, nous sommes allés déjeuner.

« Tu peux rester ici tout le temps que tu veux », m'a-t-il dit avec beaucoup de bienveillance. De fait, la plupart des autres cadres restaient là et ne partiraient jamais. Parfois, j'avais l'impression qu'ils étaient nés ici et qu'ils ne mourraient jamais tant qu'ils y resteraient car ils étaient à l'abri de tout, ici. C'était du moins leur impression : celle d'être à l'abri de la mort comme de la vie.

Pour moi, c'était devenu un cauchemar et j'ai commencé à le sentir plus concrètement dès que j'ai pu verbaliser la phrase « Je veux partir ». Je n'avais quasiment aucunes économies, je ne toucherais pas une grosse indemnité de départ, et c'était l'incertitude qui m'attendait ; mais j'avais été longtemps free-lance et un free-lance sait que, d'une façon ou d'une autre, les choses finissent par s'arranger.

Le nœud vital d'une bonne thérapie devrait se réduire à ça : essayer de verbaliser le désir. Comme tout semble simple, maintenant que je l'ai verbalisé. Une fois que tu l'auras fait, tu peux être sûr que ça te paraîtra simple.

Après avoir rédigé mon projet pour Stanford, il ne me restait plus qu'à attendre le chèque de fin de mois de mes employeurs. Et même rester là pour attendre de toucher cette somme n'avait guère de sens. J'étais déjà décidé à partir. C'est pourquoi, lorsque les gens de la bourse John S. Knight m'ont contacté pour l'entretien, je savais déjà ce que j'allais leur dire. Je leur ai donc affirmé, à la fin de notre conversation :

« En vérité, peu m'importe d'obtenir la bourse ou pas. J'ai déjà démissionné de mon poste, après vous avoir envoyé ma candidature. »

Quinze

Livre premier

Trois semaines après la fête sur la terrasse pour mon départ du journal, les gens de Stanford m'ont de nouveau contacté. Ils voulaient faire un second entretien en visio. À l'heure et au jour prévus, nous avons entamé une conversation sur Skype.

Comme j'étais sans emploi, j'étais disponible à toute heure pour l'entretien. Pendant les jours précédents, j'avais essayé de commencer à écrire le livre. J'avais sorti de sa cachette la boîte avec le dieu, classé les dépliants, papiers et carnets de mon voyage en Inde. J'avais retrouvé la carte mémoire de l'appareil photo. J'avais téléchargé tout le contenu présent sur mon téléphone portable. Et j'avais été sur le point de me mettre à écrire, d'achever l'histoire et la trilogie. Mais cela n'avait pas eu lieu. Il y avait toujours quelque chose pour m'interrompre. Avec le temps, j'allais finir par comprendre qu'il me manquait encore beaucoup pour terminer : des voyages, des villes, des personnes, des interviews, des recherches, des visites, des projets, des propositions, des déménagements, des baisers et des vols, beaucoup d'atterrissages et de décollages.

Lors de notre entretien en visio, Dawn García, directrice de la John S. Knight Journalism Fellowship, m'a annoncé que j'étais attendu là-bas, que j'étais le journaliste latino-américain choisi cette année-là, et qu'ils ne tarderaient pas à m'envoyer les e-mails officiels pour que je puisse entamer les diverses démarches, demande de visa, recherche de logement, et clore cette étape de ma vie au Chili.

Jamais je n'avais demandé au dieu itinérant d'être sélectionné.

Je n'ai jamais rien demandé au dieu itinérant.

Je suis parti avec une grande valise, dans laquelle se trouvait le dieu, et une autre, plus petite, pleine de livres. Ig m'a emmené à l'aéroport. Elle s'est absentée un moment de son bureau de directrice de la rédaction de Cosmopolitan, elle est passée me chercher et nous avons pris congé l'un de l'autre dans la zone d'embarquement. Nous n'étions pas fiancés, nous ne vivions pas ensemble, nous ne nous étions jamais embrassés et elle ne savait pas que j'avais un dieu dans ma valise.

Après avoir pris de la vitesse, l'avion a décollé brusquement et très abruptement, comme si sa queue allait heurter la piste. J'ai regardé à travers le hublot et vu sur le côté les collines et la Cordillère que le pilote essayait de fuir. Derrière, on apercevait

Santiago. Mis à part une légère turbulence au premier virage, j'ai quitté le Chili avec un décollage sans histoire.

Livre

deu
xiè
me

Un

Livre deuxième

Le ciel est bleu et les seuls nuages visibles sont artificiels, créés par les moteurs des autres avions. L'ordre vient d'être donné d'éteindre les appareils électroniques, de redresser le dossier des sièges, de replier les tablettes et de ranger sacs et autres affaires. Le personnel de la compagnie aérienne a déjà sécurisé la cabine et nous descendons et descendons et planons et planons jusqu'à ce qu'un choc nous avertisse que nous venons d'atterrir à l'aéroport international Norman Y. Mineta de San José. J'atterris en Californie pour la première fois. Je déménage dans la Silicon Valley avec plusieurs projets. Parmi eux, concevoir une Église.

Comment conçoit-on une Église ?

L'avion n'était pas très grand et je l'avais pris à Dallas, à l'aéroport international de Dallas-Fort Worth. Je venais de Santiago, j'avais volé toute la nuit et passé trois heures dans ce terminal du Texas. Là, j'avais franchi la douane, bu un café, je m'étais déplacé dans la navette interne et j'avais pris en photo les initiales DFW, qu'on retrouvait un peu partout sur les lieux, en rêvant que j'étais dans un aéroport nommé David Foster Wallace. Après deux heures de vol, j'ai atterri ici, à San José, en Californie.

J'attends ma valise devant le tapis roulant. Il commence à bouger, mais aucun bagage n'apparaît encore. L'aéroport de San José est petit. Sur un côté, là où se trouvent les distributeurs de journaux, on peut lire en anglais sur un panneau: « Ici commence la Silicon Valley. » Me voici dans la Vallée de la Silice.

Je sors de l'aéroport avec ma valise. Au-delà du havre climatisé, le soleil tape comme un despote cruel. Un coup bref, sec, directement sur la nuque. Nous sommes à la fin juin. Personne ne m'attend. Je marche jusqu'à la zone des taxis et prends le premier que je vois: une Jeep tout-terrain, orange.

« Au Sheraton de Palo Alto, dis-je en anglais.

— Au Sheraton de Palo Alto », répète le chauffeur en anglais.

Nous roulons et ne tardons pas à passer à l'espagnol. Cela deviendra une habitude en Californie. Le chauffeur est péruvien et vit depuis quinze ans dans cette partie des États-Unis.

Nous prenons la voie rapide et passons devant la NASA, le siège de PayPal, celui d'Oracle et l'un de ceux d'IBM, puis nous longeons les bureaux de Google. Des bureaux et encore des bureaux, la ville de Google, puis un panneau annonce qu'en tournant on va vers Facebook, qui a sa propre ville, et on a l'impression de parcourir une version matérialisée d'Internet.

En bon Péruvien, le chauffeur me donne les adresses des restaurants péruviens de San Francisco. Et me dit qu'il ne retourne plus à Trujillo, la ville où il est né et où est restée l'aînée de ses trois filles.

J'ai envie de tout mémoriser. La route, l'endroit où nous allons, ma première fois à Palo Alto. Il me dépose devant le Sheraton et nous prenons congé en nous serrant la main.

Lorsque j'arrive à la réception:

«Bonsoir, j'ai une réservation, dis-je au réceptionniste en anglais.

— Parfait, auriez-vous une pièce d'identité?», me répond-il en anglais.

Il voit mon passeport chilien et nous poursuivons la conversation en espagnol. Le réceptionniste est mexicain, il me raconte que la copine de son colocataire est chilienne et me confirme que ma réservation est pour une seule nuit.

«Effectivement», lui dis-je. C'est pour une nuit. Une nuit à l'hôtel et demain je prendrai un taxi pour la maison où je vais vivre.

J'arrive dans ma chambre.

J'ouvre la valise contenant mon dieu.

Je prends une douche.

Je bois une bière, à côté de la piscine.

Je fais une courte sieste.

À mon réveil, je sors faire un tour vers Stanford.

Je fais une reconnaissance de terrain, là où va commencer le livre deux.

◆

Nous cessons d'être utiles. De différentes manières, les êtres humains se convertissent en rebuts technologiques. Il y a ceux qui refusent la technologie, ceux qui l'acceptent du bout des doigts, ceux qui pensent que c'est un mal mineur, ceux qui ne peuvent pas vivre sans, et ce ne sont là que les plus évidents des 57 types de relation à la technologie qui ont été découverts, une liste qui comprend, par exemple, les personnes qui n'acceptent d'avoir une relation avec la technologie qu'à condition de ne pas savoir qu'elles ont une relation avec la technologie.

Être dans la Silicon Valley, d'une certaine manière, c'est arriver avec mon dieu sous le bras sur la ligne de front de cette bataille moderne, qui par moments semble prémoderne et à d'autres postmoderne, entre les humains et la technologie.

L'armée de robots qui se forme dans cette vallée s'est mise désormais à penser et on s'attend à ce qu'elle accède d'ici peu aux espaces du divin. Notre modèle de consommation nous a convertis en rebuts et de grandes zones de décharges humaines commencent déjà à être conçues pour faire face à l'urgence.

Mais devant une telle désolation, face à une telle avancée de la technologie sans contre-pouvoirs, dans un paysage de nuages noirs et rouges, d'éclairs, d'orages, de pluies incessantes, dans une situation cataclysmique pour la sécurité sociale et d'augmentation de la précarité du travail, la foi pointe le nez.

Croire.

Au milieu de ces montagnes de rebuts et de ces tonnes de déchets humains et de ces gigantesques entrepôts de personnes inutiles, la spiritualité continuera de fleurir. Pas comme une consolation. Pas comme une forme de résignation. Pas une religiosité pareille à une machine à multiplier les zéros et à attraper les naïfs, à vider les poches, à étrangler les cous, à poignarder les infidèles, à pendre les blasphémateurs et à dominer le monde. Une spiritualité à l'état sauvage, sans maître, distincte, dans laquelle j'aimerais que mon propre dieu puisse se mouvoir.

Le dieu que j'ai payé comptant.

Yuval Noah Harari, un grand manitou de l'hypercapitalisme, l'a remarqué il y a peu : « L'endroit le plus intéressant au monde, du point de vue religieux, ce n'est pas l'État islamique ou la *Bible Belt*, mais la Silicon Valley. C'est là que les gourous de la high-tech sont en train d'élaborer pour nous des religions qui promettent toutes les vieilles récompenses. »

Par récompenses, il entend la joie, l'obtention de la paix, la prospérité économique et même la vie éternelle. Et tout ça avant de mourir, ici-bas, au cours de notre vie et grâce à la technologie qui va remplacer les saints et les démons.

Quand il parle de la *Bible Belt*, la « ceinture de la Bible », il fait référence à une large partie des États-Unis où le christianisme évangélique est profondément enraciné socialement et politiquement, où le conservatisme moral est vécu avec fanatisme. Cette région a une grande influence sur les groupes évangélistes les plus extrémistes en Amérique latine, elle va même jusqu'à les financer lorsqu'ils envisagent – comme c'est souvent le cas – de se lancer en politique. Certains groupes chrétiens aux États-Unis ont visité très régulièrement l'Amérique latine et soutenu les dictatures militaires, ils imaginent à court terme une nouvelle vague de gouvernements forts, durs, mais conduits désormais par des caudillos chrétiens moralistes.

Ce moteur évangélique radical états-unien, qui avance en Amérique latine comme l'islam radical le fait dans les pays pauvres d'autres parties du monde, est de plus en plus puissant. Certaines des églises les plus fanatiques, dirigées par des pasteurs/mini-dictateurs/téléprédicateurs, préparent depuis des années leur avancée depuis le nord. Dans l'article « God's Country », Joan Didion définit ces groupes comme des nids idéologiques pourvus de mitraillettes.

On compte parmi eux le pasteur James McAbee, qui s'est fait connaître au Texas comme le « pasteur au fusil » car il apprend à tirer grâce à des fragments de la Bible. James est blanc et fait partie d'une armée de suprématistes chrétiens qui adorent les armes car ils se croient en guerre sainte.

Harari situe la Silicon Valley à égale distance de ces deux extrêmes religieux : l'État islamique et la *Bible Belt*, des fanatiques qui avancent, hurlent et brûlent tout sur leur passage, tandis qu'ils brandissent quelque chose de très simple : un livre. Le Coran ou la Bible, selon le cas.

De nombreuses religions partent d'un livre, comme c'est le cas avec la Bible, le Coran, la Bhagavad-Gita, le Popol Vuh, la Torah.

Dans notre cas, la religion finira dans un livre visant à connecter tous les Itinérants.

Au Sheraton, je ne suis resté qu'une nuit. Une erreur de calendrier inattendue (je suis arrivé la veille du jour où je devais m'installer dans la maison qui allait m'accueillir pour l'année entière).

À midi, j'ai fait le check-out, commandé un taxi et franchi les 1 700 mètres qui me séparaient de ma future maison dans Hanover Street. J'ai salué Paul DeMarinis, mon logeur, un professeur de musique à Stanford qui me loue un logement à l'arrière de chez lui. Nous avons parlé quelques minutes. Il m'a donné la clé, j'ai monté ma lourde valise au deuxième étage de mon nouveau foyer et je suis entré dans ma chambre.

J'ai ouvert la valise, j'en ai sorti deux ou trois bricoles, j'ai inspecté la salle de bains, la cuisine, la seconde chambre, tout m'a paru formidable. Il faisait une forte chaleur et le deuxième étage de cette maison en bois était un véritable sauna, mais sur le moment, la température n'était qu'un désagrément mineur comparé au plaisir de regarder et de toucher pour la première fois un espace que j'allais devoir m'approprier et ou je m'apprêtais à passer de nombreux mois.

Peu de temps auparavant, j'étais le directeur d'un journal dans lequel je m'ennuyais et duquel je n'envisageais même pas de démissionner. Lorsqu'on occupe un poste de cadre dans l'industrie traditionnelle des médias, laquelle est en chute libre sous les applaudissements de ses propriétaires, il est peu enthousiasmant d'administrer la misère. Au Chili, j'avais laissé derrière moi ce travail, un locataire pour mon appartement et le fantôme d'une non-relation.

Je n'ai jamais demandé au dieu itinérant de m'aider à donner un nouveau cap à ma vie. Pourtant, en guise de remerciement, le premier jour de mon arrivée à Palo Alto, j'ai sorti la boîte de ma valise et je l'ai posée dans un endroit secret de ma chambre.

Ce n'était qu'une question de foi.

Deux Livre deuxième

Le robot me prend par surprise en volant au ras du sol et me salue. La machine est si aimable que je lui réponds poliment, sans la discriminer à cause de son apparence : sa tête est un écran HD, son corps un tube mince, ses pieds un moteur avec des roues.

« Veux-tu en savoir un peu plus sur moi ? », me demande le robot, qui m'a abordé sur le trottoir.

C'est une femme aux traits asiatiques qui s'adresse à moi, on peut la voir sur l'écran. Grâce à une caméra, elle suit toutes mes réactions. Sur la partie inférieure de l'écran, on apprend que la femme n'est pas ici, qu'elle se trouve dans un bureau à San Francisco. Ici, c'est le 425 University Avenue, à Palo Alto. À 500 mètres du garage où en 1939 a été fondé HP : l'événement qui aura marqué la naissance de la Silicon Valley. Et à 1 400 mètres de la maison où est mort Steve Jobs, le créateur d'Apple, où vit toujours sa veuve. Et à 1 700 mètres du domicile de Mark Zuckerberg, le fondateur de Facebook. Ici, au cœur de la Vallée, où le futur commence et s'achève tous les jours.

« On peut discuter ? », je lui demande. Dans la tête du robot, la fille orientale me propose depuis son bureau de San Francisco d'entrer dans un magasin de Palo Alto.

Le local de l'entreprise de robotique Beam est pourvu d'un tapis bleu pour que ces androïdes puissent se mouvoir aisément et échanger avec le public. Aux murs sont accrochées des photos du robot en train de parler avec diverses célébrités, notamment Barack Obama à la Maison Blanche.

« C'est quoi ton travail, ici ? », je poursuis, plutôt à l'aise alors que c'est ma première conversation avec un robot. Les prédicateurs de ma religion pourraient être des robots comme celui-ci.

Elle m'explique que son travail consiste à discuter avec les visiteurs, à répondre aux questions à propos du service. L'idée étant que ces robots remplacent bientôt les hôtesses, guides, vendeurs, réceptionnistes et tout ce qu'on voudra pour ce lendemain qui, comme le dit Nicanor Parra, est la seule chose qui nous reste.

À 700 mètres de là, dans le Shopping Center Stanford, il y a de nombreux vigiles humains. Mais le seul que l'on prenne en photo et qui fasse l'objet de reportages, c'est le premier vigile robot. Le Knightscope est une sorte d'Arturito en plus stylisé qui parcourt le centre commercial. Les ingénieurs de Knightscope, Inc., une autre entreprise de la Silicon

Valley, disent que le but de cette machine est d'éviter les échanges de tirs, les attaques de tireurs isolés et de repérer les visages recherchés par la police. Elle a été conçue pour que les gens se sentent plus en sécurité pendant leurs achats et qu'ils n'aient pas peur de fréquenter les centres commerciaux.

Le Knightscope se déplace lentement, il est blanc comme un lave-linge mais n'en reste pas moins intimidant. Il a fait la une il y a quelques semaines après avoir renversé un enfant d'à peine 2 ans. La famille n'a pas poursuivi l'entreprise.

Pour l'instant, les voitures de Google sont encore en phase d'essai, on peut néanmoins les voir roder près de la zone du robot-vigile et pas très loin du robot-hôtesse qui pourrait également être un robot-enfant de chœur.

◆

« Vivre dans le futur » : voilà quel pourrait être le slogan de la ville où je viens de débarquer. Un commandement que suivent, d'une façon ou d'une autre, tous les habitants d'ici.

La technologie nous permet d'inventer des futurs dans tous les domaines, pour tous les goûts : robotique, applications, intelligence artificielle, réalité virtuelle, réalité augmentée, science, santé, jeux, voitures, avions, musique, viande, animalisme, chaise intelligente, journalisme, religion, dieux. La Silicon Valley ne se contente pas d'avoir l'air d'être en avance de plusieurs années sur le reste du monde. Elle a également réussi à renouveler l'afflux d'aventuriers en Californie. Il y a cent soixante-dix ans, ceux qui avaient le goût du risque abandonnaient leur ancienne vie pour suivre la fièvre de l'or. Aujourd'hui, ils arrivent, nous arrivons, pour courir après la fièvre de l'avenir.

« La relation entre la Silicon Valley et Stanford a été essentielle pour le développement du monde », déclare Richard Dasher dans une salle de l'université, avec l'autorité de celui qui a une mallette pleine d'exemples pour illustrer sa théorie.

Dasher est directeur de l'US-Asia Technology Management Center et du Center of Integrated Systems. De plus, il enseigne l'impact des nouvelles technologies dans divers cursus de l'université de l'Ovale.

« À la fin des années 1970, c'est ici qu'a commencé le développement des microprocesseurs avec l'entreprise Intel. Au début des années 1980, c'est au tour de l'industrie des systèmes de calcul par puces électroniques, avec des entreprises comme Sun Micro et Silicon Graphics. À la fin des années 1980 est arrivé le développement des logiciels avec Oracle. »

Le professeur place la technologie mondiale sur une frise temporelle en se basant sur les entreprises du quartier.

« Les années 1990 voient le développement d'Internet avec Netscape. Et à la fin des années 1990, le commerce en ligne est lancé et le DSL avec Yahoo! et eBay. Puis, au début des années 2000, c'est le web 2.0 avec l'explosion de Google. »

Il n'énumère que des années et des entreprises, mais on peut aussi lire tout ça comme un parcours intime et nostalgique des trente dernières années de notre vie privée :

« À la fin des années 2000, le monde devient relié à partir d'ici grâce aux réseaux sociaux, Facebook et Twitter. Et au début de notre décennie apparaissent les applications d'économie participative comme Uber ou Airbnb. »

Dasher estime que près de 17 000 nouvelles entreprises s'installent chaque année dans la Vallée. Et que, sur la même période, il y a 10 000 projets environ qui échouent ou quittent la région. Ici, le futur commence et s'achève tous les jours. C'est l'un des premiers enseignements inculqués à quiconque décide de venir vivre ici l'expérience du monde de demain.

◆

La façon de changer le monde a changé. Et les outils de cette transformation ont été développés ici. Chaque manifestation massive annoncée par Facebook, chaque marche pleine de monde étalée sur Twitter, toutes les protestations contre le modèle Uber, toutes les photos et vidéos des violences policières publiées sur Instagram, tous les logiciels qui utilisent les bases de données électorales, toutes les explosions de *fake news*, le boom de la cryptomonnaie, les changements politiques, de gouvernement et de programme en fonction des réactions des gens, tout cela trouve son origine dans la Silicon Valley. On n'y pense pas toujours et rares sont ceux qui font le lien, mais ici, depuis le futur, tout le monde l'a bien à l'esprit.

Au début du XXe siècle, lorsque quatre jeunes se rassemblaient et qu'ils avaient une idée, ils montaient un parti politique. Dans les années 1950, 1960 ou 1970, ils montaient un groupe de rock. Aujourd'hui, ils se réunissent pour monter une start-up, car c'est comme ça qu'ils veulent changer le monde, maintenant.

Le Caffe Centro se trouve dans le quartier de SoMa (South of Market), un endroit où les nouvelles idées technologiques fusent en permanence. Le café est situé dans la rue South Park, et bien qu'il ressemble à n'importe quelle cafétéria élégante de San Francisco, c'est plus que ça : c'est ici que se réunissait le comité aux origines de Twitter, pour réfléchir aux moyens de croître, d'augmenter son impact, et pour élaborer sa stratégie de développement.

SoMa, c'est l'endroit de San Francisco où les choses se passent.

Les rues autour du Caffe Centro sont couvertes de peintures murales pleines de couleurs et de graffitis, comme dans n'importe quel lieu de la contre-culture. On ne remarque pas que le voisinage est occupé par les sièges sociaux d'applications que nous utilisons tous les jours, comme Uber et Airbnb. Et il suffit de faire quelques centaines de mètres sur Bryant Street, en direction du port de San Francisco, pour tomber sur les bureaux de Niantic, l'entreprise créatrice de Pokémon GO. Le grand coup de la Vallée durant l'année 2016.

Les graines de nos modes de vie pour les dix prochaines années sont semées ici, disent-ils tous.

C'est ce qu'il y a d'étonnant dans la réussite de la Silicon Valley : déterminer nos modes de vie et de consommation pour la prochaine décennie alors même que personne n'associe cet endroit aux véritables changements politiques, culturels et religieux. D'une certaine manière, les discours éthiques et moraux préfèrent continuer de faire comme s'ils n'avaient aucune relation directe avec la technologie.

◆

C'est peut-être au café HanaHaus que sont en train d'être créés le prochain Facebook, le Waze dernier cri, le nouveau Snapchat ou le drone le plus efficace. À la différence du Caffe Centro, où les premiers cadres de Twitter se réunissaient de façon spontanée, le HanaHaus aura été le premier à professionnaliser sa cafétéria pour la convertir en incubatrice de start-up.

Le café HanaHaus, dans le centre de Palo Alto, propose le WiFi gratuit dans tout l'établissement. Mais il dispose aussi d'une zone payante qui permet d'accéder à des bureaux au sein de la cafétéria. Tu paies à l'heure ou pour une durée plus longue, tu as droit à des salons de réunion, à des tables pour six personnes avec des tableaux, à des bureaux équipés de projecteurs, à des chambres privées. En y entrant pour la première fois, je vois des groupes de gens, des jeunes et d'autres plus vraiment si jeunes, en train d'expliquer des projets et des algorithmes sur des tableaux. En train d'écrire la science de non-fiction, celle qui n'invente pas le futur, mais le crée. Un arôme de café flotte dans l'atmosphère, ça sent le matin du futur.

J'ai découvert l'endroit grâce à Juan Eduardo Ibáñez qui m'y a donné rendez-vous. Ibáñez est un avocat chilien diplômé de Berkeley, il dirige le Chile-California Council.

« J'espère que beaucoup d'autres Chiliens vont venir ici et découvrir que le futur technologique déborde de possibilités de collaboration, de conversations, de réseaux divers, de respect pour l'environnement et de confiance entre les gens. C'est un modèle durable qui a généré des innovations à un rythme jamais vu auparavant dans l'histoire de l'humanité. »

Je ne lui dis pas que j'ai un dieu. En revanche, je luis dis que j'aimerais bien avoir une start-up.

◆

Dans le futur, il n'y aura plus de sexe. Ou, pour être plus précis, les enfants ne seront plus engendrés par des relations sexuelles. C'est ce qu'explique ce matin à Stanford le professeur Henry T. Greely, qui vient de publier le livre *The End of Sex and the Future of Human Reproduction* (« La fin du sexe et le futur de la reproduction humaine »).

Greely parle avec passion et personne ne semble s'alarmer de ces propos visionnaires. Il affirme, à en croire des essais qui ont déjà fonctionné, que dans vingt ans la plupart des gens des pays développés cesseront d'avoir des relations sexuelles dans le but de se reproduire. Il explique que les femmes pourront devenir enceintes plus efficacement grâce à des cellules prélevées sur leur peau et que, pendant ce processus, elles auront la possibilité de connaître la composition génétique des embryons et de choisir le sexe de leurs enfants sans problème.

« Ce sera plus sûr, légal et gratuit. Et très innovant », affirme Greely en se basant sur des expériences qui ont déjà été développées et sur toutes les démarches légales dont il a pris la tête.

Ces nouveaux êtres humains qui naîtront en 2036 débarqueront certainement dans un monde contrôlé par l'intelligence artificielle, la dernière obsession de la Vallée de la Silice. Depuis que, quelques mois plus tôt, un ordinateur de Google a vaincu le champion mondial de go, les « échecs orientaux », Google, Facebook et Microsoft injectent des montagnes de billets dans l'intelligence artificielle.

Ici, dans le futur, il y a déjà des avancées concrètes dans le domaine des voitures autonomes, des robots-vigiles, des enfants nés sans rapport sexuel, des prototypes de drones pour se rendre au travail, des avions sans équipage, de la réalité virtuelle pour l'enseignement à distance, de la réalité augmentée pour de nouvelles formes de jeux, sans compter le premier restaurant robotisé du monde, l'Eatsa.

J'entre dans le restaurant robotisé du One California Street à San Francisco. C'est une des quatre succursales de l'enseigne, toutes situées dans la même ville. Pour entrer dans le restaurant, il te faut posséder une carte de crédit, activer l'écran tactile, choisir les ingrédients de ton plat en touchant les photos et attendre qu'on te donne le numéro de la porte où apparaîtra ton repas. Tu l'ouvres, et voilà, ton déjeuner est servi. Bien entendu, comme nous sommes dans le futur, le premier restaurant automatisé du monde est entièrement végétarien.

Ce qui ne veut pas dire qu'on ne mangera pas de viande dans le futur, au contraire : la population mondiale et la consommation de viande augmenteront tellement qu'on en a conclu que la meilleure façon de satisfaire cette demande sera la création de viande synthétique. Ici, en Californie, on a déjà pu constater que cette fausse viande était plus savoureuse, moins chère, de meilleure qualité et plus saine que l'originale.

Après les premiers essais de cette viande, que l'on peut désormais trouver dans certains restaurants de hamburgers de Californie et de New York, Google a tenté d'acheter l'entreprise Impossible Foods, mais cela n'a pas été possible. Probablement parce que Bill Gates en personne fait partie des personnes influentes ayant investi dans le développement de cette viande du futur.

À quelques centaines de mètres du restaurant robotisé, je tombe sur une vieille machine qui prédit l'avenir. Un pantin automatisé de façon rudimentaire, devant une boule de cristal, qui répond à tes questions si tu lui glisses une pièce. L'espace d'un instant, je suis tenté de lui poser une question :

« Comment conçoit-on une Église ? »

Mais si j'en crois les instructions, il ne donne pas de réponses techniques.

Trois
Livre deuxième

Ce livre n'est pas une satire.

Ce livre n'est pas une satire.

Ce livre n'est pas une satire.

Je le répète, je me le répète, je vous le répète sans cesse.

Si je devais dresser la liste de ce que ce livre n'est pas, je dirais qu'il n'est pas une version écrite de *Religulous*, ce documentaire du comédien Bill Maher, une sorte de Michael Moore en plus amusant, dans lequel il part à la rencontre de différents phénomènes religieux selon une perspective humoristique qui flatte les gens qui ne croient en rien, et particulièrement les nouveaux athées, alors que ce qu'il nous montre n'a rien de nouveau.

Ce livre n'est pas non plus un manuel pour t'aider à monter ta propre Église athée, comme celle qu'ont créée deux comédiens britanniques, Sanderson Jones et Pippa Evans. Toujours très contents d'eux-mêmes, faisant passer le refus de croire pour une arme prestigieuse, expliquent dans des entretiens que leur dogme est là pour rassembler les non-croyants, chanter de la bonne musique et célébrer la vie. Plutôt que des sermons, ils proposent des textes scientifiques et ont fait de *Superstition*, de Stevie Wonder, l'hymne de tous leurs fidèles. Cette chanson dont les paroles proclament : *Quand tu crois à des choses que tu ne comprends pas / Alors tu souffres / La superstition n'est pas le chemin à prendre.*

Ce livre n'est pas une dénonciation.

Ce livre n'est pas une dénonciation satirique.

Et ce n'est pas une satire de la religion, cette satire qui revient en permanence, réapparaît régulièrement, qui va et qui vient. En général, la satire se moque de la structure des Églises, elle se moque des curés, des pasteurs et des sermons, de l'argent et des profits. Il existe aussi un type de satire plus théologique, qui consiste à rire de ceux qui croient en un être supérieur, en un grand créateur, en une force déterminante pour nos vies. La satire religieuse a toujours accompagné l'humanité, on en trouve trace chez Aristophane ou Érasme ou dans les tableaux de Dürer à la Renaissance. À n'importe quelle époque.

En achetant mon dieu en Inde, j'ai décidé de croire.

Et c'est ce que je fais depuis lors.

◆

Acheter un dieu n'a pas été ma première idée.

Auparavant, j'ai failli acheter un homme politique.

J'ai essayé dans trois pays.

D'abord au Pérou, dans la ville d'Huancayo. J'avais été invité au Salon du livre qui s'y tenait et j'y suis arrivé après un vol de trente-cinq heures. Je venais de présenter *Le Prodige* en Europe et le voyage avait été interminable, Berlin-Barcelone-Madrid-Santiago-Lima-Huancayo.

Le premier jour, je l'ai passé à l'hôtel, effondré. C'était une auberge une étoile, en face du pavillon où se tenait le salon. Les 3 259 mètres d'altitude, plus la dernière partie du trajet (un vol depuis Lima dans un petit avion qui semblait ivre) m'avaient vidé de toute énergie.

Le lendemain, une des personnes liées au salon m'a invité à déjeuner. Appelons-la Juan. Il m'a emmené dans un restaurant qui avait à sa carte les « meilleurs cuys de la ville ». La carte était une sorte de bestiaire qui proposait des rongeurs cuisinés de toutes les façons possibles. Il y avait du cochon d'Inde frit, du cochon d'Inde confit aux piments, du cochon d'Inde à la sauce arachide, du cochon d'Inde à la *soltero*, à la moutarde et frit accompagné de *picante de papas*.

Nous avons commandé une bière, puis, après m'avoir officiellement souhaité la bienvenue, Juan m'a dit à un moment donné qu'il participait au salon car il était content de pouvoir aider la ville, même si parfois certains l'« interprétaient mal ».

« Pourquoi donc ?

— Ils pensent parfois qu'on participe par intérêt politique. »

Nous avons finalement commandé des cochons d'Inde frits avec des patates.

« Et tu n'as jamais envisagé d'être candidat ?

— Je ne sais pas, pourquoi pas. J'ai toujours voulu aider.

— Je pourrais financer ta campagne.

— Dans quel sens ?

— Je pourrais payer ton inscription et quelques espaces publicitaires.

— En échange de quoi ? m'a-t-il demandé, tandis qu'on nous servait les verres de bière.

— Eh bien, en échange de toi », lui ai-je dit, puis nous avons trinqué.

J'imagine que le bon accueil de mon livre en Espagne et les diverses présentations flatteuses m'étaient monté à la tête et m'avaient donné l'énergie suffisante pour arriver jusqu'à Huancayo et me mettre à acheter un homme politique.

J'ai toujours su que le dernier livre devait être centré sur une divinité. La trilogie était :

être animal => être humain => être divin.

Pendant les interviews en Espagne, puis dans tous les pays où je venais présenter mon achat d'un espoir du football, on me poussait à parler de ce qui viendrait ensuite, qu'est-ce que tu vas t'acheter maintenant, quel sera la prochaine étape.

« Je ne peux rien dire », répondais-je.

Alors, les suggestions ne tardaient pas à venir. L'une de celles qui revenaient le plus souvent, c'était d'acheter une femme, une épouse. Je rétorquais alors que j'avais déjà essayé.

Une autre qui revenait presque aussi souvent, c'était de m'acheter un pays ou une planète.

« Qu'est-ce que j'aurai à faire ? m'a demandé le politicien péruvien.

— Lire les discours que je t'enverrai, mener la campagne que je te dirai de mener. Et si jamais tu es élu, voter les lois que je t'ordonnerai de voter. »

En prononçant cette dernière phrase, j'ai éclaté de rire. Nous avons trinqué de nouveau tandis que les rongeurs frits étaient déposés sur notre table.

J'ai également tenté d'acheter un homme politique en Argentine, mais chaque fois que j'essayais d'en approcher un, de nombreux intermédiaires ne manquaient pas de me demander une commission. Cela devenait difficile.

Au Chili, je suis parvenu à parler deux fois avec un candidat au poste de conseiller municipal de la ville de Los Vilos. Après quelques calculs simples, je suis arrivé à la conclusion que 1 000 dollars suffiraient à le faire entrer au conseil.

Lorsque le scandale du financement de la vie politique a éclaté au Chili et qu'ont été publiés les courriers de députés et de sénateurs qui demandaient à être achetés, je lisais tous les jours dans la presse le livre que je n'avais pas écrit. Les réunions dans des restaurants, les revirements de votes, la façon dont beaucoup se vendaient, comment ils légiféraient en faveur des entreprises qui les finançaient. Acheter des hommes politiques était une vieille affaire, et cela coûtait cher.

J'ai vite abandonné l'idée.

Je n'ai pas tardé à décider que j'achèterais plutôt un dieu.

À un moment donné, j'ai pensé au Mexique, le pays aux 1 000 dieux. J'ai contacté Enrique Florescano, spécialiste de l'histoire mexicaine et des religions. Un de ses derniers livres s'intitule *¿Cómo se hace un dios?* («Comment fait-on un dieu?»), il y parle des créations et recréations des dieux de la Mésopotamie.

Enrique travaille autour de l'idée que les premiers dieux, ceux qui étaient le plus proches de l'homme, ont surgi avec la création du cosmos. Ainsi sont nés le dieu du maïs, le dieu de la pluie, le dieu du vent. Donc les dieux se créent. Et ils continueront de se créer.

«Et peuvent-ils être achetés? Comment puis-je acheter un dieu?»

Sa réponse a ressemblé à celle d'un programmeur informatique :

« Je te recommande de le faire toi-même, de le construire plutôt que de l'acheter. »

Acheter un politicien ou un dieu ne semble pas si différent. Ces deux mondes ne sont pas si éloignés. Un exemple récent n'est autre que Vladimir Poutine, bien décidé à faire de la Russie un pays chrétien orthodoxe. Selon lui, c'est une partie fondamentale de l'identité nationale. Plus encore, la cathédrale du Christ-Sauveur à Moscou, qui avait été dynamitée sous les ordres de Staline, a été entièrement reconstruite. L'intégralité des travaux a été financée par l'État.

Quatre

Livre deuxième

Le moment était venu de concevoir mon Église.

La salle était pleine des élèves du Master of Business Administration de l'université Stanford. Il y avait là des personnes du monde entier qui avaient investi pas loin de 250 000 dollars pour venir étudier au cœur de la Silicon Valley. Nous assistions au cours de communication stratégique de J. D. Schaumm, un professeur légendaire de l'école. Il venait de nous informer que la présentation finale devrait être un projet innovant, différent, nouveau, disruptif et tant d'autres de ces joyeuses épithètes qui virevoltent dans les écoles de commerce modernes.

Schaumm disait cela en gesticulant beaucoup, il faisait bouger ses doigts tel un magicien en prononçant chaque mot comme si c'était le dernier qui allait sortir de sa bouche. Il exagérait son histrionisme, qui l'avait rendu célèbre au sein de la Graduate School of Business, pour nous inviter à faire quelque chose de nouveau, qui ait de l'écho. Il nous a ensuite annoncé qu'on allait devoir suivre des cours pour apprendre à faire des présentations, qu'on devrait répéter devant une caméra, qu'on ne pourrait pas faire l'économie d'une montre, qu'on se diviserait en équipes, qu'on devrait convaincre tout le monde, que tout ce qu'on dirait serait enregistré pour toujours à Stanford et que si quelqu'un ne voulait pas, il allait devoir signer un papier où cela serait stipulé noir sur blanc.

Presque aussitôt, je me suis dit que c'était le moment de sortir mon dieu de la valise et d'en faire quelque chose. Une fois hors du cours, j'ai marché jusqu'au parking à vélos, enlevé le cadenas de ma bicyclette et pédalé vers le mémorial de Hoover. J'ai longé la piscine en ce jour de semaine à midi, dans cette vie nouvelle loin de mon travail de bureau. Autour de moi, je voyais des gens à vélo, sur leur skate, des étudiants du monde entier, des professeurs du monde entier, des chercheurs du monde entier, des jeunes du monde entier, tous en train de réfléchir à la manière d'entrer dans la légende de la Silicon Valley et de concevoir un projet pour réussir.

J'avais d'abord envisagé de refuser que mon enregistrement soit conservé et accessible aux futurs étudiants. Mais si je comptais, lors de cette présentation, rendre public l'achat de mon dieu, il valait mieux que la vidéo soit archivée à la Graduate School of Business, celles du cours de Schaumm. Et si jamais quelqu'un, dans cinq, quinze ou trente ans, se rendait dans le bureau des archives et demandait à consulter cette vidéo après en avoir entendu parler dans ce livre, alors il ferait partie du même credo, mais dans un autre format ; il ferait partie de notre Église et il suivrait un dieu qui, un jour, avait été acheté en Inde pour achever une histoire, et il maintiendrait vivante la foi itinérante.

◆

La Silicon Valley est plus mystique qu'elle ne le paraît. Plus les semaines et les mois passent, plus on perçoit le visage spirituel de la Vallée. L'un des représentants les plus enthousiastes de cette nouvelle spiritualité s'appelle Anthony Levandowski, un ingénieur qui travaillait chez Google avant d'être embauché à grand renfort de publicité par Uber pour fabriquer des voitures autonomes. Ici, dans la baie de San Francisco, le mercato ne concerne pas les footballeurs ou les basketteurs, mais les ingénieurs informatiques. Ce sont les nouvelles stars. Des célébrités dont on ne tardera pas à voir les têtes décorer des tee-shirts et des casquettes. À moins qu'ils ne se fassent lyncher si tout s'effondre. Car ils sont capables de changer l'économie, la façon de marcher, de conduire une voiture. Actuellement, Levandowski est un des membres les plus remarquables de cette élite. Une bonne partie de sa réputation est liée à des questions qui nous semblent encore futuristes :

il est le cerveau qui cherche à concrétiser l'idée de voitures autonomes et il a déjà créé sa propre entreprise religieuse à but non lucratif, Way of the Future.

Dans la Silicon Valley, la compétition est brutale, personne ne se repose et tout le monde, l'air de rien, a l'œil rivé sur ce que fait la concurrence, le temps vaut trois fois plus que l'or, chaque conversation est minutée et si quelqu'un t'a raconté ce que fait ton voisin et si toi tu racontes ce que tu fais et si quiconque raconte quoi que ce soit à qui que ce soit, c'est toujours pour les affaires.

Je sais que j'ai un dieu et que je veux lui construire une Église. C'est une des choses que j'ai pu mettre au clair ces derniers jours. Une Église pour mon dieu. C'est pourquoi l'annonce de la création de l'Église de Levandowski m'intéresse. Il est en train de monter sa propre Église, même s'il ne s'est pas acheté un dieu. Son idée, c'est de fabriquer un dieu grâce à l'intelligence artificielle.

Le temps passe vite et même si nous poursuivons des buts distincts (il fabrique des voitures autonomes et construit une Église pour les fidèles de la technologie, moi je me contente de concevoir une Église pour le dieu que je me suis acheté en Orient afin de mettre un point final à une trilogie de journalisme narratif), je parviens à obtenir un peu plus d'informations sur son projet.

L'idée directrice de Way of the Future, c'est de créer une « transition pacifique et respectueuse » pour passer d'une spiritualité de « personnes » à une autre « permettant l'harmonie entre personnes et machines ». Cela ne manque pas de bon sens. Levandowski sait que l'heure où la technologie pourra dépasser les capacités humaines est proche et qu'on ne peut pas continuer de vivre en enseignant la crainte de l'avancée technologique. Selon lui, de même qu'il y a eu ces dernières années des avancées dans les droits des minorités sexuelles, des groupes minoritaires, des animaux, on devrait aussi se préoccuper des « machines ». Pour respecter ces droits et combattre la peur de la technologie, il sera nécessaire de créer une « super-intelligence ». Un dieu basé sur la compréhension, une divinité pour l'amélioration de la société.

Dans un entretien à *Wired*, Levandowski dit qu'une fois créé son dieu de l'intelligence supérieure, il espère pouvoir construire son propre évangile, un livre qu'il appellerait *Le Manuel*.

Toute Église, toute religion, tout credo a son propre livre. Ce livre même, que tu lis maintenant, n'a d'abord été que le Livre blanc avant de devenir *Un dieu à soi*. Tu peux le prendre, le toucher, le lire et il peut t'aider à comprendre le monde dans lequel nous sommes forcés de vivre. Il est difficile de comprendre un nouveau credo sans un livre qui l'explique.

À présent, tu lis le livre de base de la religion itinérante.

Le livre qui rassemble tous les adeptes de la religion itinérante dans le monde.

◆

La Californie du New Age, des hippies et des gourous spirituels est très différente de la Silicon Valley. Le seul endroit où je vois ces deux mondes se croiser, c'est sur le marché de California Avenue, à Palo Alto. De nombreux stands, les uns à côté des autres, s'y installent chaque dimanche, garnis de légumes et de fruits cultivés localement. Beaucoup de vendeurs semblent des fils ou des neveux de hippies, ils proposent des produits issus de l'agriculture biologique et des fruits différents de ceux du supermarché. Parmi les acheteurs, certains ressemblent à des ex-hippies, d'autres à de nouveaux millionnaires de la technologie et l'on y rencontre aussi les étudiants et les professeurs de Stanford.

La légende raconte qu'on y a vu Mark Zuckerberg y acheter des légumes, que la veuve de Steve Jobs y vient souvent et qu'Elon Musk s'y est montré plus d'une fois. Au milieu des choux-fleurs gros comme des ballons de football, des artichauts qui ressemblent à des pavots et des fraises de la taille d'une pomme, le seul que j'ai pu entrapercevoir une fois, c'est Peter Thiel, un des fondateurs de PayPal et un grand investisseur en projets nouveaux.

Le visage de Peter Thiel a quelque chose d'artificiel. Les cheveux courts, la peau brillante, il sourit comme s'il fonctionnait avec des piles. Ces derniers temps, il est devenu célèbre pour sa lutte contre la mort, et il ne s'agit pas d'un combat contre une maladie grave : son idée, c'est de parvenir à la vie éternelle. Une éternité que, selon la mythologie de la Vallée, il essaie aujourd'hui d'obtenir en se faisant constamment transfuser le sang des jeunes de la Bay Area.

Je n'ai jamais croisé Levandowski au marché de Palo Alto, mais le lendemain d'un dimanche de marché, un lundi très tôt, j'ai envoyé un mail à Jeremy Bailenson. C'est le directeur et le fondateur du laboratoire d'interaction humaine virtuelle de l'université Stanford. Je l'ai contacté pour lui demander de le rencontrer, car je voulais parler avec lui de réalité virtuelle et de spiritualité. S'il y avait dans la Silicon Valley des gens disposés à programmer et à créer un dieu issu de l'intelligence artificielle, peut-être serait-il alors plus simple de donner une représentation virtuelle et technologique à un dieu qui existait déjà et que j'avais rapporté du Chili après l'avoir acheté en Inde.

Bailenson m'a répondu aimablement. Parler du sujet l'intéressait, mais il était pour le moment plongé dans un grand projet de réalité virtuelle pour le festival du film de Tribeca. Depuis plusieurs années, il dirige cette section spécifique du festival lancé en 2002 à New York.

Nous avons convenu de parler à un autre moment. Un mois plus tard, j'entrais dans le département de réalité virtuelle de Stanford, avec mon dieu dans le sac à dos.

Cinq

Beaucoup de ceux qui sont ici, à l'intérieur, les bras ouverts, en train de chanter des hymnes religieux, travaillent chez Google, Facebook ou pour une autre des grandes entreprises des nouvelles technologies. Nous sommes dans une cérémonie religieuse, mais on se croirait plutôt au *demo day* d'une pépinière de start-up : en guise d'entrepreneurs, des pasteurs ; en guise d'*elevator pitch*, des sermons, et le mot « dieu » remplace le mot « succès ». Le public, en majorité, a moins de 40 ans et la moyenne ne doit pas dépasser 30 ans. Nous sommes réunis dans un salon au 3921 Fabian Way pour participer à une cérémonie de la Vive Church, une des plus récentes incarnations de ce qu'on appelle les Églises hipsters.

Depuis mon appartement de Hanover Street jusqu'au temple, c'est un trajet de vingt minutes à vélo. Sur le chemin, on croise peu d'églises et beaucoup d'entreprises.

Quand tu arrives à la Vive Church, tu t'aperçois qu'il s'agit d'un hangar, sans aucun élément religieux visible ; ils sont capables de louer un jour une église et le lendemain une salle des ventes. Le projet a été monté après 2010 par la famille Smallcombe, un couple de pasteurs australiens, et leur page web n'a pas grand-chose à voir avec celle d'une religion traditionnelle. Sur la page d'accueil, on peut lire : *So the people would be awakened to a new reality in Jesus* (« Alors les gens connaîtront l'éveil d'une nouvelle réalité en Jésus »). Pour diffuser leur message, ils misent sur de nouvelles formes de communication. Une de leurs vidéos les plus populaires montre le rap religieux de Vance Roush, un ancien employé de Google devenu pasteur à plein temps. Ses paroles mélangent foi en dieu et foi en la technologie et les images montrent des scènes quotidiennes de stress dans des bureaux qui ressemblent à ceux des start-up ou à des espaces de *coworking*. Le message est clair et direct pour les entrepreneurs de la baie.

« Nous voulons être le Pokémon Go des Églises », a l'habitude de dire Vance Roush. Leur idée, c'est d'aller à l'encontre des habitudes de l'Église chrétienne traditionnelle. Ils ne cessent de dire et de redire qu'ils ne sont pas religieux, si l'on considère qu'être « religieux » signifie croire à un ensemble de règles peu réalistes et à un Dieu impersonnel. Un autre pasteur me dit : « À la Vive Church, nous ne sommes pas des religieux. Nous ne cessons de le répéter. Nous ne sommes pas des religieux et, de fait, Jésus non plus. Jésus, nous expérimentons tous son amour à travers des relations personnelles et authentiques. »

La Vive Church a commencé par s'appeler C3 Silicon Valley. Le changement de nom est venu à la suite d'une étude interne utilisant technologie et croisement de bases de données. De fait, ils se définissent souvent comme une start-up formée par des personnes de toutes origines et de tous âges, incluant des entrepreneurs, des ingénieurs et des hipsters.

Le Pokémon Go des Églises n'a pas cessé de voir le nombre de ses sociétaires augmenter et possède un bon modèle de système d'adhésion. Je note plusieurs de ces détails dans le Livre blanc, avant de rentrer chez moi en pédalant à travers Palo Alto.

◆

Les Églises hipsters pour jeunes branchés de la technologie sont la dernière mode au sein du gigantesque millefeuille des Églises chrétiennes aux États-Unis. Un jour, quelqu'un s'est dit qu'il fallait toucher ces adolescents qui passent leur journée sur Internet comme s'il s'agissait pour eux d'une transfusion vitale, et des mesures ont été prises. Le futur était là, et si elles ne voulaient pas mourir de vieillesse comme c'était arrivé aux journaux papier et aux universités incapables de passer à la vitesse supérieure, les Églises devaient changer. Pour cette rénovation, elles ont engagé de jeunes pasteurs capables de parler à ce monde du futur. Sur ce marché, les bons pasteurs jouent des coudes comme lors d'une vente aux enchères. Et les meilleurs, les plus chers, sont ceux qui ramènent des célébrités au temple. Une des Églises hipsters les plus populaires est la Hillsong Church, qui compte Justin Bieber parmi ses fidèles. Lorsqu'il a arrêté sa tournée mondiale *Purpose World Tour* – il restait encore quinze concerts, tous archi-complets –, il a annoncé qu'il souhaitait se consacrer davantage à la vie spirituelle et s'est tourné vers la Hillsong Church.

De nombreux fidèles se souviennent encore du mégashow de la Hillsong Church au Madison Square Garden de New York. Les billets ont vite été épuisés. Les jeunes chrétiens étaient heureux et ils agitaient tous le drapeau des États-Unis qu'on leur avait offert à l'entrée. De petits drapeaux en papier. La scène était occupée par des artistes déguisés en Spiderman, Elvis et Elmo, puis un cow-boy a fait son apparition. Avec pour seul vêtement sa guitare. L'euphorie était totale. Sur les vidéos, on peut voir de jeunes chrétiens euphoriques chanter en chœur les louanges de Dieu avec le pasteur tout nu. Le lendemain, des pasteurs traditionnels du christianisme américain ont critiqué cette mise en scène, mais rien n'a pu freiner la popularité grandissante de cette Église parmi les nouvelles générations.

En décembre 2017, la version papier du *New York Times* a publié un reportage intitulé « Hillsong rassemble les croyants et quatre vieux agnostiques, John, Paul, George et Ringo ».

L'article mettait en avant l'énergie des millennials de cette Église, dont la dernière cérémonie avait réuni des milliers de personnes. Une cérémonie durant laquelle le groupe de musiciens chrétiens avait interprété des chansons célèbres des Beatles avec des pasteurs déguisés comme sur la pochette de Sergent Pepper.

La Colombienne Karen Ruiz, 27 ans, faisait partie des jeunes interviewés pour le reportage. Lorsqu'on lui a demandé la raison de sa venue, elle a répondu: « J'ai cherché sur Google les églises de New York et c'était le premier lien proposé. »

Karen Ruiz a fini par participer régulièrement aux activités de Hillsong. Elle se rappelle cet entretien avec le *New York Times* pendant le concert, mais elle n'appartient plus à l'Église. Elle l'a quittée.

« Comment je suis arrivée jusqu'à eux? Hillsong, c'est une franchise, tu la vois partout. Ils sont célèbres, surtout, pour leur groupe de musique. Si tu fais le tour des Églises chrétiennes d'Amérique latine, tu verras qu'une bonne partie d'entre elles reprennent les chansons de Hillsong. Je les connaissais déjà avant de venir à New York. Et comme l'église était en plein cœur de Manhattan, à une centaine de mètres du métro Penn Station, c'était pratique. En y allant la première fois, j'ai accroché instantanément. Ils le savent. Tu commences par entrer dans l'église, qui est très sombre. Rien à voir avec les églises de Colombie. Comme tout est sombre, tu vas forcément être porté par une chanson et fermer les yeux, ils savent orienter tes émotions. Et puis 80 % du public est jeune, composé de gens qui n'aiment pas l'Église traditionnelle, qui ne cherchent pas un engagement envers Dieu ou le Saint-Esprit et encore moins avec Jésus. J'adore la musique et la première fois que j'ai entendu la leur, ça m'a fait pleurer.

— C'est très différent d'une Église chrétienne traditionnelle en Colombie.

— Très différent. Les gens qui t'accueillent ne portent pas de veste ou de cravate, rien de tout ça. L'été, ils sont en short. Ce qu'ils cherchent, toujours, c'est qu'on n'ait pas l'impression d'être dans une église. Ils veulent que cela ressemble au monde extérieur, je veux dire par là que, selon la Bible, il y a le spirituel, ce qui est lié à Dieu, et le matériel, qui n'a rien à voir avec Dieu. Alors c'est une Église qui te dit : "Regarde, ici on a des concerts, ici on est cool, ici tu peux t'habiller comme tu veux, ici personne ne va te montrer du doigt, viens !" Selon moi, ce n'est pas fait pour ceux qui cherchent à s'élever spirituellement, mais pour ceux qui ne savent pas grand-chose de la religion, qui ont une certaine curiosité et s'y rendent pour une autre raison. Moi-même, j'y suis d'abord allée pour rencontrer des gens car je ne connaissais personne à mon arrivée à New York.

— Et pourquoi en es-tu partie ?

— J'ai commencé à ressentir une forme de sécheresse. Ma relation à Dieu est spirituelle et, au bout d'un moment, je me suis rendu compte que leurs messes ne me remplissaient pas, je trouvais ça très monotone. Tout semblait très planifié et lorsque j'ai fait partie de l'organisation, j'ai remarqué certaines choses. Et puisque ces choses ne me plaisaient pas, j'ai préféré aller voir ailleurs. C'est comme ça que j'ai découvert CFE Brooklyn. Ils viennent aussi d'Australie, comme Hillsong, et en fin de compte, toutes ces Églises sont des copies de Hillsong, la musique, les concerts, personne ne s'habille élégamment pour se rendre à l'église. Pourquoi va-t-on à l'église ? On y va pour se laisser emplir par l'Esprit saint, disons, mais chez Hillsong, tu y vas plutôt pour retrouver tes amis, pour la sociabilité. Je ne dis pas que c'est mal, mais ça dépend de ta recherche spirituelle. Au début, c'est super, tout le monde est très amical, mais si tu cherches quelque chose de plus profond, Hillsong ne s'y prête pas. Moi, j'ai envie de me sentir remplie spirituellement.

— Ils organisent des événements énormes. Leurs concerts au Madison Square Garden sont célèbres. Tu as vécu un peu tout ça.

— Je me souviens de cette année-là, à Noël. Ils avaient organisé un événement vraiment fou, le genre de truc qui te fait dire : “Ça ne peut pas être une Église, ce n’est pas possible.” Je ne sais pas s’ils ont appelé la presse ou si la presse est venue attirée par le boucan, toujours est-il qu’un homme m’a approchée, qu’il s’est présenté comme journaliste au *New York Times* et qu’il m’a posé plein de questions, car tout le monde était émerveillé de voir un spectacle de cirque dans une cérémonie religieuse. C’est là que je suis apparue dans le journal. »

◆

La Vous Church est une autre de ces Églises modernes où le public ressemble à un groupe de jeunes dans une convention Instagram. C’est peut-être pour ça que son fondateur, Rich Wilkerson Jr., diffuse de nombreux sermons en direct sur Snapchat. Wilkerson s’est fait connaître en 2014 lorsqu’il a officié au mariage de Kim Kardashian et Kanye West. Son aura médiatique n’a pas tardé à le rendre célèbre, d’où sa décision suivante, qui semblait une évidence : fonder sa propre Église. Certains de ses sermons sont connus pour être inspirés de chansons comme *Drunk in Love* de Beyoncé ou *Style* de Taylor Swift. Les prêches se font sur Instagram et Snapchat, un DJ met une ambiance musicale et le tout est accompagné des grands tubes de la pop mondiale.

L'Église de la religion itinérante devrait cibler un public semblable à celui de ces dogmes, mais sans la charge chrétienne en toile de fond. Une religion nouvelle pour un dieu nouveau acheté en Inde. Comme le dit Brett McCracken, l'auteur de *Hipster Christianity*: « quand l'église et le cool se rencontrent ». Ces Églises du futur sont notre présent, toutes les Églises finiront par suivre ce chemin.

La spiritualité du spectacle.

Six Livre deuxième

L'aube se lève sur Palo Alto et je viens de passer la nuit à mettre au point la première présentation de l'Église de la religion itinérante. À concevoir ma propre Église.

On entend les oiseaux et je vois des écureuils bouger dans l'arbre devant ma fenêtre. J'occupe le deuxième étage d'une maison en bois construite à une époque où ce quartier n'était pas encore le futur, mais un lieu proche de Stanford où les étudiants se baladaient avec des guitares à la main, fumaient la marijuana de Basse-Californie ou du Parc national de Tayrona en Colombie et demandaient la fin de la guerre du Vietnam au nom du Flower Power. Joan Baez est une voisine, la semaine dernière elle a chanté lors d'une petite manifestation LGBTI d'étudiants de Palo Alto, sur University Avenue. Mais de cette époque, hormis Joan qui a chanté à Woodstock, il ne reste pas grand-chose.

Les voisins de ma rue sont en majorité des employés de Google, de Facebook ou de PayPal. Celui qui me loue l'appartement et qui vit dans un petit pavillon à l'avant avec sa famille est un représentant de la plus vieille école californienne. Il s'appelle Paul DeMarinis, a plus de 70 ans, ses enfants ont moins de 20 ans, et c'est un artiste visuel et sonore spécialisé dans la musique électronique et la performance informatique. Il est professeur d'art à Stanford, où il se consacre aux sculptures sonores numériques, dont il est l'un des pionniers au niveau mondial.

J'ai passé une nuit blanche. Certains voisins sortent de chez eux à l'aube pour se rendre dans leurs bureaux de la Silicon Valley. Les lumières des DeMarinis sont toujours éteintes. Je ferme le rideau et m'allonge sur le lit pour dormir quelques heures avant d'aller à la présentation. Une des choses qui me manquait le plus pendant mes années de directeur de journal, c'était de passer la nuit à écrire en tapant frénétiquement sur le clavier jusqu'à regarder soudain par la fenêtre et voir qu'il faisait déjà jour, sans avoir remarqué les oiseaux, le soleil et la ville qui s'éveillait.

Je me réveille à midi, je prends une douche en écoutant un podcast sur les nouvelles technologies, je me prépare un sandwich avec le fromage et la salade que je trouve dans le réfrigérateur et je le mâche en relisant une dernière fois la présentation de mon Église. J'emprunte Hanover Street à vélo, je tourne sur Escondido Drive et file droit vers le campus pour me rendre à la GSB où m'attend Stephanie Soler.

C'est une des professeures adjointes en communication stratégique et elle m'a donné rendez-vous pendant ses horaires de travail pour parler de ma présentation. À l'heure prévue, nous nous retrouvons dans un bureau de l'école de commerce. Stephanie a passé sa licence ici et a également obtenu un MBA à Stanford. Cela fait plus de quinze ans qu'elle est conseillère en leadership et en entrepreneuriat auprès des entreprises de la Silicon Valley.

Avant que je n'aie eu le temps d'ouvrir mon ordinateur, elle a déjà sorti de son sac une salade et une fourchette. Le temps file et on ne prend pas de pause dans la Vallée de la Silice. Stephanie profite de ses rendez-vous avec ses élèves pour déjeuner.

Tandis qu'elle mâche sa laitue et ses tomates cerises, je fais défiler les *slides* de ma présentation.

Stephanie est belle et garde la forme dans un univers où tout le monde fait du sport. Deux camarades de mon cours de tennis suivent ce cursus : un Russe, Dimitri, qui a gagné 3 millions de dollars en vendant une start-up et a profité de cet argent pour venir dans la Silicon Valley et se payer le MBA afin de se constituer un réseau, et Débora, une Brésilienne de Sao Paulo dont les parents financent ses études mais qui devra retourner au Brésil. Ils ont tous les deux moins de 30 ans. Stephanie doit en avoir 45 et j'apprécie que nous soyons de la même génération, car elle n'aura peut-être pas la même réaction que les étudiants. Lorsque je lui raconte que je me suis d'abord acheté une vache, que j'ai ensuite parcouru l'Amérique latine en quête d'un enfant footballeur et que je possède maintenant un dieu indien, elle ne cesse pas un instant de manger sa salade et de boire de l'eau. Sa normalité me plaît et colle avec son profil de personne qui a travaillé sur des projets extrêmes. Stephanie a passé six ans chez McKinsey & Company à conseiller les patrons de la liste *Fortune 500* en stratégie, marketing et défis d'organisation. Cela fait sept ans qu'elle a sa propre société de conseil nommée Soler, dont le slogan est « Nous aidons les P-DG et autres leaders à connaître le succès en redéfinissant les rôles de leadership ». Tout ça en plus d'être professeure depuis dix ans à la Graduate School of Business.

Après ma présentation, je l'écoute en prenant des notes. Ses premiers commentaires portent sur la voix, la prononciation, l'ordre des schémas. Je corrige certaines idées du *slide* et note deux ou trois choses. Ensuite, elle me fait quelques remarques sur le modèle économique.

« Ça fera partie d'un livre », lui dis-je au moment de prendre congé.

Elle sourit, laissant voir deux rangées de dents bien serrées. Nous ne nous reverrons pas avant le jour de la présentation, lorsque les caméras filmeront et que mon projet d'Église sera documenté.

◆

Sur les diapositives 5 et 6, je montre le modèle économique qui devrait être celui de l'Église de la religion itinérante. Selon ma présentation, les principales rentrées d'argent viendront d'une campagne de *crowdfunding* pour le livre.

Aujourd'hui, cela ne semble pas très original. Cela ne l'était pas non plus alors. Mais la particularité de mon projet, c'était que l'importance au sein de l'Église augmentait en fonction des apports :

– de 1 à 10 dollars, tu contribueras à la publication du livre ;

– de 10 à 50 dollars, tu recevras le livre chez toi, dédicacé ;

– de 50 à 100 dollars, tu apparaîtras dans le livre en tant que « donateur fondateur » de l'Église de la religion itinérante ;

– de 300 à 500 dollars, tu apparaîtras au début du livre, comme un des fondateurs officiels de la religion ;

– 1 000 dollars et plus, tu seras prêtre de la religion, tu auras le droit de diriger des cérémonies et tu recevras un carton de livres pour les vendre (licence d'un an renouvelable).

Dans la trilogie du journalisme cash, en plus d'acheter le protagoniste, il faut encore s'assurer que le projet est rentable économiquement, capitaliser l'idée et avoir une notion claire des forces et des faiblesses. C'est la seule façon de connaître le marché de l'intérieur. Il n'en va pas autrement cette fois-ci et Stephanie m'a fait remarquer avec raison que je devais être particulièrement attentif aux montants et aux récompenses.

L'idée derrière la création de l'Église n'est pas de gagner de l'argent. La campagne annonce clairement que tout l'argent récolté servira à payer les services d'un cabinet d'avocats, d'une équipe de comptables et de conseillers financiers qui me permettront de mener à bien le projet aux États-Unis.

Diriger une Église comme une entreprise n'est pas non plus en soi la nouveauté du projet, disons que c'est une obligation qui découle de la loi du marché. L'idée de faire de la religion un commerce lucratif a toujours été là et continue de rôder. Lorsqu'on a demandé à Levandowski si sa religion de l'intelligence artificielle n'était tout simplement pas une escroquerie pour obtenir des réductions d'impôts, sa réponse a été simple : « La conspiration n'est pas mon angle d'attaque, mon point de vue est philosophique. »

Je dirais que le mien est journalistique.

Sept

Livre deuxième

Bruce Duncan me donne l'adresse mail personnelle de Martine Rothblatt pour que je prenne directement contact avec elle, avant d'ajouter qu'il est également disponible pour toute question relative au mouvement. Bruce est le directeur général de la Terasem Movement Foundation, une religion futuriste basée sur les clones.

Au moment de notre prise de contact, Bruce était à Bristol, dans le Vermont, un petit État de la Nouvelle-Angleterre à la frontière avec le Canada, surnommée la Montagne Verte, ce qui correspond bien à sa géographie : des monts, des forêts, le tout sous la neige pendant des mois. Pourtant, c'est à Madrid que je le retrouve aujourd'hui. Il participe au TEDxMadrid 2015. Sur la vidéo de YouTube, on peut le voir en costume noir, chemise noire, avec des lunettes et des cheveux jaunes coiffés à grand renfort de gel. Il est visiblement grand et gros, et bouge très souvent les deux bras dans la même direction. À côté de lui, il y a un robot uniquement composé d'une tête qui pourrait être le clone d'une Afro-Américaine.

Pendant sa présentation, Bruce explique à une intervieweuse que ce robot est le prototype, très simple, très basique, d'un projet de plus grande envergure impliquant le clonage humain, il s'agira de transférer aux robots notre mémoire pour que nous devenions immortels. Le mouvement qu'il dirige croit à la vie éternelle. Bruce est devant la caméra pour parler de philosophie et de transhumanisme, mais il a plutôt l'air d'un vendeur d'aspirateurs, le genre qui est mal à l'aise dans son costume et dont le front perle de sueur à la première question difficile.

Je remercie Bruce de m'avoir donné l'adresse de Martine, puis j'écris directement à celle-ci. Martine Rothblatt est la fondatrice du mouvement dont Bruce est l'un des principaux prédicateurs. Un peu moins d'un an avant la conférence TED de Madrid, on ne savait presque rien du Terasem Movement et de sa fondatrice. Tout a changé lorsqu'en septembre 2014 le *New York Times* l'a mise en couverture. La description de son histoire était précise : « Futuriste, magnat de la pharmaceutique, entrepreneuse de l'espace, philosophe. Martine Rothblatt, la cadre la mieux payée des États-Unis, est née homme. Mais ce n'est pas ce qui la définit. Il n'y a qu'à demander à son épouse. Puis à la version robot de son épouse. »

Cet article a braqué les projecteurs sur Martine, ce qui lui a permis de promouvoir sa religion futuriste. Cette entrepreneuse milliardaire, théoricienne de la philosophie *genderqueer* et transsexuelle, raconte qu'un jour elle s'est lassée d'être l'homme de la maison avec quatre enfants et qu'elle a décidé de changer de sexe. Aujourd'hui, elle est toujours mariée avec Bina, sa femme, et a plusieurs petits-enfants. Elle se considère lesbienne et elle est obsédée par sa femme au point d'en avoir construit un clone artificiel. Elle et son mouvement se focalisent sur une sorte de futurisme dont les idéaux sont de plus en plus partagés ici, dans la Silicon Valley : croire que la technologie va rallonger notre vie au-delà des années biologiques.

Ce croisement entre religion et technologie m'intéresse et je lui écris pour qu'elle me parle de son organisation et de ses recherches dans le domaine de l'immortalité. Pour ses projets de vie éternelle, elle a trouvé des alliés en la personne de Peter Thiel, le fondateur de PayPal que j'ai croisé sur le marché de California Avenue, et la société Calico, une branche industrielle de Google dont la mission est de régler le problème de la mort.

Martine me dit qu'elle n'a pas le temps de me rencontrer pour l'instant, elle est en tournée. Elle parcourt le monde en donnant des conférences sur sa vie, son histoire. Elle accumule les TEDxTalks comme d'autres collectionnent les entretiens d'embauche. Elle se rend aux quatre coins de la planète, telle la vedette du monde à venir. Elle me dit que nous pourrons échanger prochainement, et je lui réécris donc rapidement, mais elle est de nouveau en conférence. Puis, un jour, alors que je n'y croyais plus, je reçois un mail de son fils Gabriel.

Gabriel Rothblatt. Né en 1982, il s'est porté candidat en 2014 au poste de sénateur de Floride pour le compte du Parti démocrate en promouvant un agenda techno-progressiste autour du thème des mouvements futuristes et transhumanistes. Sa mère, c'est Bina, la femme que Martine est en train de répliquer pour prouver que la vie éternelle est possible, et son père, c'est Martine. Gabriel est un activiste des droits humains et des minorités, il se présente comme un Noir juif issu d'une famille LGBTQ et affirme croire en la technologie en tant que divinité ultime.

C'est un des leaders du mouvement fondé par sa mère.

« Comment et pourquoi est né ce mouvement ?

— Octavia Butler a écrit deux livres intitulés *Parable of the Sower* et *Parable of the Talents*. Terasem est la religion qu'abordent ces livres. Notre famille a fondé cette organisation pour continuer de développer et de promouvoir l'idée que notre destin est d'étendre la vie à de nouvelles planètes.

— Je comprends, mais ce qui m'intéresse, c'est le travail nécessaire pour monter une nouvelle Église, un nouveau credo. Vous êtes une religion futuriste. Avez-vous l'impression de l'être ?

— L'idée de futur implique un temps linéaire. Je crois que ce que nous faisons, c'est permettre le changement, nous sommes des "modeleurs".

— Tu crois à un dieu en particulier, à plusieurs dieux, à aucun ?

— Terasem est transreligieux, il accueille à toutes les croyances dans la quête d'une immortalité joyeuse, selon le principe de la diversité. Terasem a une croyance fondamentale : Dieu est technologique. Cela signifie que Terasem croit au pouvoir de Dieu pour modeler la réalité à partir de la pensée, mais qu'il ne suit et ne décrit aucune divinité en particulier.

— Si Dieu est technologique et que je souhaite ouvrir une branche de sa religion en Amérique du Sud, à qui dois-je m'adresser ?

— Le mieux, je crois, c'est d'étudier la vérité de Terasem et d'en parler avec les gens qui gravitent autour. Trouve des projets qui te permettent de collaborer avec eux, dans lesquels Terasem se manifeste. Les communautés Terasem sont une idée populaire, aucune structure ou incitation fiscale n'est nécessaire pour pratiquer Terasem dans sa vie personnelle ou pour le partager avec d'autres. Si quelqu'un avait envie de faire un don à Terasem, on pourrait envisager une extension à l'Amérique du Sud. Il me semble qu'installer un centre de conscience critique serait la meilleure voie, avant de demander l'ajout d'une nouvelle étoile lors de la prochaine réunion quadriannuelle. »

Gabriel vit en Floride. Néanmoins, l'Église du mouvement Terasem est présente partout dans le pays et au-delà. Il affirme que la quête de l'immortalité et du Dieu technologique est leur théologie.

« L'immortalité joyeuse est une quête, les clones sont un des chemins possibles, mais Terasem préfère se focaliser sur la compréhension et la capture des informations qui font de nous ce que nous sommes, de sorte que nous puissions maintenir une continuité du moi quel que soit le substrat dans lequel nous migrerons.

— Quel est ton rôle dans l'organisation ?

— Membre du groupe de direction du mouvement Terasem, transreligieux et swami de la côte spatiale Ashram. Martine et Bina sont les fondatrices de Terasem et ce sont mes mères. Mon travail au sein de Terasem a eu une grande influence sur l'avancée de ma carrière, c'est pourquoi j'ai fait la promotion publique de mon intérêt pour la vie dans l'espace.

— Ta mère Bina a un clone, le robot BINA 48, basé sur un *mindclone* de sa personne. On peut voir en ligne beaucoup de conférences TED et autres entretiens avec BINA 48. Un clone de Martine est-il aussi prévu ? Comment t'entends-tu avec elles ?

— Ma relation avec Martine et Bina est géniale. De nombreuses personnes nous ont interrogé sur un éventuel clone de Martine, nous le ferons peut-être un jour, lorsque la technologie sera fiable. BINA 48 ne remplace pas la Bina réelle, c'est une expérimentation qui utilise certains des paramètres de base. Nous apprenons tous beaucoup grâce à cette expérimentation, mais nous sommes encore loin de ce qu'on pourrait considérer comme une véritable réplique, voire un véritable remplaçant, de nous-mêmes.

— Gabriel, cela fait plusieurs années que j'enquête sur les nouvelles formes de religion et de spiritualité. Je suis très intéressé par votre vision de ce qu'apportent les nouvelles technologies. Il y a quelque temps, j'ai voyagé en Inde. Là-bas, je me suis acheté un dieu. Pas une statuette, un dieu véritable. Et j'aimerais lui donner un corps. Lui faire un robot. Vous pourriez m'aider ? Vous proposez ce service ? Quelque chose de semblable à BINA 48, mais pour mon dieu.

— On ne fait pas ce genre de choses, mais je vais te mettre en contact avec les gens qui nous ont aidé à créer BINA 48, ils ont aussi créé Sophie. »

◆

Gabriel Rothblatt me met en relation avec David Hanson, une célébrité du monde de la robotique et de l'intelligence artificielle. Hanson est devenu célèbre en créant des robots très semblables aux humains. Son entreprise a inventé de nouveaux matériaux pour fabriquer la peau qui couvre les robots, des mécanismes pour que l'expression faciale des machines soit plus humaine et un programme intelligent pour que ces robots puissent interagir en face à face avec les gens.

David Hanson essaie de parvenir au robot parfait, identique aux humains. Sur les réseaux sociaux, on peut le voir en compagnie d'une femme robot qui pourrait être humaine et d'une femme humaine qui pourrait être un robot.

Je le contacte. J'explique une fois de plus que j'ai acheté un dieu en Inde et que je réfléchis à l'idée de lui donner un corps et un récit, un peu comme ce qu'il a fait avec BINA 48. Sans la technologie, je n'aurais peut-être jamais pu me consacrer à l'écriture et au voyage en pratiquant le journalisme itinérant d'un cybercafé à l'autre, ni fonder l'École de journalisme itinérant avec des élèves connectés en ligne depuis plus d'une centaine de villes, ni envisager maintenant de créer l'Église de la religion itinérante. Pour toutes ces raisons, demander de l'aide et un budget à ceux qui sont à la pointe de ces recherches technologiques fait sens.

Hanson vit désormais à Hong Kong. Il dirige son empire depuis là-bas. C'est pratique car il a de nombreux clients au Japon et en Chine. Il a commencé comme ingénieur chez Disney, où il travaillait en tant que sculpteur et conseiller technique en robotique. Il a obtenu un doctorat en art interactif et en ingénierie à l'université du Texas, à Dallas. Il a reçu de nombreux prix et publié des douzaines d'articles dans des revues scientifiques sur les matériaux, l'intelligence artificielle, la science cognitive et la robotique.

La première chose que me dit Hanson, c'est : « Merci de nous avoir contactés. » Quand le créateur des humanoïdes les plus réalistes du monde te dit : « Merci de nous avoir contactés », tu as l'impression que des boulevards s'ouvrent devant toi, lentement mais en profondeur.

La deuxième chose qu'il me dit, c'est : « Je suis très fier du robot BINA 48 et j'adorerais explorer ton projet. »

Le projet du dieu acheté en Inde pour rassembler tous les Itinérants du monde est déjà dans le bureau de Hanson Robotics, à Hong Kong. Mais aussi dans leur bureau des États-Unis, où l'on m'a mis en contact avec Amit Kumar, le scientifique en chef de Hanson Robotics, pour envisager la possibilité de donner un corps d'humanoïde à mon dieu – et estimer le budget nécessaire.

Huit

Elle dit qu'elle était morte. Qu'elle n'en pouvait plus. Qu'elle ne valait plus un dollar. Qu'elle avait vraiment besoin de divin. Danii Wilson, 31 ans, fonctionnaire à Washington, blonde et bronzée, une bière à la main, soupire avant de lâcher :

« J'avais besoin de déconnecter. Je suis venue pour ça », dit-elle en pointant du doigt vers la droite. Il n'y a pas de temple bouddhiste ni de cathédrale chrétienne à l'endroit qu'elle désigne. Il n'y a pas d'ashram pour la méditation ni de lieu de retraire spirituelle. Elle ne pointe pas du doigt une divinité technologique ou un livre sacré. Lorsqu'elle dit : « Je suis venue pour ça », c'est son sanctuaire personnel qu'elle désigne, l'endroit où elle trouve l'harmonie, du sens et de la paix pour sa vie : le casino du Bellagio. Le royaume des machines à sous, des joueurs, de la fumée et des plateaux qui vont et viennent, remplis de verres prêts à être avalés avant et après chaque coup de dé. Elle a trouvé sa foi.

Danii est dans un bar latéral qui se transforme peu à peu en piste de danse puis en véritable fête. De même que certains voyageurs s'envolent vers l'Inde, La Mecque ou Lourdes pour chercher leur propre mystique, elle a fini par trouver la paix intérieure ici, dans l'État du Nevada, dans le comté de Clark, dans la ville qui, selon Sinatra, « te suce le sang » et qui, selon elle, « te redonne vie ».

Elle n'est pas seule à se ressourcer dans cette cure singulière. Elle a atterri à l'aéroport international McCarran avec une amie, fille de parents chinois, dans un avion de la Delta Airlines rempli de pèlerins. Quelques minutes auparavant se posait un Airbus transportant une centaine de New-Yorkais pleins d'énergie venus pour un week-end de déconnexion. Et quelques minutes plus tard, un autre en provenance du Kentucky. Et plusieurs avions arrivant du Mexique, de Californie, du Canada, et des lignes low cost en provenance d'Angleterre et d'Espagne. À peine a-t-on atterri dans cette ville en carton-pâte qu'on remarque le flux incessant de joueurs qui débarquent du monde entier pour passer le week-end. Chaque année, ces pèlerins obsédés par le jeu sont plus de 50 millions à venir ici, ils peuvent tenter leur chance dès leur sortie de l'avion, dans les plus de 1 000 machines à sous de l'aéroport.

« Un week-end me suffit. J'en ressors comme neuve », dit-elle avant de trinquer avec son amie qui nous prend ensuite tous les trois en selfie au bar de l'hôtel. Ses yeux brillent, comme possédés.

Plus loin, un groupe se prend aussi en photo avec un téléphone, et plus loin, un autre encore ; le tout baigné par la musique d'un groupe de reprises qui joue des chansons des années 1980, époque où les musiciens étaient plus intéressés par la cocaïne que par la vie éternelle. Une sensation constante d'euphorie règne. La sensation qu'ici, à Las Vegas, chaque minute compte, doit être vécue. Dans le couloir, comme pour illustrer ce roulement permanent, des touristes en maillot défilent avec leurs valises vers leurs chambres après s'être enregistrés à l'accueil. Par-dessus la musique, le bruit incessant des machines et, régulièrement, le cri d'un fidèle qui a reçu sa récompense tant attendue : une cataracte de cash.

◆

La première personne à m'avoir parlé de l'Église presleytérienne, c'est l'Elvis qui se tient à l'intersection du Strip et du Flamingo. Il est habillé comme à la dernière époque du « roi du rock », avec des favoris qui ressemblent à des côtelettes et un ventre qu'une large ceinture à boucle couverte de faux diamants a du mal à contenir. Une horde de touristes japonais vient de le prendre d'assaut avec leurs smartphones ; après une vingtaine de photos et de mini-vidéos, ils lui ont donné 50 dollars. Le sosie d'Elvis sue. Il est midi. La chaleur, hors des casinos où il fait toujours nuit et où flotte en permanence une odeur de chauffage, est écrasante comme le désert. Las Vegas nous domine, jamais l'inverse.

Je suis arrivé à Las Vegas en quête de réponses, mais je ne sais pas trop à qui m'adresser. Le sosie, comme beaucoup d'autres de ceux qui déambulent sur le Strip (Michael Jackson, les Beatles, Kiss), passe huit heures par jour à poser pour les téléphones des touristes. Je lui demande son nom et, en rajustant ses lunettes de soleil à grosse monture dorée, il me répond :

« Elvis Aaron Presley », puis il bouge sa jambe droite enfilée dans un pantalon à pattes d'éléphant et chaussée d'une botte blanche à talon.

Tel un prêtre de l'Église presleytérienne, il me dit qu'Elvis est partout, qu'il est celui qui aime le plus les gens et qu'il a su changer et sauver de nombreuses vies. À commencer par la sienne :

« Selon l'Église presleytérienne, les fidèles doivent regarder une fois par jour, où qu'ils soient, vers Las Vegas. »

Ce n'est pas la première fois que j'entends cette blague, mais c'est bien la première fois que je l'entends prononcée par un prêtre de l'Église d'Elvis. Quelques centaines de mètres plus à l'est, dans la zone des mariages, un couple descend de la limousine qui est venue le chercher à l'hôtel. Ils s'amusent, mais sont tendus. Ils font des selfies devant la porte de l'état civil. Ils saluent d'autres couples de fiancés. Ils entrent main dans la main. Impossible d'ajouter une couleur de plus au décor saturé. On entend le ronronnement de la climatisation. C'est alors qu'Elvis apparaît. Un autre Elvis, celui qui va les marier et les bénir, qui se prendra en photo avec eux. Le couple croit en lui, ils commencent par rire, puis ils pleurent, puis ils s'embrassent pour les photos.

Presley est né à Tupelo, dans le Mississippi. Mais une grande partie de son succès, de sa gloire, est liée à cette ville à laquelle le « roi du rock » a dédié la chanson *Viva Las Vegas*. Tout comme Dean Martin, Cher, Elton John, Céline Dion, Tom Jones, The Killers et Sinatra, Elvis a longtemps eu pour résidence cette ville aux multiples surnoms. Les plus célèbres sont « la ville du vice » et « la ville du jeu ». Personnellement, celui que je préfère, c'est « la ville des deuxièmes chances ».

« Je peux demander quelque chose à Elvis ? », dis-je au sosie qui m'a parlé du culte presleytérien.

Il me répond bien sûr, évidemment, que c'est une question de foi. Qu'il s'agit d'y croire. Si tu ne crois pas en Dieu, n'essaie même pas de croire en Elvis. Je demande alors quelque chose de presque impossible au « roi du rock », dans la ville qui est sa Mecque. Et je donne un acompte de 10 dollars à son envoyé.

« Ton vœu sera exhaucé », me dit Elvis avec un clin d'œil.

◆

Dans la ville des deuxièmes chances, j'en profite pour entrer dans le casino de la chaîne Hooters et jouer quelques billets dans les machines à sous. Les filles qui t'accueillent, connues pour servir des cuisses de poulet dans le reste des États-Unis, te font ici la monnaie sur ton billet, t'offrent de la bière et allument tes cigarettes. Comme le vice fait partie du slogan de la ville, contrairement au reste du pays, on peut fumer et boire presque n'importe où et à n'importe quelle heure. Après tout, on n'y reste que quelques jours. Un week-end de détente, comme disait Danii, la fonctionnaire de Washington, avant de retourner à cette vie quotidienne à laquelle on veut toujours échapper. Les religions ne sont-elles pas là justement pour ça ? Pour nous permettre de nous échapper un moment ? Et la fête ne sert-elle pas également à ça ?

Chez Hooters comme dans tous les casinos de cette ville pleine de casinos, les machines avalent vite. Comme si dans le désert elles avaient plus soif qu'ailleurs. Par superstition, je vais dans un autre hôtel : à Las Vegas, la chance ne tourne pas en changeant de machine, mais de casino. Je veux m'en remettre à mon dieu, gagner beaucoup d'argent, puis fonder mon Église à Las Vegas. Je me dirige vers le MGM Grand, l'un des plus grands casinos, célèbre pour avoir accueilli des matchs de boxe et qui avait, il y a quelques années encore, des lions vivants à l'entrée. Cela pourrait être le lieu du nirvana de ma propre Église.

Je choisis la machine King Kong. Beaucoup d'Églises célèbres se sont construites grâce à des coups de chance. Sur l'écran géant, David Copperfield annonce son nouveau spectacle de magie. C'est un prêtre moderne qui convainc ses fidèles au cours de 500 spectacles annuels.

Si je gagne, me dis-je, l'argent de mon Église sera venu de Las Vegas, la ville d'Andre Agassi. J'ai lu une fois que Brandon Flowers, le chanteur des Killers, né dans cette ville, a décidé d'y élever ses enfants car à Las Vegas on vit entre le ciel et l'enfer.

OK.

Je prends une grande inspiration.

Je choisis le mode de jeu le plus cher.

J'appuis sur le bouton « jouer ».

◆

Las Vegas comme des limbes. Les limbes comme spectacle. Le spectacle comme religion. La religion comme Las Vegas.

«Je suis arrivé à Las Vegas il y a vingt-cinq ans, quand tout ça ne faisait que commencer», me dit Richard Frenkel, roux, la barbe taillée en bouc, un accent qui mâche les mots, un nez de boxeur, caissier de la salle de spectacle du Mandala Bay.

«Tout ça ne faisait que commencer», ajoute-t-il en faisant référence au Las Vegas d'aujourd'hui. Très différent de ce qu'il était au moment de sa fondation, il y a cent neuf ans, lorsque les droits économiques des casinos ont été cédés aux tribus natives du Nevada. Puis sont venues les années de la domination des mafias, l'époque préférée de Scorcese. Puis, dernièrement, les années de domination du Cirque du Soleil, un projet de divertissement familial avec des artistes sélectionnés dans le monde entier et qui remplit la ville de ses spectacles.

Je fuis les temples du Cirque du Soleil et achète un billet pour le premier rang du combat de MMA entre Maynard et le chicano Díaz. Le Mandala Bay est un hôtel avec des cascades et un train à l'entrée, qui a fait de ce genre de combats une tradition et a été à la une des journaux du monde entier lorsqu'un ancien combattant est venu y loger un week-end, a garé sa voiture sur le parking, a monté ses valises dans la suite qu'il avait réservée, a salué aimablement le groom, a chargé un fusil et a tiré sans s'arrêter sur les gens qui faisaient la fête, il a tué une personne, puis une deuxième, puis une autre et une autre encore, *bang-bang*, une autre et puis une autre, et les victimes s'accumulaient, 10, 11, 12 victimes, jusqu'à ce qu'il ait tué 23 personnes. Pour des motifs religieux.

Mais ce soir, il s'agit de MMA, où la violence n'est pas celle de la poudre, des gâchettes, de la religion, des corps criblés de balles calibre 24 qui s'effondrent. La violence du jour, au Mandala Bay, c'est celle des coups. À deux sièges de moi, un père accompagné de sa fille de 8 ans qui dort dans ses bras et de son fils de 10 ans qui bâille ne quitte pas le combat des yeux. Dans la rangée de devant, deux jeunes mariés prennent des photos. Un groupe d'amis en plein enterrement de vie de garçon crient pour encourager Maynard. Le tout arrosé de bière. On boit tellement que la queue aux toilettes des hommes s'étend sur 20 mètres dans le couloir. Les toilettes des femmes sont vides.

Après la pluie de coups de pied et de poing, les deux combattants terminent en souriant, le visage couvert d'hématomes et de sang, beaucoup de sang, sur leurs lèvres, sur leur corps, partout. L'arbitre déclare le match nul et je pars vers un autre temple.

Au Sapphire, un des cabarets les plus connus, un peu éloigné du Strip, l'ambiance n'est pas moins touristique. Dans *La Vie d'une vache*, j'ai visité une boîte de nuit où l'on offrait de la viande argentine à l'entrée. Dans *Le Prodige*, j'ai passé la nuit au Cocodrilo, une boîte où se rendaient les agents, les joueurs, tout le milieu du foot, et Maradona. Et maintenant, alors que je me trouve dans la ville dont la spiritualité est le vice, à moins que le vice n'y soit la non-spiritualité, j'entre dans un lieu où des danseuses tournent autour d'un poteau et promènent leur formes généreuses, à peine cachées par leurs bikinis, parmi les tables. Des modèles dont le style provocateur et étudié correspond au stéréotype classique de la ville du vice. Néanmoins, lorsque les yeux s'habituent à l'obscurité, le Las Vegas d'aujourd'hui commence à apparaître. Assis à une grande tablée, douze adolescents coréens en voyage d'études prennent des photos en riant. Un couple d'une soixantaine d'années s'autorise à venir à une *table dance*, puisque tout est permis à Las Vegas.

Sur la scène du Sapphire, deux danseuses se caressent. L'une est rousse, l'autre blonde. Un type en turban, qui pourrait être sikh, se lève devant elles, sort une énorme liasse de billets d'un dollar et commence à les lancer, très rapidement, comme une machine à compter les billets, comme s'il leur tirait dessus à la mitraillette ; les billets, l'un après l'autre, pleuvent sur les danseuses.

D'autres types, deux gringos et un Indien, posent des billets à leurs pieds, pliés ou froissés, comme s'il s'agissait d'offrandes à l'enfant-déesse.

Rubi est danseuse et un instant plus tôt elle était sur scène en habit de nonne. Rubi est une version Las

Vegas de Jennifer Lopez. Je bois un gin tonic avec elle, car je veux parler de sa religion, de sa tenue. Elle ne tarde pas à se retrouver sur mes genoux en bougeant comme J Lo et en me disant tout ce que je veux qu'elle me dise. C'est ça, Las Vegas.

« J'ai un dieu, lui dis-je.

— Un dieu ?

— Oui, j'ai mon propre dieu et je veux monter une Église. »

Lorsque tu es en compagnie d'une danseuse de Las Vegas qui danse sur tes genoux et que tu lui dis que tu as un dieu, qu'elle te demande à quoi ressemble ton dieu, comment on peut devenir membre de ta religion, ce que tu voudrais qu'elle fasse pour ta religion, tu te tais, tu l'écoutes, tu ne lui dis pas que c'est pour un livre, tu ne lui dis pas que c'est pour raconter une histoire.

◆

Un temple bouddhiste en plein Strip. On a beau se frotter les yeux, il est bien là. Petit, caché entre le Caesars Palace et le Flamingo. Un refuge pour l'âme aux couleurs du dalaï-lama, offert à la ville par ceux qui avaient déjà compris qu'y venir, c'est aussi une expérience spirituelle.

« Las Vegas, c'est l'enfer, mon gars », m'a assuré l'écrivain et journaliste mexicain Alejandro Almazán, quelques semaines avant mon séjour dans le Nevada. Almazán, qui s'y connaît en termes d'enfer car il a signé certaines des meilleures chroniques sur le narcotrafic au Mexique, a ajouté, sur un ton mi- humoristique mi-sérieux :

« Cette putain de ville te prend tout. Ce qu'elle te donne reste là-bas. Je me suis marié à Las Vegas puis je me suis séparé. Elle ne te laisse rien. Et elle est pleine de sans-abri qui te demandent un putain de *coin* pour pouvoir recommencer à jouer. »

Sur le pont entre le Bellagio et le Caesars, il y en a quatre cet après-midi. Un peu plus loin, il y a de mauvais musiciens de rue, de bons artistes de rue, beaucoup de gens déguisés, des offres de prostitution 24 heures sur 24, des survols de la ville en hélicoptère avec bouteille de champagne incluse, des limousines de toutes les couleurs qu'on peut remplir de ce qu'on veut, des *pool parties* 24 heures sur 24, des fêtes, des romances de mauvais films, des centres commerciaux, de la malbouffe, des restaurants chics et des casinos et des machines à sous et des tables et des jetons et du cash. Beaucoup de cash. Mais il y a surtout des gens, des millions de personnes, du monde entier, qui viennent ici en quête d'un refuge. Qui s'arrachent de chez eux. Dans une quête qui est aussi spirituelle.

Je perds tout l'argent que je glisse dans la machine à sous.

Neuf

Aujourd'hui, je vais présenter pour la première fois en public le projet d'Église de la religion itinérante.

Beaucoup de ceux qui assistent à cette rencontre seront probablement bientôt millionnaires. L'auditoire est composé d'étudiants du MBA de la Graduate School of Business de Stanford. Après la présentation, j'irai au supermarché Mollie's Stone de California Avenue, car ma fiancée, qui habite à Mexico, arrive demain.

J'ai préparé cette première présentation pendant plusieurs jours. En m'entraînant à prononcer correctement l'anglais, le mien n'a jamais été très bon, j'ai un mauvais accent. La salle est pleine et le cameraman s'est installé sur le côté. Les cameramans sont nombreux à Stanford pour filmer les multiples essais et expérimentations réalisés dans les campus. Chaque fois que j'en croise un, je me souviens de l'« expérimentation de Stanford », qui s'est déroulée à trois bâtiments d'ici, dans les sous-sols du département de psychologie, où des étudiants avaient été enfermés : divisés entre geôliers et prisonniers.

Avant que je ne commence ma présentation, J. D. Schraumm donne quelques instructions. Il est professeur en stratégie de communication et c'est l'un des enseignants les plus célèbres du MBA. Sa conférence TED consacrée à sa tentative de suicide compte plus de 1 600 000 vues. Son exemple est imparable : tu essaies de te suicider, tu n'y parviens pas, tu te retrouves donc avec une bonne histoire à raconter et de quoi entamer une belle carrière de professeur en communication à Stanford. Pendant sa conférence, il dit quelque chose que celui qui s'achète un dieu ferait bien de garder à l'esprit : « Tu dois toujours communiquer en partant de ton expérience, de tes erreurs et de tes qualités. »

Maintenant, J. D. n'est plus sur une vidéo YouTube, il est face à moi, en direct, et il fait un signe pour que la caméra commence à filmer. Puis il me signale que c'est à moi de parler.

« J'ai acheté un dieu en Inde et je suis maintenant en train de concevoir ici, dans la Silicon Valley, à Stanford, une Église et une religion. Tout ça pour en faire un livre. Le projet s'intitule : l'Église de la religion itinérante et je m'appelle Juan Pablo Meneses. »

J'étais nerveux au début de ma présentation. Mon anglais est mauvais et je craignais que les auditeurs ne comprennent pas le projet. Heureusement, je crois qu'ils ont vite accroché. Le fait d'avoir acheté un dieu s'est révélé un bon hameçon pour ces gens qui seront bientôt millionnaires et qui, probablement, deviendront pour certains d'entre eux des divinités de la Vallée.

Je leur annonce que tout cela fait partie d'un projet littéraire. En m'aidant de photographies et de couvertures de livres, je leur raconte que j'ai d'abord acheté une vache puis un enfant footballeur, que je viens d'acquérir une divinité et que je suis ici pour leur expliquer mon business plan.

Parmi les étudiants, on compte un militaire qui a combattu au Moyen-Orient et qui suit maintenant le cursus du MBA grâce à un financement de l'armée des États-Unis ; le fils d'un millionnaire suédois qui envisage de monter un réseau mondial de tourisme ; une Asiatique qui veut remplir les maisons de retraite chinoises de robots, car cela permettrait d'économiser des milliards de milliards de dollars ; un investisseur russe qui veut multiplier ses gains grâce à des idées futuristes.

Je me sers de graphiques et de chiffres pour expliquer comment la religion génère plus d'argent que Google et Facebook. Je leur fais remarquer que la réalité virtuelle et l'intelligence artificielle contribuent à la création de nouvelles religions. J'ajoute que j'ai déjà eu plusieurs réunions avec le directeur du département de réalité virtuelle de Stanford pour concevoir une religion futuriste.

Une fois que j'ai terminé, c'est à leur tour de m'interroger. Ils sont plusieurs à lever la main. Le premier qui prend la parole est anxieux. Il se dépêche de poser sa question :

« Comment fait-on pour acheter un dieu ? Qui en vend ? Combien ça vaut ? »

Après mes réponses, ils me font des commentaires et des suggestions que je note dans le Livre blanc. La caméra filme toujours.

Un applaudissement général marque la fin de la présentation. J. D. nous enverra un fichier audio avec les corrections et un tableau avec les chiffres des présentations.

Alors que j'ôte le cadenas de mon vélo, j'entends qu'on m'appelle en criant :

« Bye, Juan ! »

C'est mon camarade militaire. Il porte son uniforme, il l'a mis pour venir à la présentation. C'est un uniforme couleur crème, avec des médailles et une casquette en tissu. Il prend congé en levant la main et je lui réponds en levant la mienne. C'est un matin ensoleillé en Californie.

◆

C'est vendredi, tôt le matin, Ig vient me rendre visite la semaine prochaine et dans l'après-midi j'ai une réunion importante au laboratoire d'interaction humaine virtuelle de Stanford. Je sors faire un tour à vélo dans Palo Alto. J'emprunte University Avenue, sous la voie ferrée, je passe devant le Sheraton et je poursuis mon chemin. Je décide de suivre cette rue jusqu'au bout, là où elle me mènera, et elle me fait d'abord traverser tout le quartier des magasins et restaurants chics de Palo Alto, je passe devant le HanaHaus, le Mac Store, un restau indien, un restau birman, des italiens. Je continue d'avancer et c'est au tour des maisons de maître, les touristes ont disparu, je pédale au milieu des bâtisses énormes, nombre d'entre elles achetées ces dernières années par les nouveaux millionnaires d'Internet à d'anciens ingénieurs de la NASA. Je continue de pédaler sur University Avenue jusqu'à passer au-dessus de l'autoroute, et là c'est un autre Palo Alto qui commence, dans la même rue, la version latino, pauvre, où les commerces sont des coiffeurs aux enseignes en espagnol, des rôtisseries de poulet, des agences Western Union pour envoyer de l'argent au Mexique ou en Amérique centrale, je dépasse des stations-service qui vendent de la malbouffe, des voitures en mauvais état, des annonces de matchs de boxe pour le lendemain et deux églises évangéliques, je poursuis mon avancée dans la même rue et je ne m'arrête pas, je continue dans la même rue, ça fait plus d'une heure que je suis sur mon vélo, puis soudain tout n'est plus que terrains vagues, au bout je vois de l'eau, celle de la baie de San Francisco, la rue continue et je continue aussi et c'est là qu'elle s'achève, en arrivant au bout je vois un bâtiment coloré, un immeuble moderne au milieu de tant de friches, sur la porte du bâtiment on peut lire « Facebook », je pédale jusque-là, nous sommes en 2017 et j'ai de nouveau l'impression que tous les chemins mènent à Facebook, mais je ne l'avais jamais senti aussi littéralement que cet après-midi-là.

◆

Le laboratoire d'interaction humaine virtuelle de Stanford se trouve au quatrième étage de Rodeo Hills, un bâtiment qui fait face au monument Ovale dans l'université. À peine sorti de l'ascenseur, tu tombes sur la porte du laboratoire ; à l'intérieur, plusieurs étudiants en travaux pratiques te reçoivent et se chargent du parcours.

Le parcours, en réalité, n'est pas long. Tu ne fais guère plus de quelques mètres dans un petit salon sans fenêtre et, lorsque la lumière est éteinte, tu ne vois absolument rien. Une fois qu'on t'a mis des capteurs et que tu regardes à travers le casque, tu te retrouves à divers endroits. Tu vis la réalité virtuelle, tu es partout, tu n'es plus au quatrième étage, tu n'es plus à Stanford, te voici, soudain, devant un lac ou sur un chemin qui longe une plage, et ta sensibilité est tactile et auditive, tandis qu'on t'explique toutes les potentialités présentes et futures de la réalité virtuelle (VR).

Le bureau de Jeremy Bailenson est situé un étage au-dessous, au troisième, où travaillent également les étudiants du doctorat en communication. Le bureau de Jeremy est grand, ses papiers sont en désordre, il y a un ou deux casques de VR qui traînent. C'est une des éminences de la VR aux États-Unis. Ingénieur diplômé de l'université de Californie, directeur du département de réalité virtuelle de Stanford, auteur de plusieurs livres, dont *Experience on Demand: What Virtual Reality Is, How It Works, and What Can It do* (« Expérience à la demande : ce qu'est la réalité virtuelle, comment ça marche et ce qu'elle peut faire »), Jeremy Bailenson assure que la VR a le potentiel de transformer le travail.

« Cela concerne aussi bien notre façon de nous former aux tâches difficiles que la façon dont nous communiquons avec les autres », affirme-t-il en bougeant les mains, avec ce ton propre aux conférences TED que l'on retrouve chez beaucoup d'universitaires aux États-Unis. De nombreuses conférences de Jeremy sont disponibles sur YouTube, faciles à trouver.

Je fais appel à lui car, pour mon Église, j'aimerais tenter l'expérience d'un temple en réalité virtuelle. Il n'est pas seulement à l'avant-garde du développement de simulations immersives en VR, il les a également fait passer du monde universitaire au monde réel. S'il n'a pas la réponse à ce que je cherche, il pourra certainement me mettre en lien avec quelqu'un qui l'aura.

Je suis allé récemment au festival du film de Tribeca, à New York, où il décerne le prix du meilleur film en VR.

Je lui explique mon projet, le dieu de l'Inde, la conception de l'Église et mon intérêt pour le croisement entre réalité virtuelle et spiritualité.

« Je travaille peu dans ce domaine. Je ne sais pas quoi te dire. »

Je lui explique que ça m'intéresse d'explorer l'idée d'une église virtuelle où les fidèles pourraient se réunir.

Jeremy Baeileson n'est pas étonné, il réfléchit quelques minutes, puis me dit :

« Altspace. Ils ont une église. Altspace, à Reedwood City. »

Et il me donne leurs coordonnées.

◆

Reedwood City est une des villes les plus importantes et une des plus petites de la Silicon Valley. Là vivent de nombreux employés des géants technologiques basés à Menlo Park, Palo Alto ou Mountain

View. Mais à Reedwood, il y a aussi des centaines de petites et moyennes entreprises des nouvelles technologies. De fait, c'est dans cette ville, le siège du comté de San Mateo, qu'on trouve le plus grand nombre d'offres d'emploi dans le domaine de l'intelligence artificielle.

Les bureaux d'AltspaceVR sont situés sur Veterans Boulevard. L'entreprise a été fondée en 2013 et a lancé la commercialisation de ses premiers produits et logiciels en 2015. Elle est spécialisée en développement d'applications ou de programmes ayant recours à la réalité virtuelle pour l'éducation, les jeux vidéo, et a commencé à expérimenter de nouvelles façons de mettre les gens en contact. En 2017, l'entreprise a été rachetée par Microsoft, alors qu'elle commençait à développer la VRChurch.

Le pasteur en charge de l'Église s'appelle DJ Soto, il dirige des cérémonies virtuelles une fois par semaine et a déjà baptisé à distance plusieurs fidèles.

À quoi ressemble une cérémonie de l'Église e de la réalité virtuelle ? Au début, un pasteur en VR souhaite la bienvenue à tout le monde. Puis on écoute une musique cultuelle pendant quelques minutes. C'est un moment où tu peux chanter, prier, méditer ou simplement apprécier la musique. Après la musique, quelques informations sont partagées. Ensuite, un pasteur en VR fait un bref sermon interactif. Les sermons sont conçus pour inciter au voyage spirituel. À la fin du sermon, on encourage les participants à échanger entre eux et à parler du sermon. C'est une excellente occasion de poser des questions, se faire de nouveaux amis ou simplement de passer un bon moment. Qui peut y assister ? Tout le monde est invité ! Peu importe que tu croies en Dieu ou pas.

DJ Soto est un pasteur, un prêcheur et un cinéaste né aux États-Unis. Il se présente comme un fan de films, de jeux, de technologie et de mondes virtuels. Il voyage et prêche sans cesse. Dans les bureaux d'AltspaceVR, on me donne ses coordonnées.

« Tu es où, en ce moment ? je lui demande.

— Pour l'instant, nous sommes basés en Virginie, mais nous voyageons en permanence. Nous pouvons officier lors de nos services religieux ou prêcher depuis n'importe quelle partie du monde, à condition d'avoir accès à Internet pour soutenir notre dispositif.

— Y a-t-il une différence entre un baptême en direct et un baptême en réalité virtuelle ?

— On ne peut pas sentir physiquement les avatars, bien sûr. Ça, c'est différent. Mais on peut écouter, voir et interagir avec eux comme dans la vie réelle. Quand quelqu'un est baptisé en VR, cette personne voit physiquement la surface de l'eau et peut entendre les bruits de l'eau.

— Lorsque tu fais un sermon en réalité virtuelle, sens-tu les fidèles ? Sens-tu leur présence ?

— Je les sens, bien sûr. Je sens beaucoup leur présence. Et puis tu les vois, car il y a leurs avatars. C'est une très belle rencontre pleine de foi.

— Vous avez des prédicateurs virtuels pour l'Amérique latine ?

— Nous serions enchantés de pouvoir nous étendre et proposer un service en espagnol. Un pasteur d'Amérique latine intéressé pourrait acheter un casque de réalité virtuelle, télécharger l'application Altspace et créer un nouveau temple virtuel. L'application propose divers outils qui en facilitent la construction. S'il s'agissait d'une personne avec des connaissances en matière de VR, ou qui au moins à un intérêt pour la chose, ce serait plus facile. Savoir régler les problèmes techniques et avoir le sens des relations humaines ne seraient pas non plus inutiles. C'est une façon nouvelle de partager le message du Christ et son salut.

— Comment es-tu devenu le pasteur principal de cette Église ?

— Je prêchais dans une église en Pennsylvanie, puis j'ai commencé à expérimenter sur les réseaux sociaux en réalité virtuelle. »

Cinq personnes ont assisté à son premier service religieux, et il a construit le reste à partir de là.

« Votre annonce dit qu'on peut rejoindre votre Église même si on ne croit pas en Dieu. Comme si Dieu, au fond, n'était pas si important que ça. On peut prier sans croire en Dieu ?

— Bien sûr que n'importe qui peut prier. Naturellement.

— Tu m'as dit qu'un pasteur d'Amérique latine pourrait acheter un casque de VR, télécharger l'application et créer un monde virtuel. Il y a quelques années, je suis allé en Inde, je me suis acheté un dieu et ici, en Californie, je suis en train de concevoir une Église. Et comme je me trouve dans la Silicon Valley, j'aimerais que cette Église soit virtuelle. Combien coûte le casque ? Combien vaut le logiciel ? Ça revient à combien de te faire venir prêcher dans mon église ?

— Le dernier modèle de casque VR, c'est l'Oculus Quest, qui coûte 400 dollars. La plateforme Altspace est gratuite. Quant à nous, nous ne sommes pas payés pour prêcher, notre participation est volontaire. Un truc important à savoir, c'est que le casque est accompagné d'instructions pour télécharger l'application Altspace. »

Les baptêmes se font sur la plateforme Altspace, où les avatars ressemblent à des humains ou à des robots. Et voilà, j'y suis. C'est dimanche et je suis un avatar. Avec d'autres avatars, j'attends que DJ Soto fasse son apparition. Il y a de la musique chrétienne en fond sonore. Nous sommes plus de dix personnes à être venues, cet après-midi. Je marche dans le temple comme si le temple existait. Sur les dix personnes, quatre sont des femmes.

Je m'imagine l'Église de la religion itinérante dotée d'un temple comme celui-ci, une structure entièrement transportable, qui puisse parvenir facilement à tous nos fidèles : les Itinérants répartis à travers le monde.

Je prends congé de DJ Soto en lui disant que je le préviendrai si j'achète le nouveau modèle de casque pour qu'il m'initie aux sermons en réalité virtuelle. Après tout, et comme il le dit lui-même, pas besoin de croire en Dieu pour prier.

Dix

Depuis que je suis à Palo Alto, je n'ai pas organisé une seule cérémonie en l'honneur de mon dieu. Le dieu itinérant. Pendant la visite d'Ig, je lui raconte quelques-unes des avancées du projet. Je lui avais envoyé la première présentation de mon Église avant d'en parler devant les caméras de Stanford, mais c'est tout.

Durant les mois passés à Palo Alto, j'ai divisé mon temps en trois parties. D'un côté, les réunions, les cours, les rencontres avec mes camarades du programme JSK, la bourse qui m'a permis de venir ici et me verse un salaire. On se retrouve pour parler de journalisme, on se réunit avec des leaders mondiaux des médias et on échange avec des journalistes du monde entier qui nous rendent visite. Le premier commandement de la bourse de la John S. Knight Fellowship, c'est que rien de ce qui a lieu dans le « garage » (c'est ainsi qu'ils ont baptisé l'endroit de Stanford où se tiennent ces réunions et ces rencontres) ne doit sortir du « garage ». C'est pourquoi tout ce qui s'est passé au cours du programme cette année est resté là-bas. Tout cela a occupé une bonne partie de mon temps.

Ma relation avec Ig occupe une autre partie de mon temps. Quand elle arrive de Mexico, ce sont des jours de fête, et quand elle n'est pas là, je retourne à mes cours, à mes séances de piscine, à mes tours à vélo.

Enfin, la troisième partie de mon temps, qui m'occupe beaucoup certaines semaines et à d'autres moments disparaît complètement des radars, c'est la conception de mon Église, le dieu, le dernier livre de ma trilogie, la fin du journalisme cash et le croisement entre spiritualité et technologie.

L'être humain a toujours eu un rapport privilégié à la technologie.

Le feu, c'est de la technologie.

La lumière électrique, c'est de la technologie.

Le langage, c'est de la technologie.

Je vis dans une ville qui a fait le pari de la technologie, dans laquelle les organisations religieuses et les gens normaux essaient de s'adapter à ce qui vient. Si tu as la foi, si tu te considères comme une personne croyante, tu ne peux rien rejeter de ce qui viendra ou de ce qui vient d'être construit ici.

Alexander Bard est un artiste suédois, l'auteur de la trilogie *Futurica*. Il y aborde le sujet des nouveaux credo et raconte qu'en 1997 il s'est converti à la foi zoroastrienne. Et qu'en 2012 il a décidé de créer son propre mouvement religieux, en postulant la mort de Dieu. Toujours depuis la perspective d'un dieu unique, qu'on ne peut pas acheter et conserver dans un tiroir, chez soi, à Palo Alto. Il a appelé sa religion le sintéisme et son idée, c'est de chercher un remplaçant technologique au vide laissé par la mort de Dieu. Lorsqu'on lui a demandé à quoi ressemblerait sa divinité, il n'a pas donné de réponse concrète. Ses réponses impliquent néanmoins un mouvement collectif lié à l'intelligence artificielle. Un mécanisme semblable au bitcoin : les premiers qui croiront et souscriront recevront un plus gros retour sur investissement, et les derniers, les incrédules, ceux qui arriveront quand il sera déjà trop tard, perdront de l'argent.

Acheter ton propre dieu te fait gagner beaucoup de temps dans un monde où la tendance est à la construction de son propre dieu. Et si tu l'achètes dans un pays comme l'Inde ou la Chine, il te coûtera sûrement encore moins cher. Mais ici, dans la Vallée, l'obsession, c'est de le fabriquer, pas de l'acheter tout fait. Le fabriquer pour que des millions de gens le consomment : pareil qu'une start-up.

C'est ce qu'Alexander Levandowski – l'ingénieur que travaillait chez Google et qui a ensuite été repéré par Uber – formule avec un sang-froid parfaitement logique : « S'il existe quelque chose qui est des millions de fois plus intelligent que l'humain le plus intelligent, quel autre nom lui donner que celui de Dieu ? »

Nombreux sont ceux qui, en ce moment même, ici, dans la Silicon Valley, sont en train de réfléchir à une nouvelle religion. Vince Lynch, par exemple, le P-DG de l'entreprise IV.AI, dont le but est d'adapter l'intelligence artificielle (IA) aux entreprises. Selon lui, le plus probable, c'est que l'humain finira par adorer l'IA à genoux. Non pas parce que cette intelligence ressemble à un dieu déterminé, mais parce qu'elle ressemble à la forme de domination et de contrôle d'une religion organisée traditionnelle.

L'intelligence artificielle n'a pas inventé la domination des consciences ni les abus de pouvoir, mais elle peut les reproduire. C'est pourquoi Lynch affirme : « Éduquer les humains dans la religion est quelque chose de semblable à la façon dont nous enseignons des connaissances aux machines : en répétant, avec de nombreux exemples qui en sont autant de versions, un concept que l'on veut inculquer à la machine. »

Lynch a créé un projet d'IA à partir de textes de la Genèse. Dans le futur, certainement, cela pourra intégrer le *Livre de Mormon*, et ce qui nous attend, ce sont les visites de couples de robots, de nuit ou de jour, qu'il pleuve ou qu'il vente.

L'Église luthérienne possède déjà son robot prêcheur. Il a été créé à Wittemberg, la ville où Martin

Luther a placardé ses 95 thèses, et il s'appelle Bless-U2. Allez chercher des images de Bless-U2 sur Internet. Il dispose d'un écran tactile où l'on peut choisir la langue, une voix masculine ou féminine, et le type de bénédiction que l'on souhaite. Les fidèles peuvent également faire imprimer le texte.

Alan Turing, précurseur de l'intelligence artificielle, a publié en 1950 *Computing Machinery and Intelligence*. Dans ce livre, il affirme que « penser est une fonction de l'âme immortelle de l'homme. Dieu a donné une âme immortelle à chaque homme et à chaque femme, mais pas aux autres animaux ni aux machines. Dès lors, aucun animal ni aucune machine ne peut penser ».

A contrario, les créateurs de l'IA semblent partir du constat qu'un jour, potentiellement, les intelligences artificielles pourront avoir une âme comparable à celle des humains. Si tu ne crois pas en Dieu, tu ne croiras en rien de tout ça. Tu ne croiras pas, par exemple, au magnat russe Dmitry Itskov, qui a lancé un projet nommé Avatar 2045 grâce auquel il prétend pouvoir obtenir des « esprits indépendants de la matière » : l'immortalité cybernétique. Giulio Prisco, un philosophe futuriste italien, a créé, quant à lui, l'Église de Turing.

L'entreprise Softbank a lancé son robot Pepper pour révolutionner la vente au détail dans le monde. Au passage, elle a réalisé une version robot-prêtre de Pepper : une machine qui pourra officier lors de funérailles à prix cassé, avec option de retransmission en direct (pour un quart du prix normal d'un prêtre en chair et en os).

L'Église catholique n'est pas en reste. Le site web Catholic Online est une sorte de version religieuse d'Alexa ou de Siri qui, grâce à un catéchisme digital, tente de résoudre les doutes de base du croyant.

Et puis, il y a Go Church, une des nombreuses applications technologiques qui permettent de créer sa propre Église en peu de temps. Tu t'inscris, on t'appelle, puis, très vite et en échange d'un millier de dollars, tu as ton Église avec tous les papiers en règle.

Jean Paul Zamora est un prêcheur et théologien évangéliste qui étudie les religions grecques tout en travaillant dans la technologie. C'est le designer web que j'ai choisi pour s'occuper de la partie technologique du projet. Il connaît déjà tous les détails, c'est pourquoi je lui envoie un jour le message suivant :

« J'ai besoin de commencer à monter le site web de l'Église de la religion itinérante. On ne peut pas attendre plus longtemps. C'est urgent. »

La semaine suivante, nous nous mettons au travail. Je commence par acheter le nom de domaine : Portablereligion.org.

Onze

Livre deuxième

Imagine la chose suivante. Imagine que tu lances une campagne de collecte de fonds pour le livre. Imagine qu'avec ce *crowdfunding* tu comptes récolter 10 000 dollars, pas plus. Si tu dépasses cette somme, tant mieux. Et avec une bonne vidéo, tu devrais la dépasser facilement. Je connais des gens qui se sont lancés dans ce type de campagne. Je connais quelqu'un qui a travaillé pour la campagne de deux scénaristes, des types d'ici, des États-Unis, qui ont demandé environ 100 000 dollars et qui, au bout d'un mois, en avaient obtenu plus de 4 millions. Tu ferais quoi, toi, avec ces 4 millions ? Imagine que la campagne soit montée, que tu lances la collecte de fonds, et que tu rassembles 4 millions de dollars, ou 3, ou un. Un million de dollars. Disons juste un million de dollars. Les gens sont fous et ils dépensent leur argent dans ce genre de trucs. Ça n'a rien d'impossible. Et tu ferais quoi, toi, avec ce million de dollars ? Qu'est-ce qui te vient à l'esprit ? Parce qu'il faudrait les dépenser dans l'Église, dans le dieu. Peut-être faudrait-il acheter des terrains pour construire un temple, mettre le paquet sur le site web, embaucher des influenceurs et faire beaucoup de relations publiques. Je crois qu'en rassemblant un million de dollars tu vas te retrouver avec plein d'avocats d'affaires sur les bras et emberlificoté dans des problèmes avec le fisc, ce qui, chez les gringos, est plutôt délicat. C'est pour ça que le plus important, à mon avis, c'est de bien résoudre la question légale. Ça, il faudrait que ce soit très clair dans le *crowdfunding*. Si j'étais toi, je ne demanderais pas d'argent pour terminer le livre. Non. C'est trop banal et les gens ne vont pas se sentir concernés. Moi, je demanderais plutôt ces 10 000 dollars pour mettre en place la structure qui va te permettre d'écrire le livre. Tu me suis ? Tu es allé en Inde, tu t'es acheté un dieu, tu as cumulé des jours de congés, tu es venu en Californie, et maintenant tu as besoin de 7 000 dollars pour entamer les démarches pour créer ton Église, les démarches administratives. Avec 7 000 dollars, tu es bon, non ? Demandes-en 10 000. Tu les demandes avec une campagne du genre : « J'ai besoin d'engager des avocats et des comptables pour terminer le livre sacré. » Il s'agit de faire une demande concrète. De défendre une cause. Une sorte de cause sociale. Les écrivains qui demandent de l'argent pour s'autoéditer ou les jeunes musiciens qui en demandent pour enregistrer un disque n'atteignent jamais leur but, ils n'obtiennent rien. Alors qu'avec une cause les gens savent que leur argent va servir à monter une structure qui leur sera aussi utile à eux, car ton Église sera créée, ce sera une réalité concrète, pas seulement un livre. Même si le livre sert d'hameçon. C'est grâce au livre que tu attireras l'attention. Tu peux garder les catégories que tu avais déjà envisagées : ceux qui paient « X » apparaissent dans le livre, ceux qui paient trois fois « X » deviennent fondateurs, ceux qui paient dix fois « X » deviennent prêtres, et ainsi de suite. À mon avis, il y en aura plus d'un qui voudra devenir prêtre. Avec trois ou quatre prêtres, tu auras atteint la somme. Ils vont être nombreux à vouloir devenir prêtre car il y a des gens qui ont de l'argent, beaucoup d'argent, et qui n'ont rien d'amusant à raconter. Imagine un peu, devenir prêtre, tout d'un coup, et disposer des prérogatives d'un prêtre. Faire partie d'un credo, prendre du galon au sein d'une Église. Organiser des rencontres. Ça, commercialement, c'est très attractif. Et puis, c'est une bonne idée que la cotisation soit renouvelable. Il faut que tu lances le *crowdfunding* et que tu entames dès que possible les démarches légales. Je me suis renseigné, ce que tous les autres avocats conseillent, c'est d'organiser un groupe de débat spirituel chez soi, c'est facile à mettre en place. Il faut pouvoir démontrer que des gens viennent chez toi pour parler de questions religieuses. Ensuite, lorsque tu iras déposer ta demande de création d'une association à but non lucratif, tu pourras dire que c'est pour régulariser une situation de fait, que vous vous réunissez déjà et que vous êtes sur la même longueur d'onde. Ensuite, le centre des impôts va te demander de désigner trois membres fondateurs sans liens familiaux et qui ne soient pas mariés entre eux, tu pourras donner le nom des gens qui se réunissent pour méditer, pour échanger. Il va falloir leur expliquer très clairement qu'il y aura de nombreux papiers à remplir. Ce serait pas mal que tu parles dans la vidéo du *crowdfunding* et dises, clairement, qu'inscrire une Église aux États-Unis n'est pas une question spirituelle, c'est une affaire juridique et comptable. Qu'importe si la paperasserie concerne l'Église chrétienne, une Église de la religion itinérante ou une congrégation athée. À partir de là, tu vas devoir te concentrer sur l'écriture d'un texte qui parle de ta mission. Quel est le but de cette Église ? Ça, on va te le demander. Il va falloir définir la doctrine, les croyances, le propos général de cette nouvelle organisation qui s'apprête à exister. On va te demander où se dérouleront les services religieux. As-tu déjà une idée claire là-dessus ? Tout se fera en ligne ? Il va falloir s'assurer que c'est possible, ça, que les services religieux se fassent en ligne dans le temple en réalité virtuelle. Il faut définir clairement s'il s'agira de temples virtuels, pour tout le monde, ou seulement pour les

États-Unis, et se renseigner sur les aspects légaux. Tu dois définir ça sans traîner. On va te demander le nom, mais ça, c'est bon. On va te demander de nommer des responsables pour commencer, ça c'est facile. Mais attention, il va falloir préparer un certificat de création. Ce document permettra d'établir ton Église en tant qu'entreprise à but non lucratif. Il faut voir si elle va s'ouvrir ici, en Californie, ou dans un autre État, car le certificat n'est pas le même selon les États. Ce certificat de création est très important, c'est celui que reçoit le secrétaire d'État. Autre chose, il va falloir rédiger les statuts. Il faut que les règles internes de l'organisation soient bien claires. Ce n'est pas très compliqué, car on trouve des modèles types sur Internet, ils sont faciles à trouver et il suffit de changer les noms. On peut chercher par statuts, par constitution ou par charte. Ensuite, il faut attendre un peu avant de recevoir par courrier le certificat de création. Il faut absolument donner une adresse qui ne soit pas virtuelle, elle doit être postale pour que tu puisses recevoir le certificat de création. Et puis, il faut faire une demande de numéro d'identification d'employeur, un EIN. C'est obligatoire, même si tu n'as pas d'employés dans ton Église. C'est important, ne l'oublie pas, parce que, sans l'EIN, qui est fédéral et donc valable pour tout le pays, tu ne peux pas faire de demande d'exemption d'impôts. Le numéro EIN sert aussi à ouvrir un compte en banque. Comment ça se passe pour les impôts ? C'est ce que tout le monde demande. C'est là où ça vaut vraiment le coup, selon certains. Pour obtenir le statut d'exemption fiscale fédérale, il faut aller à l'IRS, ce qui est spécialement recommandé aux Églises qui ne sont pas affiliées à une dénomination en particulier. Comme c'est le cas de la tienne. N'oublie jamais que la marche à suivre pour une Église est la même que pour d'autres organisations à but non lucratif. Ne l'oublie pas. Un autre point important, qui peut t'être utile, c'est que l'IRS n'examine pas le contenu idéologique de ton credo, seulement l'aspect administratif. Si tu remplis bien la paperasse, tu ne devrais pas avoir de problèmes pour créer ton Église dans ce pays.

Douze

Livre deuxième

Le nom « Église de la religion itinérante » est né dans la Silicon Valley, c'était pour moi la manière logique de nommer le projet. En l'an 2000, je suis parti vivre en Espagne pour pouvoir changer d'air et de sources d'inspiration, et j'ai vécu grâce aux textes que je vendais par Internet. Cette façon de voyager et d'écrire dans les cybercafés, je l'ai nommée « journalisme itinérant », un journalisme que l'on porte avec soi. Neuf ans plus tard, installé à Buenos Aires, j'ai lancé l'École de journalisme itinérant, un projet d'écriture créative en ligne qui fonctionnait comme un réseau international d'histoires. Six ans plus tard, je suis venu à Stanford pour développer une plateforme pour journalistes free-lance que j'ai baptisée l'« École de journalisme itinérant ». Mais évidemment, avant d'arriver dans la Silicon Valley avec ce projet, j'avais voyagé en Inde et m'étais acheté un dieu que j'ai nommé « dieu itinérant ». Je me suis dit que l'Église de la religion itinérante était un nom qui fonctionnerait aussi bien pour ceux qui connaissaient toute l'histoire que pour ceux qui l'ignoraient.

Et ça pourrait servir à connecter tous les Itinérants du monde, les journalistes « itinérants ». J'entends par Itinérants les fidèles de la religion itinérante.

« Le nom du projet me plaît », m'a dit un des professeurs adjoints, à la fin de ma présentation. Mais ce n'est pas ce que je retiens le plus. Ce qui m'a surtout marqué, c'est qu'il m'ait dit que je devrais envisager de partir à New York, à l'université de New York. Que je devrais postuler au Centre for Religion and Media, car ce type de projets pouvait les intéresser.

Parfois, on n'a pas besoin de t'en dire davantage. Il suffit d'un petit détail, pas grand-chose, un presque rien qui peut finalement faire basculer ta propre histoire. Au moment où je croyais qu'elle prenait fin en Californie, je découvrais la page web d'un Centre de religion et de média à l'université de New York. Je suis allé ce matin sur leur site, sans trop y croire. J'ai commandé un café au Coupa Café de l'université. Contre toute attente, la première photo qui est apparue sur l'écran, celle du Bouddha assis devant un téléviseur allumé, m'a aussitôt convaincu. Je les ai contactés.

Mais j'ai d'abord reçu un message vocal de J. D. Schaumm, le professeur de Stanford, qui s'excusait de son silence prolongé, il avait eu des journées compliquées – de fait, son père est décédé quelques semaines plus tard – et me disait qu'il trouvait mon projet d'Église intéressant.

Son message était accompagné d'un tableau d'évaluation du projet : l'en-tête « Graduate Business School », mon nom, la date, l'heure, son nom, l'intitulé du cours et le titre du projet, l'Église de la religion itinérante. Ç'était la première fois que je voyais imprimé le nom de mon Église sur un document officiel.

Pour ce qui est des évaluations, étaient valorisés l'intérêt du projet, la créativité et l'assurance narrative. Étaient critiquées la clarté de la présentation et la question de la mobilité.

◆

Je ne m'en suis pas remis au dieu itinérant ; en revanche, j'ai écrit à New York.

Ce que les gens de l'université m'ont demandé était simple : un plan de recherche et une explication détaillée du projet sur lequel je comptais travailler avec eux. Je leur ai écrit la même chose que d'habitude : que j'avais acheté un dieu en Inde, que je vivais depuis un an dans l'atmosphère de spiritualité futuriste de la Silicon Valley et que je souhaitais terminer mes recherches pour le livre en me concentrant totalement sur le projet. Par projet, j'entendais le livre de mon dieu. Même si, en disant « le projet », je faisais en réalité référence à la trilogie cash.

Treize

Salvation Mountain est un endroit étrange. Une montagne de couleurs en plein désert, peinte par un artiste en guise d'offrande à un dieu, à son dieu ; un dieu qu'il n'a acheté nulle part mais qu'il appelle quand même « mon dieu », comme s'il l'avait payé en liquide et avait conservé chez lui le ticket de caisse pour pouvoir le retourner.

Leonard Knight a élevé cette colline de ses propres mains, plus de 15 mètres de gravats et de boue s'étalant sur près de 50 mètres de large, le tout peint de toutes les couleurs. Knight est mort en 2014 et il a commencé à construire cette montagne bariolée en 1967 après avoir senti un appel du divin. Sa mort a fait la une des journaux du coin : c'était un personnage célèbre dans le sud de la Californie et sa montagne était devenue un passage obligé du monde du selfie, des couleurs criardes et du narcissisme photographique. Le Congrès des États-Unis a classé en 2002 cette montagne « Trésor national », elle attirait 150 000 visiteurs par an. La consécration est venue grâce au film *Into the Wild*, de Sean Penn, qui a filmé ici, entre les hameaux de Niland et de Calipatria, aux environs de Slab City, une communauté hippie abandonnée en plein désert.

On s'est retrouvés à Salvation Mountain après deux jours de route. Ig était venue en visite depuis Mexico. Dans le bureau du loueur de voitures, à Palo Alto, j'avais demandé le véhicule le plus économique, même si un long voyage nous attendait. J'aimerais dire que je me suis voué à mon dieu, mais ce n'est pas vrai. Je me rappelle néanmoins avoir dit, à un moment donné, après la réservation, qu'on méritait une meilleure voiture, qu'on allait voyager pour le livre, explorer des paysages et prendre des photos pour ce projet qui concernait le dieu, l'Église, et que j'aurais dû prendre une meilleure voiture.

Je revois le moment de notre arrivée dans les bureaux d'Enterprise Rent a Car sur le campus de Stanford. On avait toujours recours à cette entreprise car elle faisait des réductions pour les étudiants.

« Nous avons un problème, un changement, a dit le vendeur. À cause du Spring Break, tous les petits véhicules types Sedan sont pris. Nous sommes obligés de vous donner celle-ci. »

Et soudain, comme si on nous filmait pour un de ces programmes spécialisés en miracles religieux, une énorme camionnette blanche est apparue, avec deux sièges passagers et des pneus gigantesques.

Une Ford Expedition XLT 2015. Une sorte de papamobile « itinérante ».

On a quitté Palo Alto en essayant de nous habituer au fait d'être perchés sur un tel monstre. La première partie du trajet nous a conduits à Los Angeles. On s'est arrêtés quelques fois en chemin. L'autoroute, elle, ne s'arrêtait jamais. Je n'avais pas le dieu avec moi, mais j'ai beaucoup pensé à lui pendant cette première partie du trajet.

On a logé dans un hôtel pour voyageurs de passage, entre Beverly Hills et Hollywood. Il y avait deux étages, un Chinois qui te demandait ta « *calte* d'identité » à la réception, et de nombreuses chambres qui faisaient face au parking. Le motel typique des films américains où l'assassin vient se cacher, à moins que n'y dorment les futures victimes. Dans le couloir, il y avait un distributeur de glaçons, pour que tu puisses les mettre dans ton whisky avant d'aller commettre un meurtre ou avant de te prendre une balle dans la tête.

Le lendemain matin, on est passés au supermarché, à la pharmacie, on a fait le plein de notre paquebot et on a filé vers Salvation Mountain. Là où on allait faire des photos pour le livre. Des photos pour un livre sans photos.

On a traversé tout Palm Spring, avec son interminable enfilade de panneaux publicitaires qui promeuvent des shows de première, deuxième et troisième catégorie. Une route à cinq voies pour s'enfoncer dans le désert, qui se réduisent à trois, puis à deux, puis à une seule au niveau de Calexico. Une fois là, le désert tape fort, même quand tu roules dans un énorme bateau sur roues. Ig buvait de l'eau avec la vitre baissée et les cheveux au vent, mais on est vite revenus à la climatisation. La chaleur, dehors, rappelait celle d'un four. On a aperçu quelques coyotes, on s'est arrêtés dans le Taco Bell d'un centre commercial géant qui a surgi au milieu de nulle part, on a continué à avaler les kilomètres comme un couple de fugitifs fuyant à toute vitesse, même si en réalité on ne fuyait pas, on allait à un endroit où l'on pourrait prendre de bonnes photos.

Le soleil commençait à baisser, au milieu de nulle part, lorsqu'une bifurcation nous a prévenus qu'on était arrivés à Niland. Là, on a tourné et on s'est aventurés dans un village caché. Un dépôt des débris du rêve américain. Les courettes des maisons ressemblaient à des centres de recyclage et on avait du mal à saisir ce qui pouvait constituer l'activité économique principale de cette bourgade pleine de maisons pauvres, avec des gens enfermés chez eux, comme oubliés par l'entreprise qui avait construit l'empire américain. En tant que latinos, on avait l'habitude de voir des quartiers pauvres. Mais lorsqu'on voit un quartier aussi abandonné dans un pays développé, cela remue quelque chose en nous.

On a traversé la petite bourgade en roulant au pas et on les a vus, là, isolés, comme s'ils portaient le poids d'une maladie infectieuse, comme s'il s'agissait moins d'un bled précaire que d'un campement de quarantaine. Des camions abandonnés, des rues en terre, des caravanes avec des rideaux à fleurs décolorés. Des jouets cassés, des patins à glace en plein désert, un charriot de supermarché. Des pneus dégonflés, des chaises métalliques sans revêtement, des paniers de basket sans filets, des voisins sans sécurité sociale.

C'est le dernier paysage que tu vois avant d'arriver à la montagne colorée, quelques kilomètres plus loin, le dernier avant de rejoindre le décor de la spiritualité matérialisée.

◆

On s'est pris en photo jusqu'à la tombée de la nuit. Le coucher de soleil est le moment idéal pour faire ressortir les couleurs, m'a dit Ig tout en me photographiant en train de poser les bras écartés, perché sur la montagne, avant de poser elle-même en sautant et en regardant vers le bas.

Faire tant de kilomètres pour rejoindre un endroit perdu au milieu du néant et prendre des photos pour un livre semblait un bon programme. Des photos qui serviraient à un livre sans photos, voilà qui ressemblait au programme idéal du journaliste itinérant : « inventer un but de voyage, qu'importe s'il semble absurde ».

L'argent ne coulait pas à flots. J'avais quitté le journal sans économies. La bourse suffisait pour vivre correctement, mais si j'étais resté tranquillement à Palo Alto, j'aurais peut-être pu économiser davantage.

On a fini par partir. Il faisait déjà nuit et il n'y avait pas grand-chose à faire. On a traversé le désert plongé dans l'obscurité. On s'est dit qu'à tout moment on pouvait croiser une famille de migrants qui avançait à tâtons en pleine nuit, fuyant la police des frontières, fuyant les coyotes, fuyant son pays, avançant à la force des jambes, rongée par la soif, entrant au pays des gringos comme dans un temple interdit.

Notre prochain arrêt était San Diego, où il y avait de nombreux barrages de policiers chargés de traquer les sans-papiers. On pouvait capter à la radio les programmes mexicains et à un moment donné Ig a reçu un message sur son téléphone, car son forfait mexicain s'est mis à fonctionner. Pourtant, on n'était pas au Mexique, même si ça ressemblait quand même un peu au Mexique. Calexico m'a rappelé Mexicali.

On a mis plusieurs jours pour rentrer à Palo Alto. On est passés par le nord en traversant Big Sur et ses falaises. On a suivi le chemin des beatniks, un demi-siècle plus tard. On était déjà passés par San Francisco, au petit Beat Museum, où la spiritualité se nourrit d'hallucinogènes, en voyageant, en fuyant, en poursuivant, en traversant des routes comme à la recherche du chemin vers dieu, comme l'a écrit Kerouac.

◆

Quelques jours avant qu'Ig ne rentre à Mexico, j'ai reçu un mail de l'université de New York. Plus particulièrement du Centre for Religion and Media.

C'était l'été. On était allés à la piscine. Je n'ai rien dit. J'ai ouvert le mail en silence, assis à la table de la salle à manger/bureau de la maison de Hanover Street. Je l'ai lu deux fois. Puis j'ai parlé.

« J'ai été pris à la NYU », lui ai-je annoncé.

La nouvelle est tombée au moment où je me retrouvais sans programme pour la suite. Le combustible s'épuisait à Stanford et la possibilité la plus concrète, encore incertaine, c'était que je déménage à Mexico. Pour poursuivre ma quête incessante de nouveaux projets, ce besoin addictif de continuer à raconter une histoire. Quand on doit changer et renouveler son programme, on ne pense pas.

New York pointait comme nouvelle destination, ou comme une façon de continuer de rallonger la fin d'une trilogie que je n'allais peut-être jamais terminer. On a fêté ça. On a rapidement fait des projets, excités comme si on se trouvait face à une situation urgente. Comme si on devait cacher un corps et prendre des décisions rapides pour ne pas laisser de traces. Tout paraissait accéléré, différent. Tout semblait loin, d'un coup. Mon poste de directeur de journal, mon achat du dieu en Inde, et maintenant la Silicon Valley et la Californie.

Maintenant, le dieu s'apprêtait à partir pour New York.

Et nous avec lui, en portant sa valise.

Quatorze

Livre deuxième

Les dernières semaines à Palo Alto étaient une transition avant la prochaine étape : New York. Le programme de la bourse JSK s'achevait et pour nous se posait maintenant la question de l'avenir : qu'est-ce que tu vas faire après Stanford, quel sera ton projet journalistique ?

Pour chacun des six boursiers internationaux, les destinations ont été différentes. Arif, Soudanais, a été le premier à partir pour rentrer en Afrique. Yohee, Nippo-Coréenne, est vite retournée à Tokyo, où elle vivait. Alina, de Munich, est allée à Berlin pour un nouvel emploi. Frédéric, Français, est resté quelques mois de plus à Stanford car il a obtenu une autre bourse de journalisme. Elizabeta, Russe, est restée elle aussi en Californie, grâce à une bourse de l'université de Berkeley pour monter un site d'information.

Le dîner d'adieu a été émouvant. Nous avions passé un an à nous voir tous les jours, d'abord sans nous connaître, et maintenant que nous nous connaissions, nous ne nous reverrions plus. Ou très rarement.

Jean Paul, le designer web théologien et prédicateur évangéliste, avait bien avancé sur la première ébauche de la version en ligne de l'Église de la religion itinérante. J'hésitais encore, ne sachant pas s'il valait mieux investir dans le casque pour des prêches en réalité virtuelle, comme DJ Soto, ou chercher un sponsor et engager DJ Soto lui-même pour qu'il prêche depuis les États-Unis au nom de ma religion itinérante. Comme les pasteurs, il proposait différents tarifs selon les prestations.

Je n'avais pas non plus beaucoup progressé s'agissant de la réalisation d'un clone qui incarnerait mon dieu. Les échanges avec Hanson Robotics avaient un peu traîné avant d'aboutir à une proposition de 3 000 dollars pour un prototype. Néanmoins, certains de mes camarades des cours du MBA trouvaient l'idée de lui donner un corps robotisé un peu excessive.

J'ai ressorti mon exemplaire d'*À partir de Manhattan*, d'Enrique Lihn, qui m'accompagne depuis vingt-cinq ans. Comme une sorte de passeport à mon usage exclusif, je l'ai gardé avec moi pendant mes années barcelonaises et ne l'ai pas lâché lorsque j'ai vécu à Buenos Aires. Je l'avais toujours sous la main. Je suis rentré avec lui au Chili, je l'ai eu dans mon bureau de directeur de journal et l'ai apporté il y a un an en Californie. C'est un recueil de poèmes, mais c'est surtout le meilleur des livres de voyage. Pour une raison que je ne m'explique pas, je ne peux pas m'en séparer. Évidemment, cette fois ci, le prendre avec moi revêtira un sens particulier. Car c'est justement à Manhattan que je pars.

◆

L'aéroport est équipé d'une salle pour pratiquer le yoga, d'une autre pour méditer, d'une zone pour faire de la programmation non-stop, d'un robot de sécurité, de plusieurs bars qui proposent de bons bloody mary et il y a même un petit cochon, LiLou, le premier cochon certifié du Programme de thérapie assistée par l'animal – programme établi par la Société pour la prévention de la cruauté contre les animaux de San Francisco. Chaque jour, il change de costume, il est là pour détendre les voyageurs et atténuer leur stress.

L'écran annonce qu'il est temps d'embarquer. Il fait jour lorsque l'avion commence à rouler sur la piste. On avance vite, de plus en plus vite, très vite, puis on s'envole, à travers le hublot San Francisco commence à s'éloigner, et la Bay Area, la Silicon Valley, un an de ma vie et l'endroit où j'ai conçu une Église et lui ai donné un nom. Maintenant, c'était la dernière étape : monter la religion, lancer la religion et commencer à prêcher. Un prêche qui n'en serait pas un, mais une façon de parler du livre, du projet.

Si tout se passait bien, la fin de cette histoire et de cette trilogie commencerait à New York.

Sans tarder, alors que nous volions déjà en vitesse de croisière, alors que je naviguais sur l'Internet en accès libre de l'avion, j'ai commencé à noter les questions en suspens et les choses à ne pas oublier pour ma nouvelle destination. Sur l'écran de l'avion, la carte des États-Unis défilait, c'était le pays entier que nous nous apprêtions à traverser.

À ce moment-là, je n'avais pas encore clairement conscience que le livre que j'étais en train d'écrire existait déjà, même sans avoir été publié. Je ne m'en suis rendu compte qu'à New York, lorsqu'on s'est mis à m'interviewer et que j'ai reçu des invitations pour le présenter, comme s'il existait déjà.

Tout était régi par une étrange foi, comme celle qui fait qu'on croit en Dieu sans l'avoir jamais vu.

Livre

troisième

Un Livre troisième

Le ciel est dégagé ; à travers le hublot de l'avion d'American Airlines, on peut voir une forêt de gratte-ciel métalliques, Manhattan. Mais sous l'avion, qui est sur le point d'atterrir, s'étend la banlieue des travailleurs, des immigrants, des fidèles, des clients, des consommateurs, des croyants, des utilisateurs. Des quartiers habitués aux incessantes allées et venues des avions qui n'ont que faire des périodes de l'année et des hautes et basses saisons. Qu'importe qu'il fasse jour ou nuit, les lumières décollent et atterrissent, comme sur un tapis roulant aérospatial. Les voisins de l'aéroport s'endorment et se réveillent au son de la musique de ces turbines. Le choc des roues sur la piste se fait en douceur et personne n'applaudit à l'atterrissage. La plupart des passagers de ce vol SFO-NYC voyagent pour le travail. On vient de traverser tous les États-Unis, depuis le Pacifique, en six heures et sans turbulences. Maintenant, à travers le hublot, on voit d'autres avions, qui arrivent ou s'en vont, et des techniciens de piste qui agitent les bras pour faire des signaux, des charriots qui transportent des valises et des grues qui poussent ces navires volants. La passerelle est collée à notre avion, la porte est ouverte, on commence à sortir, tu descends ton bagage à main, tu attends que la file avance, tu dis au revoir à l'hôtesse et au pilote, tu franchis la passerelle. Comme à chaque fois. Comme à chaque voyage.

À New York, la chaleur est étouffante. Je ne sais pas encore que, dans plusieurs mois, au moment de m'en aller – de nous en aller –, le décollage aura lieu en pleine tempête de neige. Ce même aéroport, pour l'instant sec et brûlant, sera couvert d'une épaisse couche de glace. Et la neige tombera, lente et silencieuse. Une machine, un bras électronique avec un type dessus, dirigera un canon, et le canon lancera un liquide vert sur les ailes, le fuselage, vers mon hublot, le canon tirera pour empêcher la neige de geler, il tirera de l'antigel sur les têtes des passagers. Mais tout ça se déroulera à la fin, dans quelques mois, au moment de mon départ. Pour l'instant, j'en suis au moment de mon arrivée. Dans ma valise se trouve la boîte qui contient mon dieu. Dans mon sac à dos, j'ai le Livre blanc, où je note une partie du processus. Et dans l'ordinateur, j'ai toute la structure de l'Église de la religion itinérante. Me voici à New York pour lancer une religion conçue dans la Silicon Valley.

Comment lance-t-on une religion ?

Je quitte l'aéroport en train et passe les premiers jours trimballé d'un hôtel à l'autre, d'une chambre Airbnb à l'autre dans Brooklyn. Au bout de quelques semaines, Ig me rejoint, elle a quitté son logement de Mexico pour venir vivre avec moi. Parfois, de moins en moins souvent, je me souviens que peu de temps auparavant je travaillais dans une salle de rédaction. Ce n'est pas un mauvais souvenir. Ce n'est pas non plus quelque chose qui me manque, mais cela ne me déplaît pas de voir le chemin parcouru depuis que je poursuis le rêve de ma propre religion.

◆

Pendant mes premiers jours à New York, mon dieu m'a posé un problème. Il était dans ma valise et comme je ne trouvais pas de logement et que je bougeais d'un endroit à l'autre, je me suis dit qu'un malheur pouvait arriver à tout moment. Tant que je n'avais pas trouvé un logement définitif où me poser, j'avais besoin d'un lieu sûr pour le dieu : il me fallait impérativement un espace sécurisé, avec surveillance électronique et sécurité 24 heures sur 24.

L'idée était de trouver un box pour ne plus avoir à transporter mes bagages d'un logement à l'autre, d'un quartier à l'autre, d'un hôtel à l'autre, pris dans cette agonie perpétuelle, cette mort lente et douloureuse qu'est la recherche d'un endroit où vivre à

New York. Je comprenais pour la première fois à quel point la sécurité faisait partie de la vie spirituelle et je me suis rappelé les gardiens armés et les détecteurs de métaux du temple d'Osho à Pune. À présent, c'était à mon tour de mettre ma divinité à l'abri.

La solution s'est présentée au numéro 304 de la 74e Rue, entre la 7e et la 8e. C'est l'adresse exacte de NYStorage, un hangar géant converti en labyrinthe de petit box métalliques. Avec sécurité infrarouge, caméras dans tous les coins, alarmes sensibles, un gardien à l'entrée, un clavier à code pour ouvrir la porte principale et un gros cadenas sur chacun des petits box. Le premier contrat a été signé pour un mois.

C'est là, pendant les premières semaines, que j'ai laissé le dieu itinérant. Et il m'a semblé qu'avec cette technologie de pointe en matière de sécurité mon histoire était en lieu sûr.

Le bâtiment de la l'Église de scientologie se trouve à proximité des théâtres de Broadway, sur la 46e Rue. Lorsque tu t'achètes un dieu, que tu veux créer ton Église et monter ta religion, tout le monde te parle de la scientologie. « Ah, tu veux faire un truc comme l'Église de Tom Cruise », voilà le genre de sentence que tu t'habitues à entendre et qui ne te donne pas envie de répondre. « Ah, tu veux faire un truc comme l'Église de John Travolta, c'est marrant. »

Ceci n'est pas une satire de la religion.

L'achat de mon dieu et la construction d'un projet autour de cette divinité obtenue à bon prix ne concordent pas avec la façon dont les scientologues envisagent la religion. S'il y a dans la foi de Cruise et de Travolta un espace pour un être suprême, la place qu'y occupe Dieu semble plutôt réduite. Comme l'explique bien Lawrence Wright dans *Devenir clair. La scientologie, Hollywood et la prison de la foi*, comparée à d'autres religions, l'importance d'un dieu est particulièrement mineure chez les scientologues. Ils ne vouent pas de culte aux pierres, aux livres ou aux mandalas. Comme les bouddhistes, ils ne prient pas. Et ils croient que les hommes sont tous immortels.

Le siège de la scientologie à New York se trouve à quelques mètres de Times Square. Il a été inauguré en septembre 2004 et financé grâce aux dons de fidèles du monde entier destinés à offrir ce temple aux « gens de New York, en reconnaissance de leur courage et de leur force d'esprit face à la tragédie ayant frappé les tours jumelles en 2001 ».

J'y suis entré en me rappelant les blagues sur les acteurs de Hollywood et les avertissements selon lesquels, une fois sur place, une fois la porte franchie, il n'y a pas de retour en arrière.

C'est dans un tel état esprit que je suis entré.

La porte était ouverte.

Je suis entré comme un latino égaré qui sort du travail et vit le cauchemar de l'immigrant, du chicano à l'ère Trump. Lassé de ramer, ramer et ramer, jour après jour, pour que cette baleine lumineuse se maintienne à flot sur l'Atlantique. C'était la tête que j'avais quand je suis entré et je ne jouais pas la comédie. Je voulais ressembler à l'un d'eux. J'étais l'un d'eux.

Immédiatement, ils m'ont tendu un prospectus et m'ont proposé de remplir un formulaire comprenant quelques questions. La fille qui m'a reçu était hispanique, elle m'a d'abord parlé en anglais avant de passer à l'espagnol. La première chose à faire, m'a-t-elle dit, c'était de répondre à quelques questions.

Des pasteurs de la scientologie passaient à côté de nous, on aurait dit des mormons en habit coloré. Pour remplir le formulaire, il fallait descendre au deuxième sous-sol et cela ne me prendrait pas longtemps. Soudain, car ça n'a pas été immédiat, la fille m'a paru très sexy. Particulièrement sexy. Elle cherchait à me séduire, bien sûr, comme une bonne commerciale qui essaie de te vendre quelque chose. Mais différemment. C'était une religion qu'elle m'offrait. Elle m'offrait de faire partie d'un même groupe, d'un même projet, de nous retrouver les week-ends lors de réunions rassemblant les scientologues. Compte tenu des avertissements selon lesquels il ne fallait pas franchir la porte, qu'une fois celle -ci franchie il n'y avait pas de retour en arrière, le jeu paraissait de plus en plus dangereux. J'ai commencé à me sentir troublé par sa voix et son apparence, qui m'avaient semblées normales au premier abord et devenaient maintenant de plus en plus attirantes. Ils cherchent à contrôler mon esprit, me suis-je dit, et c'est pris par un tel jeu de manipulation mentale que je l'ai suivie dans les escaliers, elle a posé sa main droite sur mon épaule comme pour me guider, comme pour m'empêcher de fuir.
Elle m'a laissé devant une grande table, puis elle est partie. On m'a fait asseoir sur une chaise et on m'a passé une montagne de feuilles remplies de questions personnelles, énormément de questions. Où

j'étais né, quelle était ma religion auparavant, mon numéro de téléphone, mon e-mail. Il fallait répondre honnêtement à toutes les questions. Quelqu'un qui venait me voir toutes les cinq à dix minutes ne cessait pas de me le répéter. Et si je ne pouvais plus sortir ? Et si le projet de livre restait coincé là ?

La réponse la plus simple et la plus directe à toutes les questions qu'on peut se poser sur la fondation d'une religion et sur ce qu'il faut pour lancer un nouveau credo est peut-être fournie par la scientologie, si l'on en croit Carl Sagan et son livre *Broca's Brain*, quand il raconte que L. Ron Hubbard a créé sa religion à la suite d'un pari. « C'était la nuit, ils avaient bu, Hubbard a parié qu'il pouvait inventer une religion et gagner sa vie grâce à elle, comme Freud avant lui. »

J'ai répondu à quelques questions, mais j'ai fini par me sentir intimidé et je suis parti. Je leur ai dit que je n'avais pas le temps, que je devais retourner travailler. Il faisait nuit, il était tard, c'était un jour quelconque, mais l'excuse du travail semblait crédible. Je suis latino. À la porte, j'ai pris congé de la fille qui m'avait accueilli, elle m'a dit de revenir dimanche, il y aurait une cérémonie. Je lui ai dit oui, mais je ne suis pas revenu.

◆

Dès le début, l'idée de la trilogie cash a été d'aborder, de pénétrer et d'explorer différemment certains thèmes sur lesquels on a beaucoup écrit, filmé, enregistré, retransmis. Planter la fourchette et le couteau dans d'autres zones. Enquêter sur les trois types d'aliments les plus importants.

L'aliment du corps : comment nous asservissons et pourchassons les autres espèces pour nous nourrir mais aussi pour notre satisfaction.

L'aliment de l'âme : comment nous consommons et exploitons des enfants pour pouvoir célébrer de futures victoires.

L'aliment de l'esprit : comment nous chassons et dépouillons les consciences pour étendre notre domination.

Pour cela, on utilise de l'argent. En liquide. Du cash. De sorte que l'achat du protagoniste fait apparaître la figure de l'auteur-propriétaire. Et c'est cette figure, celle de l'auteur-propriétaire, qui, finalement, se retrouvera face au lecteur-client. Ce lecteur-client qui a besoin d'entrer dans une dynamique de consommation, car c'est là qu'il est le plus à l'aise puisque, non content d'être un lecteur-client, il est aussi un étudiant-client, un employé-client, un voisin-client, un conjoint-client, un chef-client, un spectateur-client.

L'idée est de mettre en place une nouvelle relation narrative : un récit centré sur la consommation.

Une narration qui, plutôt qu'expliquer, montre. Qui montre nos comportements d'habitants du monde de la consommation de près et de loin, d'en haut et d'en bas, sous tous les angles possibles. Des angles différents, vus de l'extérieur et de l'intérieur, mais pas dans le style du journalisme gonzo, pas dans celui anthropologique de National Geographic, et pas dans celui, immersif, de la chronique latino-américaine. On arrive, on entre, on participe, on se délecte, on négocie, on paie et on se fait payer dans des rapports de consommation, des rapports mercantiles, des rapports d'achat et de vente, des rapports capitalistes, hypercapitalistes. Le monde du cash, mais avec des outils littéraires.

Quelque temps après la publication de *La Vie d'une vache*, la faculté d'agronomie de l'université nationale de Rosario, en Argentine, m'a contacté. Ils m'invitaient à participer en tant qu'orateur principal aux VIIe Journées de l'agriculture et de l'élevage, dans une conférence intitulée « La responsabilité de conduire le futur agricole national ». Cela durerait deux jours, les 8 et 9 avril, à l'hôtel Ariston de Rosario.

Le titre de ma présentation a finalement été « La vie d'une vache dans le futur agricole argentin », et j'ai atterri à Rosario le matin même de ma conférence. De l'aéroport je suis allé directement à l'hôtel Independencia, qui avait été construit pour la Coupe du monde de 1978. Je me suis reposé un moment, puis on est venu me chercher pour me conduire à l'hôtel où se tenait l'événement.

Le public était composé d'éleveurs, de professionnels du secteur de la viande et d'étudiants en agronomie. J'étais là, dans la province de Santa Fe, pour parler de viande, pour leur raconter la viande, moi qui, avant mon livre, n'y connaissais pas grand-chose. Pour leur expliquer, à eux qui me regardaient devant l'estrade avant que j'y monte pour donner ma conférence, des types en bérets de gauchos, aux ceintures en cuir de vache et aux visages rougeaux, des gringos de Sante Fe qui marchaient dans la bouse depuis l'enfance, qui mangeaient de la viande quatre ou cinq fois par jour, capables de détecter le goût herbeux d'un steak ou l'âge d'un bovin d'après l'odeur de sa bouse. C'est à tous ces gens-là que j'ai dû m'adresser.

Lorsque mon tour est venu de prendre la parole, je me suis mis à leur raconter La Negra. Comment je l'avais connue, comment elle s'était mise à pisser la première fois que je l'avais prise en photo, et comment j'avais essayé de gagner de l'argent avec elle : « Tout comme vous », ai-je dit, et ils ont souri d'un air complice. J'étais un conférencier-propriétaire qui faisait un exposé face à un public-client. Plus je parlais de consommation, plus le silence et l'attention que je recevais étaient grands. J'ai admis que, n'ayant qu'une seule vache, ce n'était pas la reproduction qui m'aurait permis de faire de l'argent. Il m'avait donc fallu explorer d'autres possibilités : j'avais voulu la vendre à un abattoir pour en faire des saucisses, j'avais voulu la vendre à un restaurant de grillades pour qu'ils la fassent empailler et la placent à l'entrée, j'avais voulu l'emmener chez le coiffeur pour la faire participer à un concours de beauté animale. Le public avait l'air surpris, comme si c'était la première fois que quelqu'un leur parlait d'une vache, alors même que la scène se déroulait au cœur du monde de l'élevage argentin. Quand je suis descendu de l'estrade, il y a eu des applaudissements et les éleveurs se sont approchés pour me proposer de la viande ou me raconter une anecdote, puis une autre, puis une troisième par un type un peu plus loin et elles finissaient toutes par se ressembler. Dans le salon, ça sentait la saucisse et la graisse animale. Même le vin rouge avait une odeur bovine. On m'a parlé de vaches jusqu'à tard, comme s'ils n'avaient jamais vu de vaches de leurs vies.

Peu de temps après la publication de mon deuxième livre, *Le Prodige*, à Barcelone, où est parue la première édition, la FIFPRO d'Amsterdam m'a contacté. La FIFPRO, c'est le syndicat mondial des footballeurs professionnels. Ils m'ont d'abord proposé une vidéoconférence, ils voulaient que je leur explique la vente d'enfants mineurs en Europe.

« Comment faire pour identifier de telles transactions ? », m'ont-ils demandé en vidéo, depuis les Pays-Bas, et leur question a traversé l'océan jusqu'au Chili. C'était comme si, soudain, j'enfilais le costume et le masque d'un type qui en savait plus qu'eux sur les cessions et les transferts du marché mondial du football. C'était étrange. J'avais du mal à m'adapter à la situation et j'essayais de les aider en me disant qu'ils me demandaient tout ça naïvement. Comment identifier ces transactions ? Je me suis d'abord permis de leur dire : « Si vous ne le savez pas, je ne vois pas qui pourrait le savoir », mais j'ai ensuite opté pour une approche plus simple. Logique moderne. Je leur ai proposé de taper « enfant + footballeur » dans Google et de chercher les articles les plus récents. Nous avons fait l'exercice en direct et nous sommes tombés sur le recrutement, quelques jours plus tôt, de Pipi, un enfant japonais que le Real Madrid venait de repérer et de faire venir du Japon dans une pension madrilène où tout le monde parlait espagnol.

Quelques mois plus tard, la FIFPRO m'a de nouveau contacté, ils souhaitaient ma présence à Amsterdam. La rencontre annuelle consacrée aux questions légales, qui réunissait la FIFPRO et la FIFA, approchait, et ils voulaient que je donne une conférence sur la question. Comme à ce moment-là je dirigeais un journal et n'avais pas de vacances, je leur ai dit OK, merci, que je ne pourrais pas rester plus de trois jours aux Pays-Bas et que pour un temps aussi court je devrais voyager en première classe afin de pouvoir dormir pendant le vol.

J'ai tout fait pour qu'ils me disent non.

Ils m'ont dit oui.

Je suis arrivé à l'aéroport d'Amsterdam en tant que passager prioritaire. J'ai emprunté une sortie spéciale et les directeurs de la fédération locale m'attendaient à l'hôtel.

Le public était composé de dirigeants sportifs, d'ex-footballeurs, d'agents de joueurs et d'avocats de clubs de toute l'Europe. Tous vêtus élégamment, en costume coûteux, beaucoup d'entre eux portaient des montres en or et des colliers brillants. On sentait le pouvoir du football dans la pièce, ce qui rendait la situation encore un peu plus ridicule. Un journaliste chilien, qui avait rarement joué au football et plutôt mal, perché sur un pupitre pour leur expliquer la bonne aubaine qui faisait fureur chez toutes les équipes européennes : acheter et vendre des mineurs à des prix dérisoires pour gagner des fortunes on ne peut plus sérieuses.

Pendant ma conférence, j'ai montré des photos d'enfants footballeurs sud-américains qu'on vendait pour quelques dollars et j'ai expliqué le cas de plusieurs des protagonistes de mon livre. Tous les dirigeants étaient surpris par la facilité avec laquelle j'avais pu négocier dans les différents pays.

Tellement qu'à la fin de la rencontre la FIFPRO a annoncé des mesures et a demandé à la FIFA d'agir pour éviter que de telles pratiques ne se propagent. Des avocats de France et d'Italie m'ont demandé mon contact pour faire traduire et publier le livre dans leurs langues, ce qui s'est finalement concrétisé. Et tous me posaient des questions comme si c'était la première fois qu'ils apprenaient l'existence de cette grande machine à broyer les enfants.

C'était étrange qu'ils ne connaissent pas l'histoire de Messi, ni celle de la plupart des footballeurs latino-américains.

Bien que n'étant pas un expert de l'industrie du football, grâce à mon rôle d'auteur-propriétaire, j'ai fini par me retrouver face à un public constitué d'importants dirigeants sportifs européens. Et, bien que n'étant pas un expert de l'industrie du bétail, grâce à mon rôle d'auteur-propriétaire, j'ai fini par donner une conférence devant d'importants éleveurs argentins, organisée par la faculté d'agronomie de l'université nationale de Rosario.

Je repense à tout ça maintenant, alors que je viens d'arriver à New York, car bien que n'étant pas un expert de l'industrie de la foi, des religions, de la spiritualité, le fait de posséder un dieu me donne maintenant accès à un bureau personnel, au numéro 555 du cinquième étage du bâtiment des sciences humaines, au Centre for Religion and Media de l'université de New York.

« Voici les clés de votre bureau. Et demain, on mettra votre nom sur la porte », me dit Janine Paolucci, la secrétaire académique du département, en me tendant les clés d'un bureau grand comme mon studio de la 94e Rue, dans un immeuble de Broadway.

Sur les étagères, j'ai mis quelques livres à thématiques religieuses pour ma documentation et sur le bureau, j'ai posé les chemises qui contenaient le travail en cours. En général, je passais mes matinées au 555, à prendre des notes, écrire des reportages et lire. L'après-midi, j'essayais d'aller au moins deux fois par semaine à la bibliothèque en quête d'informations qui pourraient m'être utiles.

À peine installé dans mon bureau, j'ai cherché la signification du numéro 555 : « Le numéro 555 est un message de l'esprit lui-même et ce message te dit d'abandonner le passé car il est devenu inutile. Puisque le numéro 555 est à la conjonction de trois plis d'énergie, tu dois t'efforcer de garder une mentalité positive dans les nouvelles expériences auxquelles tu vas devoir faire face. Le 555 annonce des changements significatifs dans ta vie. Sois assuré que ces changements seront immédiats et bénéfiques à long terme. L'univers te demande de suivre le flux. »

Comme c'est beau de croire.

Trois Livre troisième

Le temps filait. L'argent aussi. Le pouls de Manhattan est rapide, c'est celui d'un petit animal, même s'il s'agit en réalité d'une énorme baleine lumineuse qui flotte sur l'Atlantique. Ce soir, nous participons à un dîner de bienvenue pour les étudiants en doctorat et les *visiting scholars* de la NYU. Des chercheurs du monde entier qui viennent de déménager dans la ville où tout a une répercussion. Les tables sont hautes, dépourvues de chaises, et on se met à discuter avec untel venu faire un doctorat en droit, unetelle qui est là pour des recherches en médecine, une experte en histoire latino-américaine, un futur docteur en histoire. Lorsque je raconte que je travaille au Centre for Religion and Media et que j'ai l'intention de lancer une religion, les chercheurs me regardent avec étonnement. Ça semble un peu bizarre. D'ailleurs, je n'en parle qu'une fois en passant et, le reste du temps, je me présente en disant que je vais faire des recherches et terminer un livre, deux choses parfaitement exactes. Parfois, mieux vaut ne pas prononcer le mot « dieu ».

Le discours de bienvenue est accompagné d'un diaporama montrant des photos de chacun d'entre nous. On nous les a demandées une semaine plus tôt : « Nous aurions besoin d'une photo de vous prise n'importe où dans New York. » Cette ville n'oublie jamais de te rappeler qu'elle est plus importante que toi ; ce que l'université nous dit, c'est de bien garder à l'esprit que si nous sommes tous réunis ici ce soir, c'est au nom de la ville avant tout.

Au Centre for Religion and Media, tout était très cordial, mais distant. Chaque bureau était un monde indépendant, et les interactions n'allaient pas plus loin que le fait de se saluer dans les couloirs. Un universitaire chilien, de l'étage au-dessus, bureau 666, qu'il partageait avec un autre chercheur depuis plus de quinze ans, m'a dit qu'ils n'étaient jamais allés boire un verre ensemble après le travail. Et cela lui semblait parfaitement normal.

J'étais censé faire des recherches pour mon livre et structurer mon projet, sans pression, sans empressement, avec toutes les ressources de l'université à ma disposition. Au début, j'étais un peu gêné que personne ne me demande rien, pas même en quoi consistait mon emploi du temps, mais je me suis habitué avec le temps et les en ai même remerciés. J'ai pu lire les auteurs qui ont écrit sur la religion, j'ai souligné des phrases d'Onfray, de Girard, Durand, Delumeau, Carrère, Chesterton, Champion.

J'étais arrivé à un point de non-retour. Le présent était stimulant, mais l'avenir restait très flou. Cela, je l'ai clairement compris en remarquant que le type qui louait mon appartement de Santiago avait de plus en plus de retard dans les paiements. J'ai alors compris que je vivais de pas grand-chose, que je n'avais pas d'économies, qu'abandonner la vie de bureau avait également signifié abandonner une certaine stabilité financière et qu'en cas de retard de paiement de mon locataire la structure de ma si confortable indépendance se fissurait.

Lorsque cela arrivait, je ne m'en remettais pas non plus à mon dieu.

Le Centre for Religion and Media de l'université de New York a été créé en 2004, l'année où l'Église de scientologie a ouvert son temple dans la ville. Son principe est de stimuler la recherche innovante et l'enseignement dans l'étude interdisciplinaire de la religion. Un espace dédié au phénomène de la foi et à la vertigineuse amplification médiatique qui permet la circulation de ses principes et de ses pratiques.

Quelque chose a provoqué un changement non seulement dans ma relation avec le CRM, mais également dans tout ce qui constituait l'histoire de cette histoire. Cela s'est passé quand la LARB, la revue littéraire du *Los Angeles Times*, a publié sur son site web un entretien que je lui avais accordé quelques semaines plus tôt, intitulé « Buying God : A Conversation with Juan Pablo Meneses ».

Dans l'introduction, ils n'y allaient pas par quatre chemins :

> L'écrivain chilien de non-fiction Juan Pablo Meneses a fait, récemment, quelque chose que beaucoup de gens trouveront étrange : il a acheté un dieu. Son propre dieu. Et maintenant, il construit une Église pour ce dieu. Bientôt, peut-être, ce dieu aura sa propre congrégation de croyants.
>
> Pendant ce temps, Meneses écrit sur ce processus. Le livre, sur lequel il travaille actuellement à New York, sera le troisième volume d'une trilogie intitulée « journalisme cash ». Une forme de narration qui cherche à réduire la distance entre auteur et lecteur car, comme il le dit lui-même, acheter est une expérience que tous ceux qui peuplent les sociétés de consommation comprennent parfaitement.

Quelques semaines plus tard, mon projet a été mentionné dans *The Revealer*, une revue en ligne de l'université de New York qui s'intéresse à la religion et aux multiples rôles qu'elle remplit dans la société et dans la vie des gens : « Nous sommes vraiment contents d'avoir parmi nous quelqu'un comme Juan Pablo Meneses au Centre for Religion and Media, tandis qu'il travaille sur son dernier projet. » Et ce projet n'était autre que lancer une religion à Manhattan. Parfois, souvent même, je préférais ne pas trop avoir conscience de ce qui se passait, de la façon dont l'histoire se montait et s'emboîtait toute seule.

◆

La conception de l'Église était claire et Jean Paul avançait dans la construction du site web. Il y avait par ailleurs les démarches administratives : les avocats, les comptables, les fonctionnaires, la paperasse, les documents, les signatures, les chiffres, les timbres, les enveloppes et les courriers. Finalement, j'ai décidé que, du moins dans un premier temps, L'Église de la religion itinérante existerait hors du cadre légal, une sorte d'Église au black. Mais il fallait d'abord la lancer et s'assurer qu'elle disposerait d'un lieu de réunion dans le monde virtuel d'Internet.

Un après-midi, en marchant sur Times Square, j'ai eu une illumination. Évidemment ! C'était sur Times Square qu'il faudrait lancer la religion, sur cette carte postale de la consommation, avec ses écrans publicitaires géants et ses touristes, ces petits êtres ridicules comparés aux panneaux gigantesques, qui se prenaient en photo 24 heures sur 24 devant les affiches publicitaires. Oui, c'était l'endroit idéal pour achever la trilogie du journalisme cash.

Je me suis vite rendu à l'évidence : je n'étais pas le premier à connaître l'illumination sur Times Square.

Le pasteur David Wilkerson marchait sur la place, un jour de 1987, lorsque la lumière lui est venue. Il raconte qu'à cette époque-là Times Square était connu pour ses cinémas pornos, ses clubs de strip-tease, sa prostitution et ses drogués, le crack, les seringues, le poppers. Il affirme que c'est pour s'adresser aux prostituées, aux proxénètes, aux immigrants, aux fugitifs, aux vendeurs et aux consommateurs de crack qu'il a lancé la Times Square Church. Peut-être aurait-il dû ajouter les touristes.

En 1989, l'église loué le théâtre Mark Hellinger, non loin de la place. En moins de deux ans, elle avait récolté suffisamment d'argent pour acheter le théâtre, 17 millions de dollars. L'église est toujours en activité dans la 51e Rue, elle a des fidèles dans plus de 100 pays et on estime qu'elle a récolté plus de 100 millions de dollars.

Je ferai la cérémonie de lancement de l'Église de la religion itinérante sur Times Square. Symboliquement, je demanderai l'autorisation à une autorité tout aussi symbolique des lieux, de la ville et du pays : Captain America.

Il commence à faire nuit et Captain America est au centre de la place, il pose pour quelques touristes colombiens. Il leur parle en espagnol et je lui parle aussi en espagnol pour le prendre en photo.

Il s'appelle Héctor Vega, me dit-il, et il a 27 ans.

Tous les matins, Héctor Vega enfile son costume de super-héros, prend congé de sa mère Laura et marche dans les rues de Spanish Harlem jusqu'à la bouche de métro. Il prend la ligne verte, change pour prendre la jaune et arrive à Times Square pour travailler. Son bureau, c'est la place la plus célèbre de la ville. Son travail, c'est de rester debout et de se faire prendre en photo par des touristes qui lui laissent un pourboire.

« Mais je n'aime pas ce travail. Je le fais pour économiser et pour pouvoir étudier. Mon rêve, c'est de devenir ingénieur système. »

Héctor n'est pas retourné en Équateur depuis l'enfance. Il ne se rappelle plus en quelle année. Il n'a qu'un frère, plus âgé, qui est retourné à Cuenca. Ici, Héctor vit avec ses parents : Laura, qui a de l'arthrite et sort peu de la maison, et Victor, qui vend de la nourriture arabe dans un charriot et a été le premier membre de la famille à venir travailler sur la place.

« À mes 18 ans, mon père m'a annoncé que j'allais devoir travailler et m'a emmené sur Times Square. Ça ne m'a jamais plu, ce n'est pas pour moi. Mais comme il travaillait sur la place, il m'a fait venir.

— Et il faisait quel personnage ?

— Une statue. La statue de la Liberté. Il le fait encore. »

Obligé de travailler, Héctor a choisi d'être Captain America. Depuis l'enfance, il aimait le personnage créé en 1941 par Joe Simon et Jack Kirby. Il regardait ses films en boucle. Il a obtenu le déguisement à un bon prix, payé avec l'argent de son père et il est arrivé sur la place, pour son premier jour, accompagné par la statue de la Liberté.

Six ans ont passé et il continue d'épargner. Il travaille un peu moins, maintenant : trois jours par semaine, environ, cinq heures par jour.

« Quel est le principal ennemi du Captain America de Cuenca ? »

Héctor ne pense pas à Red Skull, au Baron Zemo, à Madame Hydra, à Arnim Zola ou à Crossbones. Sa réponse est tout autre :

« La chaleur. Ici, c'est la chaleur qui m'oppresse. »

Il dit que, pour la combattre, il doit aller toutes les heures dans les toilettes d'un des restaurants du voisinage, il ôte son masque et se passe de l'eau froide sur le visage. Il préfère l'hiver. À cette saison, il vient travailler avec une veste sous le costume, et ça suffit.

Sur Times Square, il est pris en photo par des gens du monde entier. Pourtant, quand surgissent des touristes équatoriens, c'est différent. Captain America les salue de façon particulière et leur dit qu'il vient, lui aussi, d'Équateur.

Il a peu de temps libre. Pour se détendre, il regarde sur YouTube des documentaires qui parlent de l'univers et des galaxies. Une partie de ses revenus sert à payer la chambre qu'il occupe dans la maison de ses parents, sur la 104e Rue. Il aime manger de la salade au poulet et boire de l'eau. Actuellement, il est célibataire. S'il n'avait pas été Captain America, il aurait aimé être Spiderman, mais ils sont déjà nombreux. Il a étudié dans une école de Spanish Harlem où tous les cours étaient en espagnol. C'est un Captain America bilingue. C'est au niveau des genoux qu'il sent le plus la fatigue.

« J'aimerais bien être dans un bureau, seul devant un ordinateur, et travailler pour une entreprise. À protéger des logiciels contre les délinquants du web.

— Comme un véritable Captain America !

— Évidemment ! »

Et il rit, fier de lui.

« Captain America, tu m'autorises à lancer ma religion ici ?

— Bien entendu. Je te le permets », me dit-il avant de me tendre la main. Un couple de touristes japonais apparaît, qui lui demande une photo. Alors il pose, heureux, maître des lieux.

Pendant tout le processus d'écriture, j'ai noté des choses à faire dans le Livre blanc. Lire tel auteur, trouver tel livre, regarder tel film, contacter telle personne pour une interview, se rendre dans tel lieu. À force de vouloir couvrir tous les angles, on finit par passer des mois, des années à dresser ce genre de listes. Jusqu'à ce qu'elles nous écrasent et qu'on ne puisse jamais terminer.

Les choses à faire n'étaient pas seulement liées à la religion, au dieu et au livre. Certaines avaient à voir avec ce que je ferais ensuite, après New York : de quoi vivrais-je après avoir quitté la NYU, sans économies ? Et il y avait encore d'autres choses sur la liste qu'on pourrait faire entrer dans la catégorie « libre ». Par exemple, en traînant sur Internet un jour dans mon bureau, je suis tombé sur une interview du rockeur argentin Charly García dans laquelle il parlait de l'importance qu'avait eue pour lui le fait d'enregistrer son album *Clics modernos* à Greenwich Village. Un disque que j'avais écouté en boucle pendant deux ou trois ans, comme je l'avais fait avec le disque des Beatles en Inde. À l'époque de la sortie du disque de García, j'étais dans un collège catholique, en pleine dictature militaire, et je ne cessais d'écouter cet album, je l'écoutais lorsqu'ils m'obligeaient à assister à la messe, à me confesser, à faire ma communion, à être catholique, à chanter les deux strophes de l'hymne national la main sur le cœur et à défiler sous le drapeau. Et quand on te contraint aussi longtemps, pendant des années, tu finis par te construire une matrice, la matrice catholico-militaire, que tu n'abandonnes jamais, même si tu crois l'avoir laissée derrière toi, même si tu dis : « Je l'abandonne ici. » Tu ne l'abandonnes jamais.

Les plaintes contre des prêtres catholiques pour abus de mineurs s'enchaînent et ne vont pas s'arrêter de sitôt, mais quand j'étais au collège, tout cela était tenu secret. Caché. Aujourd'hui, nous savons que la rcligion dans laquelle beaucoup d'entre nous ont été éduqués est une organisation pleine de violeurs. Dans une telle atmosphère d'enfermement, alors que j'étais asphyxié par la religion et les militaires, *Clics modernos* m'a ouvert une fenêtre sur le monde à une époque où Internet n'existait pas. Un courant air qui traversait les murs des cellules pour tout aérer. Dans l'interview, Charly raconte l'importance pour lui d'avoir enregistré à New York, une ville qu'il visitait pour la première fois et qui n'était pas telle que la décrivaient les journaux en

Argentine. Le disque a été enregistré aux Electric Lady Studios, et Charly parle beaucoup dans l'interview de ces studios où il a pu trouver le son qu'il cherchait. J'ai entré leur nom dans le moteur de recherche pour trouver leur adresse. Ils étaient situé à 300 mètres de mon bureau, 52 de la 8e Rue ouest, à 150 mètres de Washington Square. J'ai également appris qu'ils avaient été créés par Jimi Hendrix dans le Greenwich Village de 1970. Les visiter m'aiderait peut-être à mieux trouver le son que je cherchais pour le livre du dieu itinérant. Alors, dans la liste des choses à faire, j'ai noté :

« Visiter Electric Lady Studios / Charly García / *Clics modernos* »

Cette chose à faire s'est retrouvée juste en dessous de :

« Contacter Gay Talese. »

Depuis mon arrivée dans la ville, une de mes missions principales était d'essayer de rencontrer Gay Talese, le dieu vivant de la non-fiction.

C'était un point central de ma *to-do list* et pourtant je n'ai fait aucune véritable tentative pour le rencontrer. J'ai obtenu son adresse et un prétendu numéro de téléphone, mais je ne me suis pas rendu à cette adresse et je ne l'ai pas appelé.

Je voulais parler avec Talese d'un sujet qui traverse tout ce livre, la question de la crédibilité que l'on accorde à une source. Le scandale déclenché par son livre *Le Motel du voyeur*, dont la source lui aurait menti, était un point qui m'intéressait.

Et si le type qui m'a vendu le dieu m'avait menti ?

Et si je savais qu'il m'avait menti et que j'avais acheté malgré tout ce qu'il me vendait en faisant comme si c'était un dieu véritable ?

Et si celui qui m'a vendu le dieu ne m'avait pas menti, mais que tout le monde me prenait pour un menteur ?

Si l'on s'en tient à la science de Stephen Hawking, qui affirme que Dieu n'existe pas, que la divinité n'existe pas, alors tout ce livre est un mensonge, tout ce que j'ai raconté est fondé sur un mensonge, tout ce que vous venez de lire est faux et tout le chemin parcouru est une arnaque.

Mais si Dieu existe, comme on me l'a enseigné au collège de prêtres de Santiago du Chili, s'il y a plusieurs dieux, comme je l'ai appris lors d'une retraite spirituelle, s'il y a des êtres vivants qui sont des dieux, comme Sai Baba, alors ça change tout.

Et si le vendeur ne m'avait pas vendu un dieu, mais qu'il croyait réellement que ce qu'il m'avait vendu en était un ?

Et si le vendeur m'a dupé, mais que j'y crois fermement, n'est-ce pas réel, en fin de compte ?

Ces questions que je me posais n'étaient pas celles d'un hypothétique questionnaire destiné à Gay Talese. C'était l'idée de rencontrer un dieu vivant – comme l'avaient appelé plusieurs médias – qui m'attirait : un dieu vivant de la non-fiction. Je voulais lui demander de l'aide.

Le moment où j'ai été le plus proche de le rencontrer, c'est lorsqu'on m'a passé le mail de Pamela, sa fille peintre. Mais je ne lui ai pas écrit. Quelque chose m'en empêchait, comme si, peut-être, je savais déjà ce qui allait avoir lieu le soir même dans les toilettes du Lincoln Center.

J'étais parti quelques jours au Chili pour rendre visite à ma mère malade, et à mon retour Ig m'attendait avec une surprise : deux places de cinéma, le soir même, pour le dernier jour du festival du film de New York. Durant l'après-midi, nous sommes allés nous promener au Riverside Park, sur les rives de l'Hudson, en contemplant les immeubles du New Jersey en face. L'automne était déjà bien installé et sur toutes les photos que nous avons prises, on peut voir un tapis de feuilles mortes.

« Tu serais capable de reconnaître Gay Talese si tu le voyais ?

— Bien sûr », ai-je dit, et cette question m'a rappelé mon besoin de le rencontrer. Faut-il toujours croire les gens avec qui l'on s'entretient ? Que faire quand cette personne dit quelque chose qu'on sait être un mensonge mais auquel elle croit ? Et si c'est moi qui veux croire au mensonge ?

Nous sommes arrivés au Lincoln Center un peu avant la dernière projection du jour. Nous nous sommes assis un moment à la cafétéria, jusqu'à ce que s'achève la projection précédente, puis nous sommes entrés dans la salle. Une fois nos sièges choisis, je suis allé aux toilettes.

En chemin, je me suis arrêté devant quelques tableaux et j'ai évité quelques personnes qui discutaient en petits groupes. Dans les festivals de cinéma, on croise toujours les mêmes têtes d'une séance à l'autre, sauf à la dernière. Et c'était la dernière. C'était un public composé de gens d'âges divers, de consommateurs culturels compulsifs, de drogués du cinéma qui déambulaient aux alentours de la cafétéria, du foyer ou des toilettes dans l'attente fébrile de l'imminence de la projection.

C'est dans une telle atmosphère que cela s'est passé.

« Gay Talese ? », ai-je demandé, surpris, à un vieil homme maigre en costume sombre et casquette blanche, qui sortait des toilettes.

J'aurais très bien pu m'abstenir de lui poser la question, je savais pertinemment que c'était lui. Mais dans le mélange de surprise et de précipitation du moment, la question m'est venue sans réfléchir.

« Oui, c'est moi. »

Je lui ai aussitôt pris le bras, comme on prend celui d'un dieu en chair et en os. Je lui ai dit que j'avais besoin de parler avec lui, de lui poser quelques questions. Je n'ai rien dit du livre que j'écrivais, du dieu que j'avais acheté ni de la religion que j'allais lancer à quelques centaines de mètres de là, sur Times Square. Je ne lui ai pas non plus expliqué que c'était un dilemme journalistique qui m'intéressait.

« On pourra parler après le film. Quel film es-tu venu voir ? »

J'ignorais le titre du film, mais j'avais le billet. Rapidement, avant qu'il ne parte, je l'ai sorti de ma poche et lui ai dit :

« *Voyeur*, je viens voir *Voyeur*.

— Ah, parfait, moi aussi. On pourra parler après. » Puis il est parti et je suis entré aux toilettes.

J'étais en train de pisser lorsque j'ai fini par assembler les pièces du puzzle. Ig avait acheté des billets pour le documentaire *Voyeur*, sur Gay Talese, c'était pour ça qu'elle m'avait demandé au parc si je serais capable de le reconnaître, et voici qu'il était là, venu se voir sur le grand écran d'une des salles du Lincoln Center.

« T'es tout blanc ! m'a-t-elle dit.

— Je viens de le voir. Il est ici ! », lui ai-je répondu, sur le ton de celui qui vient de se retrouver face à face avec une divinité.

« Il est venu voir le film, c'est pour ça que tu as acheté les billets. »

Juste avant l'extinction des lumières, Gay est apparu. Il est entré avec un ami et s'est assis dans un fauteuil juste derrière nous.

Quand on est obsédé pendant des années par une histoire que l'on poursuit, pour laquelle on change de ville, qui nous pousse à mettre de côté le superflu, quand cette obsession nous possède et qu'on est concentré sur ce qu'on veut raconter, il ne faut pas s'étonner que certains hasards – qui n'en sont pas vraiment – finissent par se révéler idéaux pour notre histoire. Des hasards qui pourraient même être un bon début.

Je suis dans une salle du Lincoln Center à côté de Gay Talese, en train de regarder un film sur la façon d'aborder un dilemme journalistique. À la sortie, nous parlerons de la vraisemblance dans le journalisme, à propos, par exemple, de l'achat d'un dieu en Inde et du lancement, ici, à New York, d'une religion.

Voyeur est un documentaire de Netflix et la séance du New York Film Festival est son unique projection en salle. Le film se penche sur la polémique déclenchée par *Le Voyeur du motel* quelques jours seulement après la publication du livre, car le protagoniste principal avait menti. L'auteur lui-même avait dû s'exprimer sur cette polémique.

Sur l'écran, Talese dit que, bien souvent, les journalistes ont trop envie de croire. Et que l'ego du reporter peut se révéler une arme d'autodestruction aussi implacable que la corde du suicidé. Derrière moi, le Talese réel rit très fort lorsque, sur l'écran, sa fille se met à l'imiter.

◆

À la fin de la séance, une fois la salle vide, Talese accepte d'échanger. J'ai envie de discuter avec ce dieu vivant, incarné, de la non-fiction. Rapidement, un groupe de spectateurs se rassemble autour de lui.

Il commence par raconter l'expérience qu'il a vécue avec la publication du livre, comment tout ce qui s'est passé l'a affecté, ce que l'on peut remarquer. Il y revient sans cesse, comme une bobine qui n'a plus de fil, comme s'il essayait d'attraper quelque chose qui tourne à vide.

« Tu travailles à un nouveau livre ? je lui demande.

— Oui, oui, oui, répond-il.

— Sur quel sujet ?

— Non, non, non », puis il me prend le bras et nous nous dirigeons vers la rue.

« Le dieu du journalisme », comme l'appellent certains médias, parle de notre responsabilité face à des sources qui peuvent mentir. Il dit qu'un journaliste doit être conscient des effets que peut provoquer un texte. Il faut garder ça à l'esprit.

Mais si je finis par croire aux mensonges de quelqu'un, je mens aussi ?

Quelques spectateurs le prennent en photo. Il dit qu'il faut savoir qu'on peut être dupé. Qu'on l'oublie parfois, comme cela lui est arrivé dans le film que nous venons de voir. Qu'il est probable qu'on nous mente souvent. Mais ce qui engage le journaliste, c'est ce en quoi il croit, ce qui ne veut pas dire qu'il faille se détourner de la vérité.

Autrement dit, si je crois quelqu'un qui m'a vendu un dieu, si j'y crois vraiment, il n'y a pas de problème. Dans la mesure où cela ne s'oppose pas à la vérité. Reste à savoir si l'existence d'un dieu s'oppose ou pas à la vérité.

« Quand viendras-tu en Amérique du Sud ?

— J'irai en Argentine bientôt. Bientôt », dit-il avant de s'en aller.

Le dieu du journalisme prend congé aimablement, sans savoir que ce soir il vient d'entrer dans les pages d'un livre sur le dieu que je me suis acheté en Inde. Un dieu qui est là, tout près, dans la 94e Rue.

Talese redevient un New-Yorkais comme les autres. À la fin de notre échange, il s'en va seul jusqu'au coin de la rue. Il prendra alors son chapeau de la main droite et l'agitera pour appeler un taxi. Le taxi s'arrêtera, sans savoir qui il embarque, puis le conduira jusqu'à la 6e Rue, là où Talese habite et où il continuera d'écrire.

Nous rentrons à pied 40 blocks d'une belle nuit froide à Manhattan. Tout en marchant, nous nous disons que ce livre a produit un nouveau miracle.

Cinq Livre troisième

À longueur de journée, on te demande de dénoncer les personnes suspectes dans le métro, dans le bus, à la banque, au musée, dans n'importe quel lieu public ou privé, fermé ou ouvert, à Manhattan, à Brooklyn ou dans le Queens, ou encore de signaler un commentaire douteux du chauffeur Uber ou du conducteur de taxi que tu as pris à l'aube, ou de dénoncer le locataire qui tousse toute la journée à l'étage en dessous, ou le voisin qui fume jusqu'à tard avec la lumière allumée en surfant sur des sites Internets bizarres.

À New York, personne ne te regarde, mais tu es toujours regardé. Tu auras beau être invisible, tu n'en seras pas moins surveillé. Les yeux s'y sont habitués. Des millions d'yeux, rodés à l'art de bouger leur pupille en quête de la moindre étrangeté, de la moindre bizarrerie, du moindre truc équivoque, prêts à dénoncer, à prévenir, à dire que quelque chose ne tourne pas rond.

On finit par s'y habituer, on récite les annonces en même temps que les haut-parleurs, on nous avertit que la sécurité est l'affaire de tous, notre affaire à nous tous qui sommes ici. Et on s'habitue à ne pas avoir si peur que ça malgré la peur, à se sentir en sécurité, tellement en sécurité que plusieurs mois de vie à Manhattan s'étaient écoulés avant que je ne repense à celle de mon dieu. Nous avions trouvé un logement dans l'Upper West Side, nous avions récupéré le dieu remisé dans un box chez NYStorage, la divinité était au pied de mon lit dans l'étroit studio de la 94e Rue, au cinquième étage avec fenêtre au nord, les fumées des cheminées annonçaient l'arrivée de l'hiver, les premières buées de la saison sortaient de la bouche des passants et les gros rats qui traversaient tous les jours aux mêmes intersections établissaient avec nous une intimité de plus en plus grande qui ne tarderait pas à les pousser à nous saluer chaque soir. Une fois, en rentrant, le rat qui s'apprêtait à traverser au même endroit que moi s'est arrêté à mi-chemin, comme devant un feu rouge ; moi aussi je me suis arrêté, ainsi que le ferait poliment un automobiliste devant un piéton, et je lui ai fait un signe d'avancer, je vous en prie, monsieur, après vous, et le rat a fait un geste bref que j'ai interprété comme un remerciement, avant de passer devant moi à toute vitesse et de disparaître dans les sacs-poubelles qui jonchaient le trottoir.

Je me suis remis à penser à la sécurité de mon dieu alors que le lancement de ma religion approchait. La cérémonie prévue le 24 novembre 2017 sur Times Square faisait partie d'une tournée inaugurale. Étaient prévues, en principe, plus de quinze autres cérémonies, au Mexique et dans plusieurs villes des États-Unis. Mais, finalement, pour mieux maîtriser la situation et ne pas exposer le dieu à des événements inattendus, cette tournée inaugurale a été réduite à quatre dates, toutes près de la maison.

ÉGLISE DE LA RELIGION ITINÉRANTE
Tournée inaugurale / New York 2017
24 nov / 19 heures Times Square
25 nov / 13 heures Brooklyn Bridge Park
01 dec / 15 heures New York University
03 dec / 15 heures Central Park
portablereligion.org

Imprimer dix affiches pour la tournée m'a coûté moins de 3 dollars dans un magasin de photocopies du Village qui proposait des remises aux détenteurs d'une carte d'étudiant de la NYU. Pourtant, il m'a suffi de coller une des affiches sur le panneau prévu à cet effet au sous-sol de la bibliothèque Elmer Holmes Bobst, un cube de béton rouge en face de Washington Square, pour comprendre que ce n'était pas une bonne idée.

Dans cette bibliothèque, il y a un grand hall depuis lequel on peut voir les neufs étages. Tous les balcons qui donnent sur ce hall ont été fermés pour éviter que les étudiants ne se jettent dans le vide en pleine période d'examens, ou au début de l'année universitaire, ou juste avant le Spring Break, ou pendant la nuit de Halloween avec des masques sanguinolents.

Au sous-sol se trouve une sorte de cafétéria self-service avec un grand panneau couvert d'annonces de conférences, de cours particuliers, de vélos ou de patins à vendre, de logement à partager, de chambre à partager, de voiture à partager pour un long trajet, de projets créatifs à partager. C'est là que j'ai collé mon affiche avant de l'enlever au bout de quelques minutes.

J'ébauche une phrase dans le Livre blanc.

Les fidèles de l'Église de la religion itinérante seront libres d'appartenir à d'autres cultes. Chaque fidèle sera un free-lance spirituel.

Je me dis que les Itinérants méritent un récit plus clair, ce qui ne m'empêche pas de comprendre assez vite que les projets trop simplistes sont souvent parodiques. Il y a plusieurs exemples.

Le pastafarisme : parodie de religion qui défend l'idée que le véritable créateur du monde est le Monstre en spaghettis volants et dont les adeptes proclament avoir été touchés par son appendice. Ils affirment que l'univers a été créé par une créature invisible et indétectable, formé de deux boulettes de viande entourées de plusieurs spaghettis. Cet être serait doté d'un nom magnifique mais imprononçable, car il tue celui qui le prononce ou essaie de l'écrire.

Le jédiisme : culte basé sur les films de la franchise *La Guerre des étoiles*. George Lucas a reconnu s'être inspiré de religions comme le shinto japonais et de quelques cultes celtes pour concevoir l'histoire de sa saga. Lors d'un recensement en Australie, plus de 70 000 personnes ont déclaré faire partie des jedi, un chiffre qui frôle les 400 000 au Royaume-Uni, où c'est la quatrième religion du pays en nombre d'adeptes.

La religion de la Licorne rose invisible : cette parodie de religion défend l'idée que le monde a été créé par une déesse ayant l'aspect d'une licorne, à la fois rose et invisible. Si ses fidèles perdent une chaussette, ou les deux, ce sont des signaux divins selon cette religion qui affirme que la corne de la déesse a servi de moule pour la création de toute vie, d'où la forme en spirale de l'ADN.

Le mouvement des *realinos* : ils promeuvent une croyance selon laquelle des êtres extraterrestres très avancés scientifiquement ont créé la vie humaine. Ils défendent une nouvelle forme de gouvernement qu'ils nomment géniocratie, ou gouvernement des génies. Toute personne ayant un fort QI est un être sacré dans ce culte.

Les lacrionologues : culte inventé par le groupe de métal progressif états-unien Tool. Il est centré sur l'étude des larmes. Selon son enseignement principal, la douleur physique et mentale et la décharge consécutive à cette douleur, les pleurs, permettent d'atteindre un état spirituel supérieur.

Le mouvement du dieu Frumm : religion professée par la tribu des Yaohnanen, qui vivent sur une île du Pacifique. Le dieu Frumm est le fils pâle d'un esprit de la montagne et le frère de John Frumm, un militaire américain qui a établi pendant la Deuxième Guerre mondiale une base d'opération sur l'île. Les indigènes l'ont pris pour un dieu et continuent aujourd'hui encore de vénérer Frumm.

Les adorateurs de Rambo : les Kamulas, en Papouasie-Nouvelle Guinée, ont reçu la visite d'un anthropologue visiblement passionné par Sylvester Stallone. Il montrait souvent des images d'un de ses films pour étudier les réactions des indigènes. Depuis lors, les Kamulas vénèrent Rambo.

La religion maradonienne : ses membres vouent un culte à l'ex-footballeur argentin Diego Armando Maradona, qu'ils considèrent comme leur dieu suprême. Tous les 30 octobre, pour l'anniversaire de Diego, on célèbre sa naissance. La religion est apparue en 1998 et a dépassé les 100 000 adeptes.

◆

Tout est prêt pour le lancement de la religion. Sauf que personne n'est au courant. Quelqu'un, néanmoins, sera peut-être intéressé. Je choisis le moyen le plus simple : je poste sur Facebook l'affiche que je pensais mettre dans la bibliothèque de la NYU. Au bout de quelques heures, je réponds aux questions de *Metro*, la chaîne internationale de journaux gratuits.

Finalement, le 24 novembre 2017, le jour même du lancement du projet, la nouvelle est reprise dans les journaux de différents pays. Dans un reportage à propos du Black Friday, il est dit qu'aux États-Unis l'industrie du commerce fait environ 30 % de son chiffre annuel ce jour-là et qu'elle mobilise un nombre de personnes 50 fois supérieur à un pèlerinage à La Mecque. Il y est écrit que, l'année précédente, 102 millions de personnes ont acheté quelque chose lors du Black Friday.

> Après avoir acheté une vache pour son livre *La Vie d'une vache* (Marchialy), et avoir acheté un enfant footballeur pour son livre *Le Prodige* (Marchialy), Juan Pablo Meneses affirme s'être acheté un dieu. « Pour lancer une religion à New York », dit-il à *Metro*. Et écrire ainsi le troisième volume de sa trilogie du journalisme cash.

> La religion sera présentée ce vendredi 24, le jour du Black Friday. Un jour qui sera celui de la naissance de son dieu et de l'Église de la religion itinérante (portablereligion.org). «La plupart des religions importantes sont parties d'un livre. Mon idée, c'est de faire le chemin inverse: que ma religion finisse dans un livre.»
>
> Pour Meneses, le monde d'aujourd'hui est contradictoire. Et la consommation est la grande drogue du système, car elle donne l'illusion de croire et d'appartenir à quelque chose. «Acheter, c'est une drogue de la foi», dit-il. Les marques sont ce qui la remplace. Pour Meneses, elles sont le symbole de la religion itinérante.
>
> «Les consommateurs veulent croire. Et l'on assiste au paradoxe suivant: les gens croient davantage aux marques qu'à n'importe quelle autre institution. Les grandes marques ont décoré le monde de leurs temples. Beaucoup de gens, probablement, vont lire le livre comme une dénonciation du fonctionnement des religions et de la consommation. D'autres, j'en suis persuadé, le verront comme un manuel pour monter sa propre religion et faire finalement partie du système», dit Meneses.

Je ne comprenais pas encore, ou ne soupçonnais pas, que la force de mon credo passerait par les médias. Le paradoxe, c'était que j'avais lancé le projet en voulant les fuir, en cherchant à échapper à cette industrie incrédule qui t'oblige à ne pas croire, pleine de journalistes fiers de se méfier de tout, et voici que mon travail commençait à être remarqué par cette même industrie, par ces mêmes journalistes. Bien sûr, cela m'était utile qu'ils en parlent, et ils faisaient bien de se dépêcher avant que la crise n'étrangle tous les journaux et revues.

Une fois de plus, j'avais le temps contre moi.

Six

Je vois tout d'en haut.

Je suis debout sur un petit promontoire d'un mètre de haut, au centre de Time Square. C'est le Black Friday, je vois passer touristes et New-Yorkais en pleine frénésie consommatrice : il y a ceux qui se précipitent vers les portes automatiques des magasins pour acheter à tout va, ceux qui quittent les magasins chargés d'énormes sacs, et les autres, la majorité, ceux qui déambulent sans but, âmes esseulées, dépitées par leur manque d'argent en ce jour de soldes monstres. Ces derniers, véritables impies en ce jour si saint, finissent par consommer les consommateurs. Ils les consomment tandis qu'ils se prennent en photo avec leurs achats, se serrent dans les bras devant une super-promotion ou répondent aux questions d'une équipe de télévision qui retransmet en direct pour le journal du soir.

Je vois tout ça d'en haut.

J'observe tout ce monde sans m'arrêter sur personne en particulier, en regardant la foule comme si je regardais une bête à mille têtes. J'attends que quelqu'un m'écoute. Je suis là, seul, juché sur un petit promontoire au centre de Manhattan, pour parler à ces consommateurs de mon propre achat : un dieu.

Aujourd'hui, c'est le 24 novembre 2017. Il est 19 heures à New York. Et tout est prêt pour le lancement mondial de l'Église de la religion itinérante.

Une des personnes qui regardent vers le promontoire a probablement lu l'information publiée dans le journal.

Je ne savais pas tout ce qui se passerait ensuite. J'ouvre le Livre blanc et, avant de me mettre à lire, je regarde pour la dernière fois cette foule qui circule dans Manhattan. Le vent qui balaie l'île est très froid et rend les joues caoutchouteuses. De la vapeur sort des bouches d'égout, des cheminées et de la bouche des consommateurs en ce jour de Black Friday. Tout est illuminé par les écrans géants et leurs publicités : ici, nous sommes tous des êtres couverts de lumière, mais de celle, artificielle, des réclames gigantesques qui vantent leurs produits.

J'inspire profondément, vérifie que la caméra est dirigée vers moi et lis en anglais :

« Naît ici, officiellement, la religion itinérante. Une religion consacrée à un dieu itinérant. Un nouveau credo, qui s'adresse aux voyageurs, aux transhumants, aux nomades, aux pèlerins, à ceux pour qui rien n'est fixe, aux free-lances de ce monde. »

Tandis que je lis des passages du Livre blanc, éclairé par la lumière des écrans géants, je vois une femme s'approcher, d'une soixantaine d'années environ, qui porte un manteau gris et un cache-oreilles en peluche. Elle m'interrompt et me crie que Dieu est un, qu'Il est unique, puis s'en va en récitant un psaume. Une de ceux qui m'accompagnent lève l'annulaire pour me faire comprendre qu'il a bien filmé le moment où elle s'est approchée pour m'interpeller.

Ce petit incident reste isolé. Tandis que je lis, la plupart des passants avancent comme encapsulés dans leur propre Black Friday.

Lorsque j'ai acheté mon dieu, je n'ai pas eu à attendre l'arrivée des soldes, ni à faire une longue queue avant d'arriver à la caisse. J'ai perdu plus de temps à négocier le prix et à chercher un emballage pour ma divinité. Le jour où je l'ai achetée, il faisait plus de 35 °C et j'étais en chemise et pantalon court. Maintenant, pour la cérémonie de lancement à New York, je porte des chaussures noires, un pantalon noir, une chemise noire et un manteau noir.

Deux personnes me prennent en photo tandis que je lis ; je pense qu'il pourrait s'agir de deux agents de sécurité ou de deux touristes égarés ignorant qu'ils assistent au lancement d'un nouveau dogme.

Je ne peux pas en dire beaucoup plus, dans l'attente que le Livre blanc devienne la version finale de cette histoire. Je ne peux pas encore annoncer le nom du dieu, ni combien je l'ai acheté, ni parler des détails de la négociation, ni expliquer comment je lui ai conçu une Église, ni évoquer le cheminement final vers l'instauration d'une religion. Je me contente de mentionner en passant que je l'ai payé en roupies et que je l'ai acheté dans un hôtel de Bénarès.

La cérémonie s'achève par une déclaration officielle fondant la religion itinérante : « Chacun portera l'Église en soi, ainsi qu'un dieu itinérant qui l'accompagnera où qu'il aille. »

Lorsque je descends du promontoire et que la cérémonie s'achève, la religion existe déjà.

Au bout de quelques minutes on me confirme, à l'autre bout du continent, que le site portablereligion.org est en ligne. Et qu'il y a déjà des premiers adhérents.

Le jour où j'ai fondé mon credo, je me suis couché tard et très fatigué : je me suis effondré sur le lit comme si toutes mes forces m'avaient quitté. Le lendemain matin, quand je me suis réveillé, plus rien n'était encore là, comme dirait l'écrivain guatémaltèque Augusto Monterroso.

Cela fait partie de la religion.

Sept

Livre troisième

Le lancement officiel sur Times Square mis à part, le reste des cérémonies de la tournée new-yorkaise s'est passé tranquillement. Avec peu de gens, qui avançaient à tâtons comme dans chaque quête : aller vers ce qui manque, plutôt que vers ce qui est redondant.

La cérémonie du pont de Brooklyn s'est déroulée sur une petite plage caillouteuse, nous avions le pont dans notre dos et vue sur le quartier des affaires de Manhattan tandis que je lisais des passages du Livre blanc qui expliquaient cette histoire. À côté de nous, un groupe de touristes bien couverts était allongé sous le soleil hivernal comme des otaries sur un quai.

En décembre, les premières neiges étaient déjà tombées sur la ville. Depuis notre petit studio de la 94e Rue, on voyait les flocons danser lentement, doucement ; en bas, toute la rue et toutes les voitures étaient couvertes d'un tapis blanc et glacé. La cérémonie du 1er décembre à University Square a eu lieu sous la neige avec quelques étudiants égarés qui ne comprenaient pas bien ce que je racontais. La dernière date de la tournée, c'était le 3 décembre, dans un Central Park transformé en désert de glace, aux lacs gelés, dans un froid digne d'un film en noir et blanc. L'affiche marron qui annonçait la religion se détachait sur le blanc de la neige, ce que les caméras avec lesquelles j'ai immortalisé l'événement en vidéo et en photo ont été les seules à remarquer. Pour cette dernière cérémonie, j'étais seul.

Je me suis dit qu'au fil du temps les cérémonies attireraient de plus en plus de monde.

De fait, j'étais convaincu que lancer une campagne médiatique sur les réseaux sociaux pouvait être une bonne idée, et une des premières entrées sur ma liste de choses à faire, c'était de contacter une agence de relations publiques numériques à Brooklyn.

◆

Quatre jours après le lancement de ma religion, la correspondante à San Francisco d'*El País*, Rosa Jiménez Cano, a publié un article intitulé « La Silicon Valley s'invente une religion », où elle analysait comment l'intelligence artificielle était en train de devenir un nouveau dieu.

Le premier paragraphe donne le ton :

> La Silicon Valley avait son calendrier des saints, avec Steve Jobs en guise de prophète, le feed-back et l'interaction en guise de credo. Blague à part, l'athéisme mêlé à un certain mysticisme axé sur la méditation est l'option la plus répandue en matière de croyances dans la capitale de la technologie.

Plus loin, elle s'arrête sur le cas Levandowski :

> Avec l'irruption de l'intelligence artificielle a surgi une nouvelle religion, fondée par un des personnages les plus polémiques et les plus populaires de ces dernières années, Anthony Levandowski, ex-ingénieur de Google débauché par Uber pour s'occuper de la voiture autonome. En février, il est passé du statut de génie à celui de grand méchant, après avoir fait l'objet d'une plainte de Google qui lui reproche d'être parti avec plusieurs gigas de documents secrets et de projets confidentiels.

Et elle conclut :

> Le journaliste Juan Pablo Meneses est allé un pas plus loin. Après son passage par Stanford l'année dernière, il a pris une décision originale, s'acheter un dieu. Un dieu itinérant pour créer une religion et pouvoir l'emporter avec soi : l'Église de la religion itinérante. Un dieu de l'Inde, une religion à New York et un livre à écrire. Meneses avait déjà acheté une vache pour raconter de l'intérieur l'industrie de la viande en Argentine. Il s'était également acheté un enfant footballeur pour raconter

les intrigues du monde du ballon rond et son marché des talents. Son dieu est sa dernière acquisition et sa nouvelle innovation.

Pour la première fois, l'Église de la religion itinérante était citée dans un article où apparaissaient également les six mots suivants :

Steve.
Jobs.
Anthony.
Levandowski.
Silicon.
Valley.

Comme c'est beau de croire.

◆

Peu avant 10 heures du matin, je suis assis à l'une des tables de The Bean, au numéro 101 de Bedford Avenue, à Brooklyn. Je commande un café au lait, j'allume mon ordinateur, j'ouvre la présentation du projet de l'Église de la religion itinérante et pose sur la table des exemplaires du *Prodige* et de *La Vie d'une vache*. Le café est grand ; à cette heure-là, peu de tables sont occupées et toutes le sont par des gens pour qui The Bean est un bureau ou une salle de réunion. Les responsables de Chok-Chok, une petite agence de marketing numérique de Brooklyn, m'y ont donné rendez-vous, c'est là qu'ont lieu leurs réunions de travail.

Naturellement, je ne peux pas leur dire d'emblée que je souhaite qu'elles gèrent la communication de mon dieu, qu'elles se servent de leurs influenceurs new-yorkais pour étendre ma religion à une échelle globale, et que cette Église a besoin d'une campagne agressive sur les réseaux sociaux que j'aimerais pouvoir mener avec elles. Je ne peux pas le leur dire d'emblée, car ce ne serait pas tout à fait vrai. Et puis, elles ne me prendraient pas au sérieux.

Quand arrivent Trinidad et Carolina, nous nous saluons, elles vont commander un café, nous faisons quelques commentaires sur l'atmosphère chaleureuse de The Bean, nous récapitulons les noms des personnes qui nous ont mis en contact. Et lorsque je me mets à leur raconter ce que je cherche, je sors le grand jeu habituel.

Aucune des deux ne me rit au nez.

Trinidad est arrivée à New York le 2 février 2015. Elle est venue avec deux valises, ses 31 ans, ses économies et son désir de vivre dans cette ville. Au début, elle habitait en colocation avec trois gringas, dans le quartier de Wall Street. Elles étaient quatre dans deux chambres. C'était comme un campus, mais pour adultes. C'est là qu'elle a pris conscience du problème des loyers. Elle a d'abord travaillé comme assistante marketing pour une millionnaire colombienne et dans une agence de talents à Manhattan : elle devait définir si tel petit garçon ou telle petite fille avait des aptitudes artistiques pour envisager une carrière. Elle aidait également une femme qui faisait des robes de mariés. Durant cette période de précarité, raconte-t-elle, elle devait choisir entre manger et faire une lessive. Après avoir travaillé quelques mois dans une agence de relations publiques à New York, elle a décidé de lancer sa propre entreprise, Chok-Chok, un mot d'origine coréenne qui signifie « éclat ». Trinidad va à la salle de sport à 6 h 30 tous les matins, à six blocks de chez elle. Elle vit à Williamsburg, le quartier hipster de Brooklyn. Elle loue un appartement de deux pièces avec Ian, son copain irlandais, qu'elle a rencontré sur Tinder. Ils occupent une pièce et louent l'autre sur Airbnb. Ils accueillent en permanence des touristes. Des voyageurs qui arrivent à New York très émus et très enthousiastes, pleins d'énergie au départ, mais qui au bout de trois jours ont du mal à se lever et ne peuvent plus faire un pas tellement ils sont morts de fatigue. Ces temps-ci, les glaces Wukong sont un des clients stars de Chock-Chock, et grâce à leur carnet d'adresses, elles ont eu accès à *Seventeen*, à *Buzzfeed*, au *New York Post* et à la version papier du *New York Times*. NBC est venu faire un reportage chez le glacier, on y voyait la présentatrice du programme matinal goûter différentes glaces.

« Le projet me semble amusant. Le problème, c'est que les influenceurs n'aiment pas trop les thématiques religieuses. Tout ce qui est clivant. Les questions politiques ou religieuses me semblent difficiles pour une campagne d'influenceurs. »

Caroline, assise à côté d'elle, acquiesce tandis qu'elle feuillette un de mes livres. Puis elle lance une blague :

« Sauf si on ouvre le compte Instagram de ton dieu et qu'on en fasse un influenceur. »

Caroline est une actrice diplômée de l'Université catholique de Santiago, elle est arrivée à New York en 2014. Elle est venue, tout simplement, car c'était la ville où elle avait toujours rêvé de vivre, l'endroit où elle voulait habiter. Elle est passée par toutes sortes d'emplois, avec de longues périodes à travailler comme baby-sitter et des après-midi entiers passés à regarder des vidéos de groupes de K-pop. Ici, à New York, elle a oublié peu à peu le métier d'actrice et s'est mise à travailler dans le marketing numérique, dans la conception de campagnes sur les réseaux sociaux et dans les relations avec des influenceurs new-yorkais de dimension mondiale. Elle dit qu'un influenceur de cette ville peut changer l'histoire d'une entreprise au niveau international, car une fois qu'on est entré sur le marché new-yorkais, le reste sera forcément plus facile. Quand elle ne travaille pas pour Chok-Chok, elle enregistre des vidéos pour sa chaîne YouTube, où elle s'est spécialisée dans les masques de soin pour le visage. Elle ne cesse de recevoir des cadeaux chez elle.

« Mais on ne peut pas s'occuper du compte de ton dieu, en général on travaille sur des produits plus réels. »

Elles sont toutes les deux d'accord pour dire que les réseaux sociaux sont le futur et que leur importance est fondamentale pour lancer un produit, mais que les médias restent la principale force de frappe.

« Si une Église apparaît dans les médias, si un dieu y est présenté, alors ils existent. Tu ne devrais pas essayer de te faire connaître par le biais des influenceurs », m'expliquent-elles, l'une complétant les phrases de l'autre.

Au bout d'une heure de conversation, elles refusent de prendre le projet. On n'a pas parlé d'argent, car le « produit » à promouvoir ne les intéresse pas. En gage de bonne volonté, Trinidad prend quelques photos de mes livres et les poste sur Instagram.

« Avec ça, tu vas déjà gagner des abonnés », m'assure-t-elle, puis nous nous en allons tous les trois sur Bedford Avenue.

C'est une belle matinée froide et ensoleillée à Brooklyn. Je marche jusqu'à la station de Williamsburg pour rentrer à Manhattan en métro, au 98 de la Broadway Street, au cinquième étage du bâtiment des sciences humaines, dans le bureau 555 du Centre for Religion and Media.

Huit Livre troisième

Un ami écrivain me dit qu'il en a marre de l'industrie éditoriale et qu'il va lancer sa propre maison d'édition pour publier ses livres. Une collègue journaliste a sa propre chaîne YouTube, lassée du mauvais traitement des informations sur les canaux officiels, et maintenant elle en vit. Les membres du groupe de rock d'une connaissance vont avoir leur propre label pour faire la musique qu'ils veulent et communiquer directement avec leur public, sans intermédiaire. Tout cela n'a rien d'étrange. C'est parfaitement normal. Pour les mêmes raisons, il n'y a rien d'étrange à lancer ta propre religion.

C'est le chemin logique.

Une philosophie politique et sociale du *Do It Yourself.*

Il est possible qu'avec la fin des médias traditionnels chaque personne finisse par être une radio, une télévion et un journal.

Il pourrait en être de même avec les religions. Pourquoi ne pas s'arranger pour que chacun ait la sienne ? Avec ses récits, ses règles, ses commandements et ses façons de collecter de l'argent.

Et, en s'inspirant de Cortázar, on pourrait dire «tous les dieux, le dieu». C'est pour ça que ce livre n'est pas le livre d'un dieu, ni celui du dieu. C'est le livre de dieu.

L'Église de la religion itinérante est l'Église de la religion des free-lances. Mais ce sera peut-être aussi, en poussant le concept, la religion de tous ceux qui veulent faire leur propre religion. Si tu as pour projet d'avoir ton propre credo, alors tu fais déjà partie de la religion itinérante. C'est à cela que nous croyons. Ou, plus exactement, cela fait partie du récit autour duquel je gamberge lorsque je reviens consulter Antonio Bentué, le théologien catalan, docteur ès religions de l'université de Strasbourg, et l'un des esprits les plus lucides sur tout ce qui touche à la religion.

Je prends une grande inspiration, comme si j'essayais de préparer chaque phrase dans ma tête avant de la prononcer. Antonio bouge légèrement sur sa chaise, d'un côté à l'autre, comme un gardien de but se préparant à arrêter un coup franc.

Je fais une brève introduction qui me permet d'évoquer l'importance que revêt pour moi la construction d'un récit pour ma religion. Un conte, du *storytelling*. J'ai besoin de son aide d'expert. Il me tend la main.

« Antonio, toute religion a besoin d'un récit. Aide-moi. À quoi pourrait ressembler le récit de ma religion ?

— La véritable théologie a toujours été de savoir quel est le sens de ce à quoi nous affirmons croire. Par exemple, “Dieu est omnipotent” ou “Dieu est le père”, ça veut dire quoi ? Au-delà de l'image du père, qui est évidement tirée de celle de mon père, plus ou moins amplifiée. Si la culture est machiste, Dieu sera un père. Si elle est féministe, il sera une mère. Toujours. Tout est relatif. Tout surgit de façon inductive. Dieu, personne ne l'a jamais vu. C'est pourquoi toute religion doit être consciente qu'elle est un montage qui sort de notre propre nombril.

— Toutes les religions ?

— Toutes sans exception.

— Alors, pour le récit de ma religion, tu me recommandes de mettre tout ça sur la table. Que tout n'est qu'un montage...

— Mettre ça sur la table et se demander aussi où est la table. Quel est le sens de ce en quoi nous croyons ? Plus on découvrira que son sens ne saurait être empreint de narcissisme, qu'il est au contraire un appel à dépasser le narcissisme, à choisir l'autre et à ne pas se servir de lui en fonction de son propre intérêt, plus le soupçon de narcissisme sera dépassé, plus tu seras convaincant. Le pouvoir peut vaincre, mais il ne convainc pas.

— Ma religion ne gagnerait-elle pas davantage d'adeptes si, plutôt que de renier le narcissisme, je l'encourageais en disant à mes fidèles que ce sera agréable, un plaisir plutôt qu'un calvaire ?

— Pourquoi a-t-on tué Jésus ? C'est la religion qui l'a tué, présidée par le grand prêtre. Le narcissisme n'était pas fonctionnel et le pouvoir religieux s'est rebellé contre ça.

— Alors, pour monter une religion forte, je devrais me positionner clairement contre le narcissisme ?

— Évidemment.

— Et comment pourrais-je construire un tel récit ?

— Eh bien, dans ton cas, tu peux lutter contre ton propre narcissisme depuis ton narcissisme », dit-il avant de lancer un éclat de rire qui me décoiffe.

Je lui souris. J'aime ce qu'il me dit, mais je sais que ça le dérange de dire ce qu'il dit. Il croit que je le mets à l'épreuve.

« Poursuivons.

— Selon moi, ce qui est vraiment convaincant dans le christianisme, c'est cette idée géniale de croire que Dieu se révèle dans un perdant et pas dans un gagnant. Dans une victime, pas dans le pouvoir qui a produit la victime. Ce qui va à l'encontre du modèle du monde ici-bas, celui de la sélection naturelle. Selon cette dernière, le plus fort s'impose au détriment du plus faible. Plus tu t'imposes, plus tu vaux quelque chose. Mais Dieu, ce n'est pas ça ; ça, c'est le monde, et seulement le monde.

— Ce point me semble essentiel. Je suis d'accord, l'épique du perdant est très chrétienne. Le courage de perdre avec tes convictions.

— Mais pas perdre par masochisme. Perdre par relativisation du pouvoir. C'est affirmer que Dieu est miséricorde plutôt que pouvoir, que Dieu prend le parti des pauvres, que Dieu est toujours du côté des victimes et jamais des bourreaux, quelle que soit la religion qu'on veuille y mettre. Ce sujet est très subversif. Et c'est pour ça qu'ils ont tué Jésus. Car il a subverti le principe qui voulait que les religions servent aux intérêts d'un groupe religieux.

— Un bon récit de ma religion doit être contre le pouvoir ?

— Le pouvoir est un énorme piège.

— Ce qui est intéressant, c'est que la consommation nous vend un autre récit, où le perdant, le loser, n'est pas aussi attractif que le gagnant, celui qui a du succès, celui qui apparaît dans les médias...

— Mais c'est la transformation qui convainc. Les personnes qui te convainquent ne sont pas le président Piñera. Mère Teresa te convaincra davantage que Piñera. Ce n'est pas du masochisme, ça fait sens. Le reste risque d'être empreint de narcissisme. C'est ce qui n'est pas empreint de narcissisme qui est convaincant et, comme cela te convainc, cela te motive pour faire des choix qui vont aussi dans cette direction. À relativiser le pouvoir.

— Ça, ça ne concerne que les chrétiens ?

— Non, on le trouve aussi chez les bouddhistes.

— C'est ce que tu me recommandes pour ma religion ?

— Pourquoi pas. »

◆

Il y a des récits religieux qui sont simples et clairs, ce qui facilite grandement la tâche de les prêcher. Le pythagorisme, par exemple, est un mouvement religieux créé six cents ans avant le Christ. Des mathématiciens, des astrologues, des philosophes en faisaient partie, ils ont créé l'école pythagorique. Tout ce projet religieux a été fondé par Pythagore de Samos, d'où son nom.

Mais, parmi tous les mouvements et les religions d'auteur, celle dont je me sens le plus proche, c'est la religion *Gânica*, la religion du bon vouloir. Le créateur de la religion *Gânica*, c'est Federico Peralta Ramos, un artiste argentin célèbre pour avoir mangé, en 1968, avec ses amis, la totalité d'une bourse Guggenheim. L'histoire raconte que Peralta Ramos a reçu l'argent de cette bourse, beaucoup d'argent, une somme pour laquelle artistes et écrivains étaient capables de tuer, d'égorger, d'étrangler, car elle te garantissait un an ou deux de financement. Peralta a rassemblé ses amis dans un hôtel de Buenos Aires, l'hôtel Alvear semble-t-il, et ils se sont empiffrés jusqu'à dépenser tout le pactole.

Il avait coutume de dire: « J'ai peint sans savoir peindre, j'ai écrit sans savoir écrire, j'ai chanté sans savoir chanter. La maladresse répétée est devenue mon style. » Il a gagné le prix national de l'Institut Di Tella, la Mecque de l'avant-garde argentine, en 1965, avec la sculpture d'un œuf géant en plâtre et en bois.

Il a voulu acheter un taureau – pas une vache. Il est arrivé à la vente aux enchères d'un concours agricole et, sans argent, a levé la main et s'est fait adjuger le taureau champion. Son idée était de l'exposer à côté d'une voiture de course. Lorsqu'on a découvert qu'il n'avait pas d'argent, il a failli se retrouver en prison, mais son père a pu éviter le procès et on l'a envoyé en hôpital psychiatrique.

Il a fondé la religion *Gánica*, dont les postulats étaient les suivants: « Toujours faire ce dont on a envie, croire au grand foutoir universel, ne pas commander, ne rien déifier, offrir de l'argent et laisser Dieu tranquille. »

Ses 24 commandements disaient:

1. Être *gánica* (autrement dit, toujours faire selon son bon vouloir). / 2. Tout envoyer valser. / 3. Laisser Dieu tranquille. / 4. Perdre du temps. / 5. Ne pas

perdre du temps. / 6. Offrir de l'argent. / 7. Ne pas se distraire. / 8. Amplifier notre essence jusqu'à parvenir au halo. / 9. Vivre poétiquement. / 10. Établir des programmes très ennuyeux. / 11. Essayer de s'amuser en permanence. / 12. Croire au grand foutoir universel, le prendre comme point de référence. / 13. Ne rien déifier. / 14. Dépasser le contrôlable. / 15. Dépasser le plan physique. / 16. Jouer avec tout. / 17. Se rendre compte. / 18. Croire en un monde invisible au-delà du plan physique, au-delà du lointain et du proche. / 19. Voyager léger dans ce monde… ou pas. / 20. Provoquer le mouvement. / 21. Tout mépriser. / 22. Ne pas commander. / 23. Flotter. / 24. Accrocher ça au mur avec une punaise.

Je ne crois pas à une religion aux commandements aussi explicites, aux règlements aussi marqués. Je comprends, néanmoins, que toute religion doit avoir des dogmes et ceux de la religion itinérante sont centrés sur la vie free-lance. Mais si je devais retenir un commandement de la religion *Gánica*, j'emprunterais le dernier :

Accrocher ça au mur avec une punaise.

De toute évidence, c'est le commandement le plus sacré.

Neuf Livre troisième

Il faut sélectionner cinq photos. Sur l'une d'elles, je suis à Salvation Mountain, en Californie, et j'écarte les bras comme un Christ sans croix. Deux autres ont été prises le jour du lancement de la religion, sur Times Square, on m'y voit lire le Livre blanc face à des gens venus écouter le premier prêche de la religion itinérante. Et deux lors du lancement à Washington Square, avec la pancarte de la religion posée à côté de l'obélisque.

La revue *SoHo* est colombienne. Lorsqu'ils m'ont proposé de publier un extrait de ce livre, qui n'en était pas encore un, j'ai envoyé un long texte et plusieurs photos. J'ai commencé à comprendre, pour la première fois, que ce livre allait avoir une préexistence miraculeuse : des extraits publiés dans les médias, des interviews dans divers pays et des présentations pendant des salons, le tout sans que le livre existe et, dans bien des cas, sans que j'en ai encore écrit une seule ligne.

L'extrait publié dans *SoHo* s'est finalement étalé sur six pages. Le titre était « S'acheter un dieu et fonder une religion », et le chapeau était rédigé en caractères blancs sur fond bleu ciel : « Le journaliste chilien Juan Pablo Meneses s'est acheté un dieu en Inde, a conçu une Église dans la Silicon Valley et fondé une religion à New York. Il nous propose ici, pour la première fois, un extrait d'un des projets les plus extrêmes de la non-fiction latino-américaine. »

SoHo était la seule revue dans laquelle j'avais publié un extrait du livre *La Vie d'une vache* et c'était maintenant au tour d'*Un dieu à soi*. La plupart des autres revues ont disparu depuis. Mon livre sur la vache est sorti en plein boom de la non-fiction latino-américaine, quand des revues pleines d'histoires au long cours s'imprimaient sur du beau papier, qu'étaient organisés congrès et forums pour parler de la non-fiction latino-américaine, ou de la nouvelle non-fiction latino-américaine, ou du journalisme narratif latino-américain, ou de la chronique journalistique littéraire latino-américaine, ou du journalisme littéraire latino-américain.

Tout a changé si vite.

Les médias, la non-fiction latino-américaine, les auteurs.

La photo principale qui illustre l'extrait paru dans *SoHo* est celle où j'apparais avec les bras écartés.

◆

Maintenant, j'écris un mail à une comptable en Californie, Vivian Ha. Elle s'occupe de mes impôts et je souhaite l'interroger sur les avantages fiscaux d'une religion. Je veux savoir si c'est fiscalement intéressant ou pas. C'est alors que je reçois un message du *New York Times*.

Un de leurs rédacteurs en chef me contacte et me demande une photo en haute résolution du lancement de ma religion sur Times Square.

C'est pour illustrer un texte de l'écrivain Jorge Carrión dans l'édition en espagnol.

Une semaine plus tard, l'article paraît, surmonté d'une photo où l'on me voit lire le Livre blanc. Le titre est « La non-fiction la plus innovante n'est pas nécessairement technologique ».

Selon la thèse de Carrión, il y a une tendance internationale selon laquelle la « nouveauté » ne peut venir que de la technologie. « Il suffit de naviguer sur les pages web des plus prestigieuses institutions du monde entier dans le domaine de l'innovation documentaire, comme Nieman Lab ou Knight Lab, pour constater qu'il existe un consensus tacite » sur l'importance de la technologie. Alors, Carrión s'interroge : « Et si c'était justement l'inverse ? Et si à l'époque des claviers et des podcasts, les tendances documentaires les plus disruptives pariaient moins sur la technologie que sur le corps ? Ou ne serait-ce que sur une technologie intimement liée au corps ? »

Ce sont beaucoup de questions et sa thèse me plaît : dans certains des projets les plus intéressants actuellement, l'artiste s'investit physiquement.

La suite du texte, où figure la photo du lancement de ma religion sous le logo du *New York Times*, Carrión m'aide à comprendre la portée de ce que j'essaie de faire :

> Ces dix dernières années, l'écrivain Juan Pablo Meneses a justement travaillé en ce sens, à travers les projets de ce qu'il nomme le journalisme cash.
>
> Carrión est le premier à mentionner l'intégration du facteur universitaire dans le projet et comment cela a fini par devenir une part importante de cette histoire.
>
> L'image de l'écrivain chilien en train de lire, comme unique prédicateur de sa propre religion, sur un podium ou autel en plein Times Square lie son travail à celui du théâtre documentaire, un autre des espaces de la non-fiction ayant le plus avancé ces dernières années.

Les éloges du projet dans le *New York Times* ont contribué à ce que davantage de gens m'écrivent pour me féliciter, m'interviewer ou pour rejoindre la religion itinérante. Certains de ceux qui se moquaient et trouvaient tout ça absurde ont commencé à regarder le projet d'un autre œil.

J'ignorais de quoi j'allais vivre l'année suivante, j'avais renoncé à mon poste de directeur d'un journal sans avoir d'économies ni de perspective d'emploi. Le chemin avait été intense, soutenu par la foi. Par le fait de croire. Et soudain, l'histoire du dieu en Inde, de la conception de l'Église et de son lancement était commentée dans *El País* en Espagne, dans la revue littéraire du *Los Angeles Times*, dans le *New York Times*.

Quelque chose de semblable s'était passé avec La Negra. Ma vache s'était fait tirer le portrait par le photographe de la revue argentine *La Mano*, qui tenait aussi un blog – au début des blogs – sur le site du quotidien *Clarín*. Puis, un jour, à la suite de nombreux articles publiés dans la presse de différents pays, tandis que des photographes professionnels se baladaient dans ses champs, Juan Jorajuría, celui qui m'avait vendu la vache et qui possédait la terre où elle engraissait, m'a dit que ce serait peut-être une bonne idée de ne pas la tuer.

Les médias convertissent tout en média, comme le théorisait Foucault. Le projet prend une vie autonome et se fait remarquer sans qu'il soit nécessaire de lancer une campagne.

Comment ne pas croire.

◆

Comme toujours, sa répercussion dans des médias importants a donné de la légitimité au projet. Malgré la crise de l'industrie, le journalisme traditionnel est toujours assis sur le trône et reste la référence.

J'étais dans mon bureau de la NYU, en train de boire un café avec l'ordinateur allumé, lorsque j'ai reçu depuis Santiago un mail du poète et universitaire Felipe Cussen. Il avait entendu parler de mon projet et me disait qu'il était dans la lignée de la théologie négative, qui « affirme que Dieu est insaisissable, qu'on ne peut rien dire sur Dieu ». Mais mon projet, me suis-je dit, n'avait pas grand-chose à voir avec la théologie négative. Mon dieu était visible, touchable, et l'on pouvait dire beaucoup de choses à son propos. Plus encore, on pouvait l'acheter, ce que j'avais fait à Bénarès.

Dans son mail, il me parlait également de certains artistes contemporains qui avaient joué avec l'idée de Dieu. En particulier Ben Vautier, du groupe Fluxus, « qui, dans les années 1960, avait plusieurs boîtes dans lesquelles il rangeait Dieu, auxquelles il donnait une valeur économique. Un jour, il a même jeté à la mer une de ces boîtes qui contenaient Dieu ».

J'avais davantage exploré cet aspect. Mon dieu itinérant était toujours dans sa boîte, dans le studio où nous vivions.

J'ai cherché Ben sur Internet, j'ai visité sa page web, il vivait à Nice. Je lui ai envoyé un mail et j'ai contacté la page Facebook gérée par son équipe. Mais avec ses 80 ans bien tassés, il est resté silencieux.

Je me suis intéressé à son œuvre. Je gardais mon dieu dans une boîte et il existait un artiste qui avait distribué diverses boîtes qui contenaient Dieu. Je me suis rendu compte que certaines d'entre elles avaient intégré la collection du MoMa, bien qu'elles n'y soient plus exposées ; la *Fluxbox Containing God*, par exemple, qui avait été montrée en 1966. Je suis quand même retourné au MoMa, mais, effectivement, je ne l'y ai pas vue.

Exposer le dieu, ou sa boîte, était une option. La pérégrination des sikhs, en Inde, pour venir adorer un livre pouvait me servir d'inspiration lointaine. Peut-être qu'ici, à New York, le moment était venu de le montrer au public. Un peu comme ce qu'avait fait Ben avec ses boîtes au MoMa.

J'en ai discuté avec certaines personnes d'ici. L'une d'elles m'a recommandé de contacter le MoNa. Ce n'était pas le MoMa, mais ça y ressemblait. Et puis, je trouvais pertinent d'établir une sorte de fraternité lointaine avec le projet de Ben Vautier. J'ai cherché davantage d'informations sur le MoNa, le Museum of Non-visible Art. Il se trouvait au numéro 40 de la 120e Rue ouest, à Harlem. Ce musée a la particularité de proposer une exposition permanente d'art invisible. Le public est libre de parcourir les salles, mais on ne peut y voir – y lire – que les explications des œuvres, qui, elles, sont toutes invisibles.

C'était intéressant, mais mon dieu n'était pas invisible. J'ai donc suivi une autre recommandation et contacté les responsables du Mmuseumm, une sorte de cabinet de curiosités qui expose des objets quotidiens. De fait, ils ont intitulé leur proposition *Object Journalism* : un journalisme d'objet pour mieux documenter et expliquer. L'idée d'un dialogue entre l'*Object Journalism* et le *Cash Journalism* me plaît. Ils sont au 4 Cortland Alley, dans le quartier des affaires. Exposer mon dieu là-bas pourrait s'avérer fructueux, une manière d'ajouter quelques scènes à retranscrire ici, dans ce livre, dans la version finale. Mais la liste d'attente était interminable, ce qui cadrait mal avec mon projet.

Cette double tentative de mettre mon dieu en lien avec des musées, que ce soit le MoNa ou le « journalisme d'objet », m'a permis de comprendre qu'*Un dieu à soi* était plus proche du livre d'art que de celui de non-fiction. Ce qui s'explique facilement : j'ai parfois l'impression que le livre existe déjà, je l'ai vécu, j'en ai profité, j'en ai parlé, j'ai accordé des interviews et je l'ai présenté dans divers salons du livre. Telle a été sa vie. Ce que tu as maintenant entre les mains, ce que tu lis maintenant, n'est que la documentation de ce qui a déjà existé.

◆

Je reçois un mail du journal chilien *La Tercera*. Une journaliste du supplément « Tendencias » me demande de répondre à quelques questions. Me rappelant les conseils des deux associées de l'agence de relations publiques dans le café de Brooklyn, à savoir que l'important pour un projet nouveau, c'est la couverture médiatique, j'accepte l'entretien.

Depuis que je suis auteur, toutes mes interviews et toutes les publications d'extraits de mes livres sont parues dans des médias hors du Chili. Je viens d'un pays aux mains de tribus, où tout ce qui paraît dans les médias doit obtenir l'aval d'une sorte de contrôleur des douanes auquel je ne crois pas. C'est sans doute pour cette raison que le mail de *La Tercera* a attiré mon attention. L'histoire du dieu, de la religion et du livre que je préparais avait été publiée dans divers médias internationaux, mais qu'un média chilien s'y intéresse me semblait surprenant.

Lorsque les questions sont arrivées, j'ai compris qu'il n'y avait pas de quoi s'emballer : l'entretien n'avait rien à voir avec la religion itinérante ou avec le livre.

C'était un questionnaire sur la consommation, le thème principal de la trilogie du journalisme cash. C'était pour une rubrique intitulée « MOI » ; l'invité de la semaine devait parler, à partir de quinze mots qu'on lui proposait, des choses qu'il consommait à ce moment-là : quels livres, quelles musiques, quelles séries, quelle technologie, quels produits.

J'ai commencé par sentir une sorte d'amertume un peu moraliste : on m'avait contacté dans le but dérisoire de susciter la curiosité malsaine et l'avidité consommatrice des lecteurs. Puis j'ai fini par me dire que c'était l'occasion de m'exprimer.

J'ai écrit quelque chose en lien avec mon livre à partir de deux mots :

JE CROIS

Je suis le fondateur et le principal fidèle de la religion itinérante, une religion que j'ai créée l'année dernière à Times Square, New York. De nombreuses religions sont nées d'un livre. Celle-ci, en revanche, va finir dans un livre. Un livre que je suis en train d'écrire.

J'ACHÈTE…

… les protagonistes de mon livre. L'achat et la vente comme stratégies narratives m'intéressent beaucoup à notre époque de lecteurs-clients. J'ai acheté un animal pour *La Vie d'une vache*, je suis parti acheter un être humain pour *Le Prodige*, et j'ai voyagé en Inde pour m'acheter un dieu et créer ma propre religion. Avec ce livre, je vais achever la trilogie du journalisme cash.

Au bout de quelques semaines, sans nouvelles de sa part, j'ai de nouveau écrit à la journaliste.

Elle avait peut-être eu un problème avec sa boîte mail.

Elle m'a répondu qu'elle avait effectivement eu des problèmes avec son mail et elle en a profité pour me demander de remplacer ma réponse « J'ACHÈTE » par « quelque chose de plus conventionnel ».

Quelque chose de plus conventionnel.

Je me suis aussitôt dit que mon retour au Chili s'annonçait comme je me l'étais imaginé : un de ces cauchemars où l'on se réveille en sursaut au milieu de la nuit et où l'on reste assis dans son lit, la respiration agitée et la gorge encore irritée par le cri strident qu'on vient de pousser.

« L'horrible Chili », comme disait le poète Enrique Lihn.

Mais, bien sûr, au-delà de ma propre expérience, c'était aussi le cauchemar du journalisme d'aujourd'hui : les rédacteurs en chef se comportaient en contrôleurs des douanes, en censeurs, les responsables des médias agissaient comme des bureaucrates qui voulaient surtout qu'il ne se passe rien, que rien n'arrive, que la vitesse de croisière de leur vie à bord ne change en rien.

Des médias traditionnels qui faisaient en sorte que rien ne bouge.

J'ai répondu à la journaliste que je ne pouvais pas modifier mes réponses et je lui ai expliqué ce qui me semblait important.

« Je ne peux rien changer à ma réponse "J'achète" (et, de fait, je la trouve parfaitement conventionnelle). Si on ne peut la garder comme ça, laissons tomber. »

Ce qui me dérangeait surtout dans l'éventuelle non-publication de mes réponses, outre le fait qu'elles pourraient amener ceux qui les liraient à s'intéresser au projet, c'était qu'elles ne pourraient donc pas intégrer les pages de ce livre. J'essayais, dans la mesure où l'on me proposait des entretiens ou d'écrire des articles, d'envoyer des textes que je pourrais ensuite reproduire dans ce livre. Ici. Maintenant. L'exercice qui consistait à écrire un livre par l'intermédiaire des médias me semblait attirant, écrire un livre grâce aux entretiens que l'on donne, écrire un livre grâce aux extraits qui en sont publiés alors que l'on n'a pas encore commencé à écrire sur le livre.

La journaliste, très aimable, m'a dit qu'elle comprenait, qu'elle publierait donc mes réponses telles que je les avais écrites, et qu'elle ne modifierait pas la réponse en question.

Plus d'un mois, presque deux, se sont passés sans que l'entretien soit publié. J'ai alors posté un texte sur les réseaux sociaux. Ce n'était pas une dénonciation, mais on pouvait l'interpréter ainsi. C'était un texte qui racontait une histoire vraie et qui, bien sûr, paraîtrait dans le livre. À partir de ce moment-là, il est devenu évident que tout ce qui se passait faisait partie du projet et finirait ici, dans ce livre. Le texte était le suivant :

> Il y a quelques semaines, on m'a envoyé un questionnaire pour le supplément « Tendencias » du journal chilien *La Tercera*. Après y avoir répondu, j'ai reçu un mail de la journaliste. Le rédacteur en chef du supplément n'aimait pas la réponse dans laquelle je racontais que je m'étais acheté un dieu en Inde et que j'achetais les protagonistes de mes livres. Ils me recommandaient également de leur envoyer « une réponse plus conventionnelle ».
>
> Une réponse plus conventionnelle ! Autrement dit, à une époque où les gens ne lisent plus les médias car ils racontent toujours la même chose, le rédacteur en chef d'un supplément consacré aux t-e-n-d-a-n-c-e-s s'est retrouvé face à une réponse qu'il a jugée peu habituelle et, en bon fonctionnaire des douanes, a fait arrêter la bande transporteuse et a ordonné que la réponse soit remplacée par une autre plus conventionnelle.
>
> Tout ça s'est passé en février, alors que je n'étais que depuis quelques jours au Chili (je ne cesse d'en partir, mais j'y reviens toujours). Évidemment, le questionnaire de « Tendencias » n'a jamais été publié. Je n'ai pas lu le

supplément, mais on m'a assuré que, pour la tranquillité du journal, tout est resté des plus conventionnels.

Je me suis rappelé tout ça ce week-end, lorsque la radio Metro, de Buenos Aires, m'a appelé. Metro est une radio importante en Argentine et on peut écouter l'émission complète sur le lien ci-dessous. Ils ont appris que j'avais acheté un dieu grâce à un article de six pages, publié dans la revue colombienne *SoHo*.

Je me rappelle avoir dit à la journaliste de « Tendencias » : « Mais acheter un dieu est tout ce qu'il y a de plus conventionnel. »

J'ai compris que le combat était perdu à l'avance. J'ai pris ça comme une manière de me souhaiter la bienvenue au pays.

Parler de la radio Metro, qui émettait dans toute l'Argentine, ou des six pages dans *SoHo*, une revue distribuée dans toute la Colombie, était une provocation. C'était inutile, mais j'avais du mal à comprendre pourquoi un rédacteur en chef et une journaliste me priaient de bien vouloir envoyer des réponses plus conventionnelles.

L'industrie s'effondrait, mais ils ne s'en rendaient pas compte. Les rédacteurs en chef travaillaient dans une peur telle qu'ils ne voulaient plus que des réponses conventionnelles. Pas de quoi s'étonner, alors, que tout le monde se demande pourquoi les médias disparaissaient ou étaient sur le point de disparaître.

Mon texte a donné lieu à divers commentaires dans lesquels, sur le fond, on regrettait la triste période que traversait le journalisme, où la routine était devenue la grande nouveauté. Pourtant, parmi les messages privés, il y en avait un signé par le nouveau rédacteur en chef du supplément. Il venait de prendre son poste et me confirmait la publication prochaine, très prochaine, le samedi suivant, du questionnaire.

Je l'ai remercié pour son message.

C'était comme s'il me souhaitait la bienvenue au Chili.

◆

Osho a publié plus de 300 livres, même si, en réalité, il n'a jamais écrit une ligne. « Je suis le même chemin », ai-je dit à la psychanalyste Constanza Michelson lorsque nous avons pris un café dans un bar du quartier de Vitacura, à Santiago, car elle voulait m'interviewer pour la revue *The Clinic*.

Elle avait commenté plusieurs fois mes publications sur les réseaux sociaux et proposé qu'on parle de moi dans ce journal. C'était étrange. Pour mes huit livres précédents, jamais je n'avais été interviewé dans ce canard. Et maintenant, alors que le livre n'était pas sorti, que le livre était une idée, une possibilité, que pas une ligne n'était écrite, qu'il s'agissait d'un livre invisible, je donnais mon premier entretien d'auteur dans ce journal pour en parler.

Le titre de l'article était « journalisme cash : tout à un prix », une double page avec plusieurs photos.

◆

Les choses commencent à s'accélérer. On m'écrit maintenant depuis la municipalité de Rosario, Argentine. Ils m'annoncent qu'après dix ans d'interruption le Salon du livre de la ville reprend du service. Ils ajoutent qu'ils souhaiteraient que je vienne pour parler de mon nouveau projet.

L'idée m'enthousiasme immédiatement. Et je l'imagine une fois, deux fois, dix fois avant qu'elle ne se réalise : présenter un livre qui n'existe pas, dans un salon du livre qui n'existait plus, pour que tout ce qui se passe là-bas finisse dans les pages d'un livre réel.

L'idée, c'est d'aller là-bas pour diriger un atelier. J'accepte et leur propose le titre de la rencontre : « Comment s'acheter un dieu pour écrire un livre ».

On décide qu'il n'y aura pas plus de 30 participants et que les photos, les vidéos et toute forme d'enregistrement seront interdites durant l'atelier. Je serai le seul autorisé à enregistrer et tout ce matériau fera partie de l'histoire du livre.

Depuis ce jour, j'ai en tête l'idée d'un lancement, d'une religion qui avance toute seule, sans moi. Elle avance sans cesse et je me contente de suivre. Pas toujours de la meilleure des façons. J'apprends en chemin. Lorsque tu lances ta propre religion, tu dois être prêt à voir la boule se déplacer sans que tu puisses la contrôler, et cette adrénaline va te plaire, t'effrayer et te divertir. Mais tu peux commettre des erreurs.

Dix

Durant le premier mois d'existence de portablereligion.*org*, plus de 30 mails sont arrivés. La plupart de ceux qui les envoyaient souhaitaient s'inscrire sur le site et recevoir des extraits du livre. Quelques-uns se moquaient, pas du projet en soi, mais des religions, des gens qui croient, de la foi. D'autres critiquaient ouvertement le projet. Et quelques-uns voulaient devenir des fidèles de la religion, collaborer, aider, s'y joindre. La collecte des dons n'avait pas encore été mise en place, pas plus que la possibilité de télécharger en ligne des certificats de baptême de la religion itinérante.

Lorsque les interviews et les articles sur la religion ont commencé à paraître, on les a postés sur la page Facebook. Cela générait des commentaires, des messages privés. La religion existait. Elle avait pris corps d'une façon inattendue, mais plus réelle : elle avait commencé à faire parler d'elle.

Dans le monde de l'intelligence artificielle, de la réalité virtuelle, la meilleure manière de mesurer l'existence de quelque chose, c'est l'écho que cette chose génère. Si on était appelés depuis Buenos Aires, il fallait évangéliser en parlant de la religion pour une émission de radio argentine. Si on nous invitait pour un programme au Pérou, on y allait pour raconter que la religion itinérante était déjà bien implantée à Lima. Si un journal chilien voulait un entretien autour du livre, même si le livre n'existait pas, on était là pour parler du livre.

Impossible d'évangéliser sans les médias et une partie de la conception de mon Église a été consacrée à la présence médiatique et à l'utilisation de ces canaux pour communiquer notre message.

Que la religion existe déjà et que je puisse prêcher, voilà qui ne différait pas beaucoup des autres religions. Que l'Église existe, avec un site Internet et des abonnés sur Facebook, c'était aussi très commun. Que le dieu itinérant, qui est dans sa boîte, de retour au Chili, existe et que personne ne le remette en question, c'était là encore on ne peut plus normal. Personne, après tout, n'a jamais vu de dieu. Ou, comme l'a dit Borges, « Dieu est une sphère intelligible, dont le centre est partout et la circonférence nulle part ».

La religion itinérante est facile à prêcher car elle est facile à professer : être, spirituellement, free-lance.

Borges a lui-même écrit dans *Qu'est-ce que le bouddhisme?*, cosigné avec Alicia Jurado, qu'il « est très difficile de présenter une religion, surtout si elle ne se professe pas. Si on la professe, c'est plus facile ».

Ce qui m'a surpris, après le lancement, c'est que le livre se mette à exister aussi vite sans exister matériellement. Une traditionnelle blague d'écrivains, « j'ai fini le livre, il ne me reste plus qu'à l'écrire », prenait corps. L'écrire n'était même plus nécessaire. Le livre existait. Sa matérialité résidait dans l'assurance avec laquelle on m'interrogeait à son propos et avec laquelle je répondais. Pour cette même raison, il était devenu, d'une certaine façon, le plus réel de tous les livres dont j'étais l'auteur, puisqu'il était le seul dont je n'avais pas encore commencé à écrire une seule ligne.

C'était mon travail le plus réaliste, et plus j'expliquais que j'allais bientôt me mettre à l'écrire, plus son existence devenait réelle.

Jamais je n'ai demandé au dieu qu'une telle chose arrive.

J'en suis arrivé à donner trois interviews par jour, à propos du livre, du dieu acheté en Inde et du lancement à New York.

Je crois que ce qui se passait avec mon livre facilitait la tâche de la plupart des intervieweurs. En général, quand on t'interviewe pour un nouveau livre, le journaliste ne l'a pas lu, il ignore tout à son sujet, ce qui crée des moments gênants lorsqu'il te pose des questions sans savoir de quoi parle le livre ou lorsqu'il te demande de l'expliquer.

Comme le livre n'existait pas encore mais qu'il était réel, tout semblait plus simple pour eux et pour moi au moment d'évoquer son contenu.

Plus je disais qu'il ne me restait qu'à l'écrire, moins sa non-existence importait. Je me suis mis à dire, pendant les interviews, que le livre s'écrirait avec ce que disais lors de ces mêmes interviews. Et c'était vrai : je parlais à la radio, mais en réalité j'écrivais des parties du livre.

Je n'ai jamais rien demandé au dieu ; pourtant, lorsqu'on m'a envoyé les billets pour aller à Rosario, Argentine, ainsi qu'une invitation de la Fundación del Libro, toujours en Argentine, pour venir échanger et parler d'un livre qui n'existait pas, je n'ai pu m'empêcher de penser, de nouveau, que la divinité itinérante avait quelque chose à voir avec tout ça.

Onze

L'avion de Latam s'apprête à atterrir à Rosario. À côté de moi, deux habitants de la ville, de retour de Miami, terminent de déchirer les emballages de leurs téléphones tout neufs pour qu'ils n'aient pas l'air si neufs. Il est midi, les nuages sont rares, et tous bas. Ils se détachent comme des ornements sur le fond vert, tant de vert, un tapis fait de petits carrés, de différentes nuances de vert, qui forment ensemble un univers. Nous volons au-dessus de toutes ces couleurs, avant que la ville n'apparaisse. On voit des routes, mais on ne voit pas de vaches, pourtant je sais bien que survoler la province de Santa Fe, c'est survoler des vaches, tant de sortes de vaches différentes qu'elles pourraient former une seule vache aux multiples couleurs. Et, bien entendu, des enfants footballeurs qu'on ne voit pas, et pourtant je les imagine, nombreux, en train de courir derrière un ballon.

L'avion est prêt, les hôtesses sont assises, on plane quelques instants avant que ne survienne le coup sec de l'atterrissage, suivi de quelques applaudissements : bienvenue à l'aéroport international Islas Malvinas.

À la sortie, je vois un type qui porte une pancarte avec mon nom.

Il est grand, les cheveux blancs, d'environ 70 ans. Il pourrait être un ex-joueur de football de la sélection argentine de la Coupe du monde 78. Un mélange de Luque et de Trinche. À peine avons-nous quitté l'aéroport que je lui pose des questions sur Trinche, cette légende du football de Rosario. Chaque fois que je reviens à Rosario, je me mets à parler de football, je ne fais ça dans aucune autre ville du monde. Comme si la passion contagieuse pour le football des habitants de la ville me rattrapait. Et me voici, à bord d'une Renault 18 diesel, traversant la ville de naissance du Che, en train de parler de légendes du football, de Bielsa et de Messi, des « lépreux » et des « canailles », comme on appelle les supporters des deux équipes du « clásico » de Rosario, de Roberto Fontanarrosa, l'écrivain et dessinateur fan de football, de Trinche, et il est passé où, Trinche, il est meilleur que Maradona, Trinche, il est meilleur que Messi, Trinche.

« Vous venez présenter quelque chose au salon ? », me demande le chauffeur devant un feu rouge, alors que je fais une petite pause après avoir battu mon propre record du plus grand nombre de phrases sur le football en une minute.

— Je viens présenter un livre, oui.

— Ah, formidable ! Et comment s'appelle le livre ? Je pourrais peut-être passer l'acheter ce week-end. Je pense aller au salon, dimanche.

— Eh bien, c'est un livre sur la religion, sur les dieux et sur la religion, mais il n'a pas de titre.

— Comment ça, il n'a pas de titre ?

— Parce que je ne l'ai pas encore écrit. Je viens en parler, mais je ne l'ai pas écrit.

— Ça alors. C'est intéressant », me dit-il.

Nous sommes restés silencieux pendant le reste du trajet.

Il m'a laissé à la porte de mon hôtel, j'ai sorti ma valise et, au moment de prendre congé, il m'a souhaité bonne chance. Il a dit ça avec une certaine distance.

Je m'enregistre à l'hôtel República et monte dans ma chambre. Elle a deux lits une place et des persiennes en bois. Une des organisatrices du salon m'envoie un message de bienvenue et me dit qu'une radio de la ville veut m'interviewer. Elle me dit également que l'atelier est complet depuis plusieurs jours. Je consulte le programme des activités et j'y trouve mentionné mon atelier sur la religion.

18 h 30 à 21 h 30 – Salle B. Atelier « Comment acheter un dieu et créer une religion pour écrire un livre », atelier de journalisme itinérant avec **Juan Pablo Meneses**. Complet.

Atelier sur l'écriture de non-fiction. Les nouvelles marges du journalisme littéraire et le rôle de l'auteur de non-fiction latino-américain. Ce qui se déroulera pendant l'atelier fera partie du prochain livre de Meneses.

J'aurai la salle B à disposition juste après que Silvia Hopenhayn aura présenté son livre *Ginebra*. On terminera à 21 h 30, l'heure où s'achèvera également l'entretien public avec Hebe Uhart dans la salle G.

La veille au soir, je me promène dans le centre de Rosario, je visite le centre culturel Roberto Fontanarrosa, je m'arrête un moment dans le bar El Cairo, puis je me couche tôt afin d'être frais et dispos pour la cérémonie du lendemain. Le matin, je suis réveillé par les standardistes d'une radio locale. Ils me disent de rester en ligne, que l'animateur de l'émission va me présenter. Je suis à peine réveillé. À travers la persienne baissée, de petits points de lumière annoncent une journée dégagée, tandis que j'entends l'animateur dire à ses auditeurs que je viens du Chili, que je serai aujourd'hui au salon, qu'auparavant j'ai acheté une vache et un footballeur, et maintenant un dieu, et que j'ai une religion, bonjour Juan Pablo Meneses, racontez-nous un peu comment vous en êtes venu à acheter un dieu et à avoir une religion, bienvenue dans l'émission.

◆

Un groupe de gens est réuni devant la salle B. Les organisateurs ont la liste des inscrits, mais il y en a encore qui veulent participer. Un autre groupe attend, ceux qui n'ont pas pu s'inscrire. J'essaie de prendre en photo ce groupe qui fait du vacarme à la porte pour pouvoir entrer, mais j'y renonce finalement. Je laisse entrer le maximum de personnes, et, lorsque toutes les chaises sont occupées, j'entre dans la salle.

Je suis habillé de noir, pantalon noir et veste noire, comme lorsque j'ai lancé la religion à New York.

Je les salue, on ferme la porte, il y a plus de 40 personnes. Premières consignes de base : on ne peut pas enregistrer, prendre de photos, filmer ce qui se passe ici.

Les seules images autorisées seront les officielles, c'est pourquoi je passe mon téléphone à un des assistants, qui se trouve dans la rangée du fond, et lui demande de m'enregistrer tandis que je souhaite la bienvenue.

Puis je prends le Livre blanc, je monte sur l'estrade, je prends le micro et commence à dire :

La religion itinérante n'exige rien.

La religion itinérante n'a pas d'horaires.

La religion itinérante ne demande pas la dîme.

La religion itinérante ne te fait pas sentir coupable.
Nous sommes une religion pour ceux qui bougent.
Pour les transhumants.
Pour les migrants.
Pour les ambulants.
Pour les itinérants.
Pour les free-lances.
Nous croyons en la spiritualité free-lance.
Lorsque tu te sens seul ou seule,
dis-toi que d'autres sont dans le même cas.
Nous sommes nombreux.
Participe chaque fois que tu le souhaites.

◆

Depuis mon arrivée, je n'ai cessé de répéter que tout ce qui se passerait lors de cette première cérémonie officielle de l'Église de la religion itinérante figurerait dans le livre. À la radio, j'ai dit que les personnes inscrites feraient partie de l'histoire et que tout serait susceptible de se retrouver couché sur le papier.

La conversation est fluide, chacun donne son point de vue. Nous parlons de consommation, d'enfants footballeurs, de vaches argentines et de spiritualité. Au sein du groupe, les points de vue sont différents. Avant la pause-café, je fais circuler des feuilles pour qu'ils notent leur nom tel qu'ils veulent le voir apparaître dans le livre. Et ceux qui veulent y figurer écrivent :

Ignacio Benítez
Diaz Bruno
Manuel Besedovsky
Marcelo Torre
Emilio Andrés Atrio
Lucila Romano
Bruno Correa
Silvio Moriconi
Sebastián Garavelli
Federico Gayoso
Tatiana Pace
Amilcar Unsain
Cavallini Juan Manuel
Díaz Mara Soledad
Asdrusal Ieno
Viviaja Dujavne
Vera Susana Mabel
Velázquez Paul Vicente
Alida Könekamp
Pilar Idoate García
María Agustina Barzi
Alejandra Sawczuk
Viviana Flores
Laura Vilche
Roxana Giavedoni

María Alejandra Franco
Sergio Daniel Dutto
Estefanía Pighin
Marcela Alemandi
Lisandro Tomás Scolari
Gloria Bassols Rius
Azul Gómez

◆

Même si l'atelier, la « cérémonie », était secret et qu'il avait été annoncé que rien de ce qui s'y passerait ne devait être raconté, le lendemain, une partie de ce qui s'y était raconté est repris dans différents médias de la ville, comme *Página12/Rosario*, *RosarioNews*, *La Capital*.

Un des invités s'est révélé être un journaliste infiltré qui le soir même a écrit un article, un texte reproduit par plusieurs médias :

> Juan Pablo Meneses est venu au Salon international du livre de Rosario pour animer un atelier à propos d'un livre qui n'existe pas encore. La rencontre qu'il a proposé samedi au centre culturel Fontanarrosa fera même partie de ce livre inédit. Le journaliste chilien, auteur d'œuvres comme *Periodismo portátil* et *Sexo y poder, el extraño destape chileno*, entre autres, l'a annoncé clairement d'entrée de jeu. C'est un performeur et il se reconnaît comme tel. Son journalisme

performatif l'a conduit à se lever face à l'auditoire de la salle B du Fontanarrosa pour lire une sorte de manifeste de la religion qu'il vient de fonder : l'Église de la religion à itinérante. Car le Chilien s'est lancé, depuis une décennie, dans une trilogie littéraire dont la fierté est d'inaugurer un nouveau versant du journalisme : le journalisme cash. « J'essaie d'expliquer le monde d'aujourd'hui, qui est régi par la consommation », explique-t-il.

[...]

Cela fait déjà trois ans qu'il y travaille et il attend encore de trouver le moment adéquat pour le publier. « Quand on se lance dans une histoire, on devient obsédé, et des choses commencent à nous arriver », dit-il avant d'avouer : « On a l'impression que l'histoire en demande toujours plus ».

Quand cessera-t-elle de demander ? Meneses ne le sait pas encore. Dans l'immédiat, il a noté sur un papier les noms de chacun des 40 participants pour qu'ils apparaissent dans les pages de ce livre qui n'existe pas encore mais qui, lorsqu'il verra le jour, l'obligera à tenir un engagement : « On viendra le présenter ici, au Salon du livre de Rosario, et on se réunira de nouveau pour discuter. »

Douze

Livre troisième

Radio Metro, Buenos Aires, Argentine
Programme *Des jours comme ça*
« Il s'achète un dieu en Inde et crée une religion à New York »

« Bonjour Juan Pablo, comment t'es venue l'idée de lancer un projet de chronique pour en faire un livre où tu essaie de voir comment on crée une religion et on la développe ensuite ?

— Personnellement, j'aime la non-fiction dans son interprétation la plus basique, celle qui consiste à raconter un instantané du monde dans lequel il t'a été donné de vivre. Si quelqu'un lit un auteur de non-fiction des années plus tard, il saura comment était le monde à l'époque où celui-ci a écrit. Moi, ce qui m'intéresse, c'est qu'on vit dans un monde dominé par l'économie de marché, la consommation. Alors, j'ai initié une sorte de nouveau journalisme que j'ai nommé "journalisme cash", qui consiste à acheter le protagoniste du livre que l'on écrit. »

Radio Universidad AM580, Córdoba, Argentine
Programme *Cette chienne de vie*
« Fondateur de la religion itinérante »

« Comment allez-vous, Juan Pablo ? Bonsoir. Comment achète-t-on un dieu ? Sur quel marché ?

— Ce n'est pas facile, on a commencé par me dire que c'était impossible. Je suis parti en Inde, et une fois sur place, je me suis dit que tout le monde allait sûrement répondre négativement à mes demandes d'acheter un dieu, mais que cela me donnerait quand même de quoi écrire. Il pourrait s'agir d'une œuvre où, pendant tout le livre, je chercherais à acheter un dieu, ne le trouverais jamais et terminerais en disant : "Bon, finalement je n'ai pas pu l'acheter car c'est impossible" et deux ou trois choses de plus. Le problème, c'est que je suis arrivé en Inde et qu'on m'a vendu un dieu. Là, je me suis dit : "Qu'est-ce que je vais bien pouvoir foutre de ce dieu que je viens de m'acheter ?" C'est là que je suis parti vivre aux États-Unis. »

Fundéu Argentina, Rosario
« Meneses, le journaliste qui a acheté un dieu et lancé sa propre religion »

« J'ai lu dans un entretien que tu étais animé par une quête intérieure. Pourrais-tu croire en autre chose que ton propre dieu ?

— Plus de vingt ans de journalisme ont fait beaucoup de mal à la manière dont je crois. Je pratique un métier où l'on t'apprend la méfiance, où le journaliste qui ne croit pas, le cynique, celui qui se moque des croyances des autres, est valorisé. Il faut ajouter à cela mon éducation dans un collège catholique, à laquelle j'essaie d'échapper depuis trente ans. Finalement, ma quête, c'est aussi de m'arracher à cette matrice catholique qui a constitué mon éducation et au moule blasé du journalisme. Il y a des jours où j'ai l'impression de croire de plus en plus en mon dieu et en tout. Mais, parfois, je fais des rechutes. »

Revue *Brando*, *La Nación*, Argentine
« Il crée le *journalisme cash* et monte une plateforme pour rassembler les free-lances »

Ses achats forment une séquence en ascension météorique vers le sacré. C'était d'abord une vache. Ensuite, un enfant footballeur promis à devenir le nouveau Messi. Enfin, un dieu. Il les a tous payés en liquide, après avoir négocié le prix. Ils ont tous été un moyen pour comprendre les dispositifs internes d'une économie globalisée dans laquelle on vend même les rêves. L'objectif, chaque fois, était le même : écrire un livre de non-fiction.

Lors de son séjour aux États-Unis, le projet qu'il a présenté a évolué comme cela avait été le cas dans ses précédents livres. Acheter un dieu en Inde afin d'écrire sur la façon d'acheter un dieu l'a également amené à obtenir une bourse au Centre for Religion and Media de l'université de New York pour donner une sorte de refuge à sa divinité. Il a alors rencontré des avocats et des comptables en suivant la voie légale pour fonder une Église et une religion : la religion itinérante. « C'est l'idée d'une spiritualité freelance, avec sa propre religion, qui offre une complète liberté sexuelle, intellectuelle, sentimentale, une sorte de symbole de notre époque », dit Meneses.

Radio La Clave, Chili
Programme *Qu'est-ce qui est quoi ?*
« Entretien avec le journaliste qui s'est acheté un dieu »

« Es-tu le pape de cette religion ?

— Non, j'en suis le propriétaire. Ce qui est plus que le pape, j'imagine. La plus grande autorité chez les catholiques, c'est le pape, à moins qu'il n'y ait quelqu'un au-dessus de lui ? »

Radio Depor, Lima, Perou
Programme *Balón Pluma*

« Tu as commencé par l'achat d'une vache, La Negra. Ensuite, tu as continué par l'achat d'un enfant footballeur pour le faire jouer en Europe. Et maintenant, tu es allé en Inde pour acheter un dieu. Raconte-moi ça, d'autant que tu viens également de présenter le livre en Argentine, alors que tu ne l'as pas encore écrit.

— Il y a un antécédent, Osho, qui a publié des centaines de livres sans jamais avoir écrit une seule ligne. Ce qu'il disait était retranscrit. Moi, je fais un peu la même chose. J'écris une partie du livre pendant les interviews. Ce qu'on est en train de dire maintenant pourrait tout à fait en faire partie. »

***La Voz del Interior*, Córdoba, Argentine**
« L'homme qui s'est acheté un dieu et a fondé une religion »

« Crois-tu que ton projet va ouvrir la voie à une nouvelle façon de concevoir le journalisme ?

— Cela fait longtemps que les études et les analyses sur la non-fiction latino-américaine, le journalisme narratif se concentrent seulement sur les gens qui écrivent bien. Je pense aux représentants les plus officiels, dont on connaît tous les noms par cœur, ceux dont il est admis que ce sont de grandes plumes. Mon travail est différent et les gens qui m'intéressent sont ceux qui, en plus de soigner leur style, expérimentent avec le genre, font bouger les formes et les frontières pour donner de l'espace à leur propre voix. Je crois que c'est là que le journalisme peut grandir et avancer. Lorsque quelqu'un est ému par une de ces non-fictions bien écrites, on est face à un lecteur moyen. Lorsque quelqu'un est ému par un texte plus expérimental, on est en présence d'un lecteur-auteur.

Treize

Livre troisième

Nous naviguons sur le fleuve Amazone sous une température de plus de 40 °C. Les eaux couleur café du fleuve se fendent au passage de notre grand canot en bois, long et étroit comme un couloir flottant. Le pilote se tient à l'arrière et ne lâche pas le moteur Yamaha qui vrombit comme une énorme mouche bleue. Je suis avec Ig et on nous a prévenus plusieurs fois qu'en cas de chute dans l'eau les piranhas pourraient nous manger, les anacondas nous avaler ou les caïmans nous mordre. Si on ne tombe pas à l'eau et qu'on reste bien à flot, comme si l'on marchait sur la surface du fleuve, on risque dans ce cas d'être piqués par des moustiques porteurs de la malaria, de la dengue ou de la fièvre jaune. Par ailleurs, si un peu d'eau du fleuve nous entre dans la bouche, on risque d'attraper le typhus, une hépatite ou une diarrhée chronique. Néanmoins, tous ces avertissements ne tardent pas à fondre comme des glaçons sous le soleil d'Amazonie. Ils disparaissent face à l'immensité du paysage, de la jungle qui borde le fleuve, des couleurs étourdissantes et de cette mer de lait chocolaté. Les singes sautent de branche en branche, sur des arbres qui luttent pour ne pas être détruits par les entreprises qui dévorent l'Amazonie et les abattent sans pitié, sans arrêt, sans obstacle et sans honte.

Depuis le lancement de la religion à Manhattan, je savais qu'une des cérémonies importantes devrait avoir lieu ici, sur ce fleuve sacré, l'affluent sur lequel débouchent des langues comme le ticuna, le shipibo-conibo, le guahibo, le warao, le tupi-guarani, le mbayá, le kaiwá, le pai tavytera, le chiripa, l'omagua, le nheengatu, le muinane, le miraña, l'ocaina, le witoto nipode, le witoto minica, le witoto murui, le nonuya et le koihoma. C'est ici même, sur les eaux de l'embouchure la plus grande et la plus sauvage du monde, qu'il y a vingt ans j'ai écrit l'histoire des Amazon Boys, un groupe de guides touristiques qui se mariaient avec des gringas pour abandonner ce paradis sur terre, finir dans les paradis capitalistes et connaître un destin de livreurs de pizzas à Los Angeles ou de liftiers à New York.

Grâce à cette histoire, inspirée par ce lieu, une exploitation de cette zone où nous exploitons tous quelque chose – arbres, minéraux, histoires qui nous font gagner des prix, paysages pour films internationaux, tribus sauvages servant de sujet à quelque nouveau documentaire –, grâce à ce que j'ai défriché ici, j'ai reçu 5 000 dollars. Et avec cet argent, il y a vingt ans, je me suis acheté un ordinateur portable, un appareil photo numérique, un billet pour l'Espagne et je suis parti de chez moi. J'ai mis dix ans à revenir vivre au Chili, et je l'ai fait avec sept livres publiés à mon compteur, en tant que promoteur du journalisme itinérant et directeur de l'École de journalisme itinérant. Maintenant, je reviens à l'essence, au magma du voyage, à ce coin de la planète où tout commence. Et je débarque avec une religion, qui n'est pas comme les 5 000 autres religions du monde. Le credo itinérant est en partie enraciné dans la forêt vierge, et la spiritualité freelance s'étend depuis les bras de ce fleuve qui sont les nombreux bras sacrés de la divinité de l'Amazone.

On arrive dans une des communautés où la cérémonie aura lieu. Il faut se couvrir le corps d'anti-moustique; tant de touristes et tant d'anti-moustique sont probablement plus mortels que les moustiques eux-mêmes.

On a sauté à terre depuis le canot, plutôt dans la boue que sur la terre, en réalité, car il a plu toute la nuit. Et même s'il fait soleil, maintenant, la fange n'a pas séché. On avance d'un pas lourd, comme si on marchait dans du chewing-gum. Lorsqu'on arrive sur le territoire des Yaguas, on est accueillis cordialement par le chef du groupe. Cela m'intéresse beaucoup de partager l'expérience de ma religion avec eux, comme un symbole de tout ce qui se passe, s'est passé et continuera de se passer avec l'avancée brutale, cruelle, incessante des nouvelles religions sur les tribus de la forêt et sur toute l'Amérique latine.

La cérémonie est brève.

Je suis entouré d'enfants, de femmes et de vieillards d'une communauté Yagua.

Le soleil de midi est abrutissant dans la forêt péruvienne. Je suis debout sur un tronc, qui fait office de podium, et de la main droite je tiens le Livre blanc dans lequel j'écris une partie de cette histoire. Je suis ici pour dire que ma religion – la religion itinérante – ne veut coloniser personne, ni détruire aucune communauté, ni effacer les autres cultures et traditions.

Un an plus tôt, le 24 novembre 2017, j'étais juché sur un petit promontoire à Times Square. Il faisait nuit, c'était un vendredi, et c'était le Black Friday. Tous les consommateurs couraient d'un magasin à l'autre lorsque j'ai annoncé le lancement mondial de la religion itinérante et dit que ma religion n'obligerait pas à l'achat, ni à la prière, ni à rien d'autre.

Une spiritualité free-lance.

Alors que l'avion s'apprêtait à atterrir à Iquitos, la vue à travers le hublot s'est peu à peu dégagée et sont apparus les tentacules du roi Amazone, dans toute son immensité. Des veines ouvertes qui sillonnent entre les arbres verts et spongieux, au milieu desquels nous continuons de descendre, puis c'est l'apparition soudaine du béton d'une piste d'atterrissage.

De l'aéroport à l'hôtel, c'était Iquitos, c'était la forêt, c'était le Pérou, mais c'était aussi l'Inde, c'était Bénarès, c'était la ville où j'avais acheté le dieu itinérant. La vingtaine de chauffeurs de taxi à la sortie de l'aéroport, pareils à des journalistes et à des cameramans face au dernier accusé médiatique, était aussi chaotique que lors de mon arrivée en Inde.

Je me sentais à la maison.

« La présentation en Amazonie fera partie du livre », ai-je dit devant les enfants et les vieillards de la communauté, avant de me mettre à lire.

Et maintenant, je respecte mon engagement.

◆

Il y a un vol direct d'Iquitos à Cuzco. Après avoir navigué sur le fleuve sacré, nous volons vers la Vallée sacrée. L'idée, en principe, c'était d'aller au Machu Picchu, de faire quelques photos d'une lecture du Livre blanc dans la ville sacrée.

Au milieu de tous ces dieux sacrés des fleuves et des vallées, j'ai reçu de Cuzco un mail d'un groupe d'Itinérants enthousiastes qui avaient appris que j'étais dans la ville. Alba Rivas Medina me demandait de venir leur parler dans son université, l'université nationale de San Antonio Abad del Cusco, la seule à proposer un cursus en journalisme. Je me suis excusé aussitôt. Je l'ai remercié pour son invitation, mais lui ai dit que c'était trop juste, car j'avais déjà un vol pour Lima.

Je ne demande jamais rien à mon dieu. Et je le ferais encore moins en pleine Vallée sacrée. Mais soudain, le destin s'en est mêlé. Plutôt que de partir le matin pour Lima, j'allais finalement partir le soir et j'aurais donc le temps de rencontrer Medina et son groupe.

Depuis Aguas Calientes, j'ai envoyé un nouveau message à Alba. Je l'ai prévenue du changement de programme, cette heureuse surprise qui allait me permettre d'être avec eux le lendemain matin. En moins de douze heures, les organisateurs ont réalisé une affiche, ont pu se faire prêter une salle, le *Salón de Grados en Comunicaciones*, ont invité les étudiants et les journalistes locaux et nous avons passé quelques heures géniales à parler de journalisme cash, de non-fiction latino-américaine, de spiritualité free-lance et de la religion itinérante.

À Cuzco, l'air est sec et, à tout instant, l'altitude se fait sentir. À la fin de la rencontre, nous avons fait une photo, avant de passer au baptême officiel. Nous y étions tous, les vingt participants, les organisatrices, le public, tous sous le soleil jaguar. Sur la photo, on me voit leur lire le Livre blanc, la main levée, annonçant le baptême de cette nouvelle légion d'Itinérants. Et nous avons clos tout cela par un pacte religieux : nous nous réunirions de nouveau à Cuzco, bientôt, quand le livre serait publié et que je pourrais leur lire dans les pages mêmes de ce livre le passage qui concerne cet après-midi de spiritualité miraculeuse.

◆

Je suis arrivé à Lima sans le moindre programme et, deux jours plus tard, je me suis retrouvé dans le parc Kennedy, à parler de la religion itinérante devant plus de 50 personnes et en direct dans tout le Pérou sur les ondes de Radio Nacional.

« C'est une joie pour moi d'être ici, de parler sur Radio Nacional, pour l'émission *EntreLibros*, et de pouvoir parler à tout le pays de ce livre. Nous sommes en train d'en parler au Salon du livre Ricardo Palma, alors que le livre n'existe pas, n'est pas écrit, mais je n'en remercie pas moins tous ceux qui sont venus assister à cette rencontre publique. »

Je ne suis pas encore habitué au fait d'avoir une religion.

Je ne sais pas si c'est quelque chose auquel on peut s'habituer.

Quelques jours après mon départ de Lima, Manuel Bonilla, rédacteur en chef de la revue péruvienne *H*, m'appelle. Il me demande d'écrire un article sur ma religion, sur mon séjour au Pérou.

L'article est publié en pleine page, illustré par la photo où l'on me voit lire le Livre blanc à la communauté Yagua.

Le texte a pour titre « Ça fait quel effet d'avoir sa propre religion ? » En dessous, on peut lire :

« Il y a un an, à New York, j'ai lancé officiellement la religion itinérante. Je reviens maintenant du Pérou, où je l'ai présentée à Cuzco, en Amazonie, et dans le parc Kennedy. »

Quatorze

Livre troisième

« Bon après-midi et bienvenue une fois de plus à *El invitado* de Radio France internationale. L'écrivain et journaliste chilien Juan Pablo Meneses vient d'arriver à Paris pour présenter sa trilogie, ce qu'il appelle le "journalisme cash", un nouveau genre journalistique qui consiste à acheter avec de l'argent liquide le protagoniste de son livre. Il peut s'agir d'une vache, d'un dieu ou d'un enfant footballeur, le but étant d'entrer pleinement dans l'univers de ce protagoniste. Et c'est précisément pour parler de ces livres et dc sa carrière que Juan Pablo a bien voulu venir dans nos studios ici, à Paris. Bonjour, Juan Pablo. »

L'homme qui me présente avec un tel enthousiasme, c'est Jordi Batallé, l'indéboulonnable présentateur de RFI. Pour rejoindre les studios de Radio France, j'ai dû traverser la moitié de la ville, quelques jours avant les premières manifestations des Gilets jaunes.

En arrivant dans le bâtiment, j'ai subi deux contrôles de sécurité et j'ai dû passer entre deux militaires avec mitraillettes avant de me diriger vers l'accueil :

« Je viens pour Radio France internationale, dis-je dans un français limité.

— Veuillez me passer votre carte d'identité, s'il vous plaît », me répond la réceptionniste en français.

Au bout de quelques minutes, nous parlons tous les deux en espagnol. Elle est colombienne, vit ici depuis cinq ans et me dit que Jordi ne va pas tarder à descendre.

Je m'assieds face à un mur où dix téléviseurs diffusent des images de diverses parties du monde. La Chine, l'Afrique, l'Amérique latine, les États-Unis.

Lorsque Jordi fait son apparition, il est maquillé. Je commence par ne pas comprendre pourquoi quelqu'un se maquille pour parler à la radio, mais il m'explique aussitôt que cette interview sera vue par plusieurs millions de personnes en direct, puis il se met à énumérer une série de chaînes de télévision qui retransmettront notre conversation.

« C'est une religion pour les free-lances. Pour ceux qui ne disposent pas d'une place confortable dans ce système et se déplacent sans cesse. Et c'est une religion qui s'achèvera le jour où le livre sera publié.

— Je dois vite me baptiser, alors.

— Dès qu'on a fini, on vous baptisera. »

Les gens qui nous regardent ne le verront pas, mais ils l'apprendront quand ils liront le livre.

Jordi parle vite et il est très drôle, il me fait rire pendant plus de la moitié de l'interview.

Ce livre n'est pas une satire de la religion.

◆

Je suis arrivé à Paris par un vol direct depuis Barcelone.

À Barcelone, j'étais au département des études de troisième cycle de l'université autonome, au cabinet de communication et d'éducation, où je vais développer le projet d'« université itinérante ». Une façon de maintenir vivant le credo free-lance et d'étendre la foi itinérante une fois cette histoire terminée.

Religions et universités ont toujours été liées. L'université la plus vieille du monde, c'est l'université islamique Al-Quaraouiyine. Elle a été fondée en 859 et aussi bien l'Unesco que le *Livre des records* (les deux extrêmes de la reconnaissance) s'accordent à dire que c'est l'université la plus ancienne toujours en fonctionnement. Un de ses trois premiers bâtiments a été une mosquée.

Rien qu'aux États-Unis, il y a 60 universités catholiques. Et dans le monde hispanophone, malgré les scandales liés aux abus sexuels, l'éducation universitaire catholique semble jouir d'une bonne santé : il y a 16 établissements de ce type en Espagne, 16 au Pérou, 14 en Argentine, 14 en Colombie et 13 au Chili.

L'Université luthérienne du Brésil et l'Université luthérienne du Salvador sont les seules universités luthériennes en Amérique latine.

Le projet de l'Université itinérante est né à l'occasion du dixième anniversaire de l'École de journalisme itinérant. L'idée a grandi après le lancement de la religion et a pris de l'ampleur grâce à une bourse de l'incubateur Start-Up Chile, ce qui m'a permis de promouvoir l'idée d'un « free-lancisme » technologique et spirituel.

Avant d'arriver à Barcelone, j'avais été invité au Congrès du journalisme numérique de Huesca. Lors de cette XXe édition, j'ai évoqué la vie du journaliste qui voyage et le besoin d'une spiritualité free-lance, d'où la naissance de l'Église de la religion itinérante.

Le Congrès du journalisme numérique de Huesca a été l'occasion idéale de faire la première présentation européenne de la religion itinérante. Un matin, dans l'auditorium de Huesca, j'ai parlé de l'existence de ce credo des Itinérants, des voyageurs, de ceux qui n'ont pas de logement fixe.

Ça n'a pas été une des conférences qui a attiré le plus de monde.

◆

À un moment de l'interview à Radio France internationale, Jordi me demande :

« Juan Pablo, il est très facile de s'acheter une vache, assez facile d'acheter le transfert d'un enfant footballeur, mais s'acheter un dieu, c'est beaucoup plus difficile, et pourtant tu l'as fait. Comment ça s'est passé ? »

Lorsqu'on publie un livre et qu'arrive le moment de la présentation et de la promotion, les interviews se ressemblent toutes. Qu'importe la ville ou le pays, qu'il s'agisse d'un média en ligne ou sur papier, de la radio ou de la télé. Les mêmes questions reviennent sans cesse, la plupart du temps dans la bouche de gens qui n'ont pas lu le livre. Le bon côté d'une tournée de promotion pour un livre qui n'a pas encore été publié, c'est que tu évites aux journalistes d'être obligés de reconnaître qu'ils ne l'ont pas lu.

J'ai déjà répondu de nombreuses fois à la question de Batallé, mais, comme disent les acteurs, « le public change » et me voici face à des millions de nouveaux spectateurs. Alors, comme si je racontais ça pour la première fois et que tu le lisais pour la première fois, je lui réponds :

« Le livre que je suis en train d'écrire maintenant est le dernier de la trilogie, mais c'est le premier que je présente avant de l'avoir écrit. Depuis que j'ai lancé ma religion, on a commencé à parler du livre, il a éveillé davantage d'intérêt que mes livres précédents. Car c'est un livre que je vis maintenant. Cette interview, par exemple, que nous sommes en train de faire, se retrouvera probablement dans le livre. Je trouve remarquable tout ce que ce livre a généré. »

Une fois l'entretien achevé, Jordi m'accompagne à la porte de la radio pour prendre congé. Dans l'ascenseur, il raconte des histoires amusantes. Avant de nous dire au revoir, je le baptise rapidement.

Dehors, c'est Paris.

Deux semaines plus tard, Notre-Dame brûlait.

Remerciements

À ceux qui ont cru et croient au projet.

Aux personnes qui apparaissent dans le livre et à celles que j'ai contactées mais qui n'ont pas pu y apparaître.

Aux Itinérants du monde entier.

Et à Ignacia Uribe, Meneses Mellado, Dawn García, Carolina Guerrero, Matilde Suescun, Djordje Padejski, Daniel Alarcón, Paul DeMarinis, Miguel Paz, Angela Zito, Janine Paolucci, Daniel Riera, Diego González, Claudio Broitman, Meneses Domingueros, JSK Class of 2017, Felipe Cussen, Gabriel Sandoval, Ximena Poo, Miguel Aguilar, Tessie Spoljaric-Woodgate, Uribe Rojas, CRM at NYU, Martín Caparrós, Ana Gabriela Rojas, HoyxHoy, Stanford University, Start-Up Chile G19, Lorena Penjean, Guillermo Culell, Constanza Michelson, Carlos Vergara, Daniel Titinger, Yasna Mussa, Juan Pablo Garnham, Mary Beth Boch, Felipe Herrera, Rosa Jiménez Cano, Bernardita García, César Bedón Rivera, Patricia Poblete, Kali Handelman, et à mon père.

À la mémoire de María Luz.

À Vicenta, qui est née quand j'achevais cette histoire.

AUX ÉDITIONS MARCHIALY

Jake Adelstein,
Tokyo Vice
Le Dernier des yakuzas
J'ai vendu mon âme en bitcoins

Cristian Alarcón,
Que ma mort soit une fête

Sinar Alvarado,
Portrait d'un cannibale

Noé Álvarez,
10 000 km

Jorge Enrique Botero,
Attends-moi au ciel, capitaine

Sebastian Castelier et Quentin Müller,
Les Esclaves de l'homme-pétrole

Jean-Charles Chapuzet,
Mauvais plan sur la comète
Du bleu dans la nuit

John Danalis,
L'Appel du cacatoès noir

Timothée Demeillers et Grégoire Osoha,
Voyage au Liberland

Sonia Faleiro,
The Good Girls

Armand Gatti,
Envoyé spécial dans la cage aux fauves

Manon Gauthier,
Les Pièces manquantes

Alma Guillermoprieto,
La Révolution, la danse et moi

Allison Hoover Bartlett,
L'Homme qui aimait trop les livres

Kirk Wallace Johnson,
Le Voleur de plumes

Kapka Kassabova,
Lisière
L'Écho du lac

Jay Kirk,
Esquive le jour

Raphaël Krafft,
Les Enfants de la Clarée

Jessica J. Lee,
Deux Arbres, une forêt

Romain Lescurieux et Antonin Vabre,
La Montagne inversée

Karim Madani,
Jewish gangsta
Tu ne trahiras point

Raphaël Malkin,
Le Rugissant
Lieutenant Versiga

Juan Pablo Meneses,
La Vie d'une vache
Le Prodige
Un dieu à soi

Miguel Prenz,
La Guerre des dinosaures

Evan Ratliff,
Disparaître dans la nature

Alberto Salcedo Ramos,
L'Or et l'Obscurité

Anjan Sundaram,
Kinshasa jusqu'au cou
Bad News

Taina Tervonen,
Les Fossoyeuses
Les Otages

Titaÿna,

Une femme chez les chasseurs de têtes

Les Ratés de l'aventure

Simon Worrall,

Le Faussaire de Salt Lake City

Un dieu à soi est le quarante-troisième ouvrage des éditions Marchialy et le dernier tome de la trilogie du journalisme cash, méthode journaliste aussi originale et inédite que fut le journalisme gonzo en son temps.

Composition et mise en pages
Studio Abble à Paris

Dépôt légal : janvier 2023
ISBN : 978-2-38134-031-9
Achevé d'imprimer en décembre 2022
par Aubin Imprimeur
Numéro d'impression 2208.0105
Imprimé en France